MELISSA

邪魔者のようですが、王子の昼食は私が作るようです

JN118314

天の葉

Illustrator
花綵いおり

この作品はフィクションです。
実際の人物・団体・事件などに一切関係ありません。

邪魔者のようですが、王子の昼食は私が作るようです

MELISSA

・記憶が蘇りました

「食べ物を粗末にするんじゃない!!」

そう言い放って、幼い男の子を泣かせてしまったのは、何歳の時にどこでだったか。

その後。その男の子が止《や》むに止まれぬ事情をもって食事をしていなかったことが分かり、泣いて謝ったのは何歳の時にどこでだったか……。

てぇへんだよ。じぃちゃん。ばぁちゃん……。

ギュッと手作りのお弁当を抱き締めて、見上げる。

視線の先にいるのは出会いは向こうからすれば最悪であろう幼馴染《おさななじみ》であり、一国の王子殿下である。

ここは貴族の子女が学ぶ学園の食堂。

食堂とは言うが、とても庶民の通える町中にあるものとは程遠いものなのだけれど。

つい先ほどまでの私は〝食堂〟という概念において何の疑問も抱いていなかった。

内心で呟《つぶや》かれた言葉は、今の私ではなく、過去、もっと言うなら前世の私の言葉。

下町育ち、江戸っこの祖父母をとくに慕っていた私はじぃちゃんとばぁちゃんの経営する食堂を度々手伝っていた。

その手伝う時間がとても楽しく幸せだったのは、前世の話だ。

私は今、公爵令嬢。下町育ちの娘ではない。

前世の名は羽野夏実《はのなつみ》。現世はナターシャ・ハーヴィ。

頭文字《イニシャル》は同じになるんだなとどうでもいいことを自覚する。

いやいや。現実逃避している場合じゃない。

眼前のことに立ち向かわなければ……私は、ヘタをすると死んでしまうんじゃないだろうか？

ナターシャ・ハーヴィ、十五歳。

シャルロッティ学園一年生。現在、昼食の時間であり、学園に通う殆《ほとん》どの生徒が食堂に集まっている。

そんな中、食堂の中央に螺《ら》旋《せん》階段があり、上がれるのは学園の中でも高位の生徒。

つまりは王子殿下を中心に将来その側近になる生徒達。

私もまた王子殿下の婚約者という立場にあり、毎日のように螺旋階段を上り、他《ほか》の生徒より目線の高い場所で食事をとっていた。

断じて！　周りの人を見下して食事をしていたんじゃない！　あぁでもそう思っている人もいるかもしれない！

「ナターシャ？　どうした？」

気遣わしげに幼馴染の王子殿下が螺旋階段の上から声を掛けてくださる。

ソウンディク・セフォルズ王子殿下。

セフォルズ王国の正統な王位継承者であらせられる方であり過去、私が殿下の偏食を疑い怒鳴ってしまったことがある御方。

何故《なぜ》か現在。王子殿下の昼食は私がお作りし、学園に通っている今も調理スペースをお借りしてお弁当を拵《こしら》え、昼時に共に食べている。

だがそれも、もう。今日までだろう。

「うわ。悪役令嬢」

とても小さな声だった。

けれど、無駄に良い私の耳が聞き逃《のが》さなかった。

殿下の隣に立つ少女が放った言葉。

悪役令嬢⁉　私⁉　私よね⁉

どうしよう⁉　事態は把握したわ！　私は転生してるのね⁉

けどっ！　私が転生しちゃった世界ってどんな物語だったっけ⁉

ドッドッドッドッドッ……。

嫌な音を立てる心臓を服の上から押さえ込み、必死で口を開く。

「も、申し訳ありません殿下。私た、大変体調が優れずっ、失礼させて頂きます」

「ナターシャ⁉」

体調が本当に悪いのなら走れないだろう。

しかし、今は一刻も早くこの場から逃げたかった。

呼び止めて下さった殿下の声を恐れ多くも無視させて頂き、私は食堂から逃げ去ったのだった……。

・状況を確認します

「てぇへんだ」

今度は口に出して江戸っこになる。

少しは気持ちが落ち着く気がしたから。

自分で作ったお弁当を人気《ひとけ》のない空き教室で広げ、食欲はないが、食材達に罪はないし何より勿体《もったい》ないので、口に運びながら現状を改めて認識する。

『悪役令嬢』と確かに彼女、絶対にヒロインだと思える少女はそう言った。

うん。そうだろう。王子の婚約者なんてセオリー通りの悪役令嬢ポジションに相応《ふさわ》しい。

客観的に見ればそうだが、当事者だ！　なんとかしないと‼

記憶に残る前世の私の年齢は二十歳そこそこ。

高校卒業後、家政科の専門学校に通いながら、じぃちゃんとばぁちゃんの食堂を手伝っていた。

将来は二人を支え、ゆくゆくは食堂を継がせてもらえたら嬉《うれ》しいと思っていた。

何故《なぜ》死んだのかは思い出せないが、じぃちゃんとばぁちゃんを思い出せたのは嬉しいし、何より二人仕込みの美味《うま》いと評判だった料理を広められたのは大きい。

基本的に西洋の食事文化のセフォルズ王国に、記憶がないながらも出汁《だし》やら日本的な味付けを身体《からだ》と舌が記憶していたらしく、幼い時から自分で料理をさせてもらい、今では王子殿下にも好評故、食堂には「生姜《しょうが》焼き定食」や「鯵《あじ》の南蛮《なんばん》漬け定食」、「竜田《たつた》揚げ定食」などが並んでいる。

もちろんパスタランチやピッツァランチなどもあるが、男子生徒を中心にザ・定食メニューはとても人気《にんき》が高い。

セフォルズの食事文化に一役買えたのは嬉しいが、問題はそこじゃない。

私の趣味はロマンス小説を読むことだった。

少女マンガも大好き。ティーンズラブも大好き。乙女《おとめ》ゲームもプレイした。

その数は数え切れず。百は余裕であると思う。なので、ほんっとうに分からない。どれ？　どの話なの？

記憶力はそれなりのはずだ。お客様の顔を覚えるのが得意で常連のおじさん達の顔を覚え、注文されずとも何を頼むかこちらが先に言ったりして喜んでもらえていたのに!!

セフォルズ王国……知らない。記憶にない。

ナターシャ・ハーヴィ……自分の名前も、記憶にない。

王子殿下の分も考えて作ったので、お弁当を食べ切るとお腹《なか》がはち切れそうだったけど、何とか食べ終え、机に突っ伏しながら考える。

もしや、読んでない、プレイしてない物語に転生してる!?

ガバッ！　と顔を上げて、血の気が顔から引いていくのが分かる。

あんだけいっぱい読んだしプレイもしたのに、どうして転生した先が知ってる話じゃないの!!

誰《だれ》に怒りをぶつければいいのか分からないが、机に拳《こぶし》を叩《たた》きつけるわけにもいかないので、歯を食いしばり、拳を握り締める。

落ち着いてナターシャ。落ち着かないと二回目だけど、死んでしまうかもしれない。

記憶に残るお話の中で多かった悪役令嬢死亡エンド。

そんな中、悪役令嬢に転生した女性達が記憶に残るゲームや物語をヒントにピンチを切り抜けていったお話も大好きで読んでいた。

そう。読んでいたのに！

私には、記憶がない！　なんという不利な状況だ！

そして記憶が戻るならもっと幼い時にして欲しい！　もう学園に入学してしまっている！

そしてヒロイン相手に何の準備もせずに相対してしまった！　……し、死ぬ？　私死ぬの??

ぎゅっと己を抱き締める。

今こうしている時にも、背後から首を刈り取られるかもしれない。

ぽんっ。

『お嬢、』

「きゃあああああっっ!!」

ガターンッツ！！！

突然っ、背後に気配が生まれ、肩に触れられた！

情けなくも座っていた椅子《いす》から転げ落ち、震えながら振り返ると、ぽかんとした顔をした男。

「だ、大丈夫ですか？　すみませんっ、まさかそんなに驚かれるとは」

「じ、ジャック……」

手を差し伸べてくれるのは私と同い年であり、我が家の執事のジャック・ニコルソー。

床にへたり込んだまま、ジャックをジッと見つめる。

さらさらの黒髪は腰まで伸ばされ、一括《くく》りになっていて、その黒髪が日本人を思い起こさせ、彼を見ると不思議と郷愁が湧《わ》いた理由が分かった。

黒に映える赤い瞳《ひとみ》は不気味と言う人もいるらしいが、とんでもない。

整った鼻梁《びりょう》を持ち、健康的な肌をしているジャックは美形。

なので分かる。気付いた。ジャックは絶対に〝攻略対象〟だ。

「お嬢？　どうしました？」

ジャックは私をお嬢と呼ぶ。様を付けられるのが嫌で昔我儘《わがまま》を言った。

幼かった私は主《あるじ》と従者という考えが及ばなかったのだ。

「じゃ、ジャックは、私を嫌ってる？」

震える声で問うと「はぁ？」と訝《いぶか》しげな声を上げられる。

「まさか。俺《おれ》がお嬢を嫌いになるわけないでしょう？」

「本当？」

「本当ですとも」

嫌わないと言ってもらえてひとまず安心し、ジャックの手を取ると立ち上がらせてくれた。

ジャックの手に掴《つか》まりながら俯《うつむ》く。

彼は幼い頃《ころ》、我が家の屋敷近くで倒れていた。

服はボロボロ、身体のあちこちに怪我をしており、私はその時馬車に乗っていたのだけれど、慌てて駆け降りた。

「大丈夫⁉」

「お、お腹が空《す》いた……」

苦しいでも痛いでもなく、空腹を訴える少年に安堵《あんど》し、その時も持参していたお弁当を彼に差し出したのが、ジャックが我が家で働いてくれるようになったきっかけだ。

「ジャックは私に拾われなければ、きっと……そうね、どこかの心優しい令嬢と恋に落ちていたか、心優しい貴族に育てられて夜会で令嬢達をときめかせる男性になっていたかも」

「なんですかそれ？　縁起でもないこと言わないでくださいよお嬢。俺は今に満足してるんですから」

そうは言うが、ジャックは優秀だ。

学年でもトップテンに入る頭の良さを誇っているのに……。

「ありがとう。私を探しに来てくれたんでしょう？」

「ええ。食堂はちょっとした騒ぎでしたよ」

「でしょうね」

ハーヴィ家の令嬢が走って食堂を出ていくなんて、はしたない。

帰ったらお父様に謝らなくっちゃ。

「お嬢のお心当たりは的が外れてると思いますがね？」

「どういう意味？」

「どうもこうも。お嬢にお昼をすっぽかされた王子はご立腹でしたよ」

「っ！！？」

そ、そうか。迂闊《うかつ》だった。

どんな状況にしろ、今日までは王子殿下のお昼係は私であり、王子殿下はとある事情から私の作ったお弁当のみを学園で召し上がっている。

……お弁当だけでも置いてくれれば良かった。

・王子がクレームを言ってきました

「ナターシャは俺《おれ》を餓死《がし》させたいのか？」

「……申し訳ございませんでした」

一日、しかも昼食だけを抜いたくらいで餓死なんてするわけないのに。

そう言い返したいが、目の前でふんぞり返って座っている相手が王子様なので言い返せるわけがない。

わざわざ我が家に訪れた王子殿下は昨日の昼食時の不満を私にぶちまけてきている。

今日が休日でよかった。

殿下はともかく、ヒロインに二日続けて会うのは辛《つら》い。

「あの殿下」

「昨日からその呼び方はなんだ。名前で呼べ」

「不敬だと気が付いたのです」

「はぁ？　今更⁇」

今更です。でも気が付いたので許して頂きたい。

「長年に渡る数々の無礼な振舞い、どうか寛大なお心でお許し下さい！」

深々と頭を下げたというのに。

「ナターシャお前、何か悪いものでも食ったのか？」

この王子ときたら‼

「反省してるのよ！　ちょっとはこっちの心情を慮《おもんぱか》りなさいよ‼」

「その意気だ。別人になったのかと思うくらいしおらしくなってどうしたのかと思ったぞ。安心した。おい、ジャック、お前もそう思うだろう？」

黙々と、私と殿下の紅茶を用意していたジャックは少し眉《まゆ》を寄せながらも頷《うなず》く。

「人の執事に勝手に話し掛けないで！」

「この国で親父の次に偉い俺が何でお前に気を遣ってやらねぇといけねぇんだ？」

クッソォオッ！　エラソーモードに入りやがったわね‼

学園では爽《さわ》やか優しい王道王子モードのこの王子殿下は何故《なぜ》か昔から私には遠慮がない。

「私！　金輪際！　殿下の食事作りませんから！」

「名前で呼べって言ってんだろ。何度言えば分かる脳みそしてるんだ。それにそんなことは許さない」

許さないだとぉおおっ⁉

お抱えの料理人何人抱えてんだか知らないがその人達に作らせなさいよ！　と言ってやりたい。

しかし、気付く。いけない。いつもの話し方をしてしまっている！

脳裏に過《よぎ》るヒロインの顔と「悪役令嬢」のフレーズ。

このままではもしかしたら目の前の王子に始末されてしまうかもしれない。

「……殿下。落ち着きましょう」

「お前が落ち着け。名前で呼べっての」

「殿下のお名前をお呼びになるのは、将来殿下のお隣に立たれるご令嬢でしょう。私ではありません」

「婚約者だろうが」

それも、近い内かは分からないが、セオリー通りなら学園卒業までには破棄されるだろう。

「殿下」

「チッ。なんだよ」

「舌打ちなさらないで下さいよ。御自分の容姿をどう思われます？」

「舌打ちしてんのはお前が名前で呼ばねぇからだよ。容姿？　整ってるに決まってるだろ」

その面《つら》に平手打ちをしてやりたい。

反射で手が出そうになってしまった右手を左手で押さえ込む。

てめぇで言うなと言いたいが、殿下の容姿は……完璧《かんぺき》だ。悔しいが。

金髪碧眼《へきがん》というバッチリな顔立ち、高身長、高学歴。高位、高収入なのは王子なので言わずもがな。

3高と言われていた男性に求めるもの全《すべ》てを網羅し、イケメンである殿下が高慢ちきになるのも頷ける。

間違いない。殿下は攻略対象の中で主役だろう。

「おい、失礼なこと考えてるだろ。顔に出てるぞ」

顔か。対して私の容姿は……悪役令嬢らしい、のだろうか？

昨日見たヒロインの髪はピンクゴールド。甘く可愛《かわい》らしい顔立ちに映える瞳《ひとみ》は緑色で花の妖精《ようせい》のようだった。

私はと言えば、髪は青。夏の空に近い青色を自分自身では気に入っていて、瞳は藍《あい》。

空姫《そらひめ》とかなんだとか、褒め言葉なのか？　と疑問に思う呼び名が付いていると以前ジャックが教えてくれた。

身長は女性にしては高く、百七十センチほどで、胸はそれなりにある。

少々派手目なドレスも似合ってしまう、キツめの顔立ち……だと思う。自分では嫌いじゃないけど、悪役っぽいかもしれない。

「ナターシャ！　俺を無視すんな！」

「あ、申し訳ありません」

「ついでって感じで謝ってくんな。明日からも昼飯作れよ」

「ですからご辞退させて頂きたいんですって。そう言えば殿下」

「ぜってぇ昼は作らせるからな。なんだよ？」

クソ。そこは揺らがないか。だが、聞きたかったことを聞いてみる。

「昨日、殿下のお隣にいらっしゃった大変可愛らしいご令嬢はどちら様ですか？」

ヒロインの名前を知りたい。そしてどこのどちら様かも教えて欲しい。

もしかしたら忘れているだけで、知っている物語のヒロインかもと期待したのに……。

「知らねー」

「……は？　はぁっ⁉　そんな訳ないでしょう⁉」

まさかの知らない発言に耳を疑う。

「昨日一緒に飯《めし》食ったんですよね⁉」

「食ってねぇし！　お前が弁当持ち逃げしたからな‼」

「じゃあ何で一緒にいたんですか⁉　どこの誰《だれ》かも知らねぇ女を横に置いてたんですか⁉」

「気付いたら横にいたんだよ！　あの女を連れてきてたのはヨアニスだ」

「よっちゃんが」

「……俺を殿下呼びしてるくせにヨアニスは愛称かよ」

何やら殿下が煩《うるさ》いが、膝《ひざ》の上に拳《こぶし》を作り、良く知る存在も、殿下、ジャックに続いて間違いなく攻略対象だと察する。

殿下に帰ってもらうにはお弁当を作り続けることを了承せねばならず、約束をしてしまった。

それでも！　いつでも！　他《ほか》の女性の手作り弁当が食べたくなったらすぐに言ってください！　と、念を押すと溜息《ためいき》を吐《つ》かれながらも殿下は城へと帰ってくれた。

殿下を見送る私を一歩下がった位置で見つめていたジャックが口を開く。

「お嬢」

「何？」

「何があったかお聞きしても？」

「……説明するには難しいし、貴方《あなた》に迷惑を掛けてしまうかもしれないのよ。けど、ジャック」

「はい」

ジャックと向き合い、見つめ合う。

「私は貴方にとても感謝しているわ」

ジャックに感謝を伝えておきたい。

どんな物語か分からないので、ヒロインが殿下を選ぶかも分からない。ジャックかも。よっちゃんかもしれない。

まさかのハーレムエンドとかも有り得るのだろうか？

誰を選んでも私は破滅するかもしれないが、ジャックが傍《そば》にいてくれるのもあと少しかもしれないのだ。

「俺もお嬢にとても感謝してます。爺さんになるまで、死ぬまでお仕えしたいと思ってます。ですからねお嬢」

「なに？」

「お嬢が話してもいいと思ったら俺、聞きますし、話したくないと思ったらいいです。王子の嫁さんにならなくても、誰とご結婚されようと、俺はお嬢の幸せを願いますよ」

「やだ、泣いちゃいそう」

思い起こすロマンス小説で意地悪な悪役令嬢の執事達はとても苦労し、とても主《あるじ》を嫌っていた。

どうかジャックに嫌われませんように！

強く願いながら、その日は眠った。

本当なら眠る前に、読んだことのある学園モノのロマンス小説、マンガ、ゲームも含めて、回避しなければならない悪役令嬢としての振舞いを復習しておきたかったのだけど……。

一気にいろいろあって疲れて眠ってしまったのは痛い。

それでも殿下にお弁当を作る約束は継続になってしまったので、休み明けの早朝。

早めに学園に来てお弁当を拵《こしら》えている。

「早起きですね。ハーヴィ嬢」

「殿下のために、健気《けなげ》で、素晴らしいですわ」

学園の調理場で働く方々が称賛して下さるが……私はもう、出来ればやめたいと思ってるんです……とは言えず。

「早朝から学園に通う生徒や教員のために、丁寧に食材の準備をされている皆様の方こそ称賛されるべきですわ。場所をお借りしてしまって申し訳ありません」

『いえいえそんなっ！』

声を揃《そろ》えて謙遜《けんそん》して下さる。

私は彼等、彼女らが作る美味だけでなく見た目も美しい料理は不得手だけれども……没落したり勘当されたら見習いとして雇ってくださるかしら……。

食器洗いと野菜と魚の下処理はかなり得意なので、就職先に困ったら、ダメ元で訪ねてみたいところだ。雑用係、喜んでっ！　と、言いたい。

自分と殿下、二人分のお弁当を作り終え、可愛らしいお弁当包みの布を広げてリボン結びにして出来上がり。

お弁当を手に持ち、調理場のみなさんに軽く会釈し、生徒の声が聞こえ始めた学校内を進んでいく。

あー、憂鬱《ゆううつ》だわ。

今すぐ退学したい。ヒロインのことを考える。

今は入学の時期じゃない。入学してから半年ほど経《た》っているのだが、そんな中途半端な時期にやってきたのがヒロイン。

転入してきたということだろう。学園に入るには身分もそれ相応に必要だが、テストをクリアすることも必須《ひっす》。

頭も良いのね。さすがヒロイン。

絶対に料理も得意だろうな。この世界にはないけど、ＳＮＳで映える可愛かったり美しかったりする料理を作れそうだ。

私はと言えば、茶色が主なおかずが得意。

唐揚げとか、シュウマイとか、ミートボールとか、ハンバーグとかコロッケとか。

意識して、ミニトマト、玉子焼き、ブロッコリーを入れて色映えを少しでもするようにしているけど。

そんな私のせいで王子殿下の大好物はカツ丼《どん》になってしまっているのは大変良くない。ちっとも王子らしくない好物だ。

工事現場で働く親父さん達かとツッコミを入れたい。

三つ葉を載せるのを忘れずに、玉ねぎもぎっしり入れれば肉も野菜も食べられる素晴らしい丼《どんぶり》メニューだと思うけどね。

「おはようございます。ナターシャ嬢」

廊下の向こうから歩いてきたのは朝日を浴びて輝く銀髪が眩《まぶ》しい美男子。

よっちゃんことヨアニス・クライブだ。紫紺の瞳《め》を細めて笑みを向けられる。

父君は宰相閣下で、よっちゃんも将来宰相と噂《うわさ》されるほど、彼もまた優秀。

間違いねぇよ。攻略対象だよと遠い目になりそうになりながら、輝くよっちゃんに朝の挨拶《あいさつ》をする。

「おはようございますヨアニス様。恐れ多くも本日も殿下の御昼食を作らせて頂きました」

「殿下が羨《うらや》ましいですね」

綺麗《きれい》過ぎる笑みを湛《たた》えるよっちゃんに、私は堪《たま》らず周囲を見渡し誰もいないことを確認すると、手近な空き教室に彼の腕を掴んで連れ込んだ。

「よっちゃん！」

「……なんだいナーさん？　学園でよっちゃんはやめてくれないかな？」

多少砕けた口調ではあるが、殿下に比べれば数倍マシの口調で返される。

ちなみによっちゃんは私をナーさんと呼ぶ。よし！　話を聞けそうだ！

「この前のあの子誰!?」

「不確定な単語が多過ぎて誰のことだか分からないね」

「嘘《うそ》言わない！　察してんでしょ!?　天才だものねよっちゃん！　殿下より頭良いの知ってるんだから！　あのピンクゴールドの髪で緑目の美少女よ!!」

「ああ。ユリアか」

「ゆ、ユリア!?」

名前も可愛い！　さすがヒロイン！

「……ファミリーネームは??」

「クライブだよ」

「えっ!?」

よっちゃんと、同じ……。

「もう、結婚したの？」

「そんなわけないだろ。事情が複雑でね。今朝、やっとソウンディクに話したくらいでさ。ナーさんはもう少し待ってて」

「待てないの！」

「どうして？」

……そう聞き返されると返答に困る。

よっちゃんの腕を掴んだまま沈黙すると、突如ガンッ！　と教室の扉が蹴《け》られて乱暴に開く。

「よぉ。朝っぱらから何してんだお前ら？」

「ゲッ！　殿下」

「おはようソウンディク」

人相の悪い、とても王子に見えない顔をしてずんずん教室に入ってくる殿下は私とよっちゃんの間に割り込んだ。

割り込む前に、やんわりとよっちゃんは私の手を自分の腕から放させていたんだけどね。

「てめぇナターシャ！　ゲッ！　って言いやがったな！」

「言ってませんわ。私がそのような汚らしい言葉遣いをするとお思いで？」

「お思いだよ」

チィ！　もう少しユリアさんについて知りたかったのに邪魔しないでよ！

いや、待て。よっちゃんはユリアさんについて殿下に話したと言っていた！

家で聞いた時と違い、殿下はもうユリアさんについて知っている！

よっちゃんが話せないのなら、殿下に聞けばいい！

「殿下。ユリアさんについて教えて下さいませんか？」

「何で？」

なんで⁇　だとぉおっ⁉

「知らねー」の次は「何で？」かいっ‼

聞いてんだから、知ってたら答えなさいよと言ってやりたいが、我慢だ。

「とても可愛らしい方なので仲良くしたいなと思いまして」

「嘘吐け」

一秒で嘘を見破ってこないで欲しい。こちとら確かに寧《むし》ろ遠ざけたいと思ってるけども！

嘘じゃないと言い返したいが、嘘が本当なのでこちらが不利！

でも！　不利とか言ってられない！　少しでも情報を集めないと私は死んでしまう!!

「嘘を吐いて申し訳ありません」

素直に非を認める。

「ナーさんは、待てないとも言っていたね？　ユリアについて何かあるのかい？」

「そうなのか？」

美形二人が揃って私の返答を待っている。

逃げられない。今こそ勝負時だ。ちょっとの嘘と本当を交えて、知りたいことを聞き出してみせる。

「……恐いのです」

「何が？」

「ユリアさんが。とても、可愛らしい方なので、殿下のお心を奪われてしまうんじゃないかと思って」

お弁当を抱き締めながら言うと、目の前の二人が驚いた顔をする。

好きに驚いてください。こっちは命が懸かってます。

「殿下と誰より時間を共有するのがユリアさんになって。殿下のお弁当をお作りするのもユリアさんになって……婚約者も、ユリアさんになられるのだと思ったら、彼女のことを知って、私ももっと殿下に好いて頂けるよう努力したいのです！」

白然に瞳に涙が込み上げる。

あ、この涙、演技じゃないです。

殿下への想いは友情が強いけれど、幼馴染で面白楽しく過ごしてきたと思える彼がヒロインのものになると思うと……寂しさが込み上げた。

二人が結ばれるなら祝福出来るよう努力はするつもりだ。

少しでも破滅エンドを避けるために、ヒロインの妨害はしたくない。

なんでもいいから、ヒロインについて教えて欲しいと願っているのに……無情にも頭上で授業開始五分前のチャイムが鳴る。

「授業が始まりますね。お二人をお引き留めして申し訳ありませんでした」

殿下とよっちゃんの横を通り過ぎ、先に教室に向かおうとしたのだが、ガシッ！　と腕を掴まれ引き留められる。

腕を掴んだのは殿下で、真剣な眼差《まなざ》しを向けられる。

「俺の婚約者は、お前以外有り得ない」

「殿下……」

そのお言葉、申し訳ありませんが信じられないんです。

だって私、悪役令嬢らしいんですよ。

「大変光栄なお言葉に心が震えます。感謝申し上げます」

「その他人行儀の喋《しゃべ》り方やめろよ……今日は一緒に飯食うからな。行くぞ」

私の腕を掴んだまま教室へと歩き出す殿下の後を歩くよっちゃんには、何故か苦笑を向けられてしまう。

この日は殿下と昼食を共にすることが出来た。

今この場には私達以外誰もいない。

それと言うのも、お昼休みを告げるチャイムが鳴り、食堂へと向かう殿下に縋《すが》りついたのだ。

「二人きりになりたいです！」

こっぱずかし過ぎるが言ったのだ。命には代えられない。

殿下からユリアさんの情報を引き出したい。よっちゃんよりは殿下の方が聞き易《やす》い。

また食堂に行けばユリアさんに遭遇してしまうかもしれないので……苦肉の策ってやつだ。

多くの学生に目撃され男女問わず顔を赤らめられ、殿下ですら真っ赤になっていたが、頷いてくれた。

何だかんだ言って優しい王子様だ。

お弁当をランチョンマットの上に広げ、「いただきます」をしてから食べ始めると、視線を感じた。

真横に座った殿下が私を見つめている。

何だ？　ご飯粒でも付いてます？

「どうなさいました殿下？」

「お前こそ、本当にどうした？」

ああ、これは本気で心配されている。

「殿下殿下って、名前で呼ばねぇくせに、奪われたくないとか言いやがって。しまいには二人きりになりたい？　言ってることとやってることの辻褄《つじつま》があってねぇぞ」

「……そうですよね」

「敬語、やめろ」

「……そうよね。ごめんねソウ」

私らしい喋り方と、ヒロインが現れるまでは呼んでいた愛称で呼ぶとソウはホッとしたように息を吐いた。

「お前の態度が急変した数日は胃が痛かったんだからな」

「ごめん」

「仕方ねぇから許してやるけど、ユリアってのが俺の嫁になる心配、本気でしてんのか？？」

例え話でユリアさんを俺の嫁って言っているだけなのに、胸が痛むくらいには心配してるわよ。

箸《はし》を持ったまま俯く私にソウは重い溜息を吐く。

「ない。有り得ねぇってさっきも言っただろ？」

「詳しいことは聞けてないけど、クライブってことはよっちゃんと同じなわけで、身分は申し分ないんでしょ？　可愛い子だったわ」

「好みのタイプじゃねぇ」

「えっ!?　そうなの!?」

好みのタイプじゃないのは意外だ。

けど待って？　そもそも王子の好みのタイプじゃないヒロインなんている??　好感度が存在するゲームだった場合、ヒロインに対してソウの好感度がまだ低いということだろうか？

「どうしてタイプじゃないの？」

「胸がない。声が高過ぎる。髪の色が明る過ぎて俺と被《かぶ》る。身長が低過ぎる。喋り方が好きじゃねぇ。……他にも言うか？」

「い、いいや」

とっても具体的だ。嘘を吐いてるようには感じない。

「特に胸がねぇのがな～。ダンスの時とか踊る女の胸が当たるのが楽しみだってのに、あの女まな板だもんな」

最低だ。最低な王子がいるぞ。

お弁当を食べ終えたソウはお弁当箱と綺麗に包み直して、私に差し出す。

「ご馳走《ちそう》さん。美味《うま》かった。明日も宜《よろ》しく」

「どういたしまして」

両手で空になったお弁当箱を受け取り、明日の約束にも頷いた。

「つーかさ、そもそもあの女」

「ソウンディク様ぁ」

甘く、耳を擽《くすぐ》る少女の声が、ソウを呼んでいる。

サッと条件反射で青褪《あおざ》めてしまった。

ガラリと開けられた扉を、見たくないのに見てしまう。

今日もまた空き教室にいた。扉を開けたのはユリアさん。うん。とっても可愛い。

満面の笑みはソウへと向けられ、彼女は私をチラリとも見ず、ソウへと近付いていく。

だが、彼女が触れる前にソウは私を抱き込んだ。

「殿下!?」

「何の用かな？　ユリア嬢」

私の戸惑いを余所《よそ》に、ソウは猫を被る。

「もっと親しくユリアって呼んで下さいって言いましたのにぃ！」

「私が親しくしたい令嬢はナターシャだけなんだ」

私の髪の一房を手に取り、口付けながらソウは言う。

ヒィッ！　ヒロインの妨害を私絶対してる！　怖くてユリアさんの顔を見られない。

ソウの腕の中に顔を隠させてもらう。

「まだご婚約状態なのに、ナターシャさんの我儘を聞いてあげてるんですか？　ソウンディク様ったらお優しいんだから！　そんなところも素敵です！　あの、私ソウンディク様にお願いがあって……」

早速の婚約者にして下さいですか？　あぁ、もしソウが頷いたなら私は決して邪魔しないので命だけは！

「今週末の夜会。私と踊って下さいませんか？　学園にいる間じゃないと、ソウンディク様とお話し出来ませんし。私ぃ、ソウンディク様ともっと親しくなりたいんですぅ」

ストレートだ！　ド直球のアピールに感心する。

他の令嬢達はこうはしてこない。

何せね。一応ね。仮にもね。私いるのでね。婚約者なんですよ、まだ……。

私を無視した発言にも凹《へこ》むが、それ以上に今週末の夜会をすっかり忘れていたことにも衝撃を受ける。

ドレスもアクセサリーも普段からあまり購入していない。

だが、今週末の夜会は学園主催の大きなもので、新しく用意しましょうね！　と、何故か張り切っていたジャックや我が家のメイド達に頷いてしまっている。

「ユリア嬢。私の婚約者はナターシャだ。私は彼女以外と踊らないよ」

「それもナターシャさんの我儘ですか？」

「違うよ。私の我儘だ」

セフォルズ王国の夜会でのダンスは、未婚同士ならば時間が許す限り何人とでも踊れる。

しかし、断ることもマナー違反にはならない。

寧ろ、恋人や婚約者がいる相手を誘うのは、少々下品に思われる。

ユリアさんが私の名前を呼ぶ声が低いのが気になる。低くても可愛い声だけどね！

絶対今睨《にら》まれているだろうなぁあっ!!

「ナターシャさんはソウンディク様にこんなに我儘を言って恥ずかしくないんですか？」

あぁああ！　無視出来ない私への問い掛け!!

見たくないけど、恐る恐るソウの腕の中から顔を出してユリアさんを見ると、可愛い顔で睨んでいた。

っん。怖くないけど。怖いです。ヒロインを怒らせてしまっている現状が恐い。

「恥ずかしいに決まっていますわ」

「あら。意外に物分かりがいいんですね」

上から目線なヒロインの言動は少し気になるけれどもね！

いつまで抱き締めてくれてんのソウってば！　心強いけれども!!

「ユリアさんの仰《おっしゃ》る通り、私と殿下はまだ婚約者同士。ですのに、先ほどから放してくださらないのはっ、明るい時間ですし、恥ずかしいんです！　ユリアさんもいらっしゃるの、んっっ!!」

顎《あご》を持ち上げられ、ソウに、口付けられてしまった。

まさか……本当にまさかだ。

ヒロインの目の前で、王子様とキスをしてしまったのだ……万事休すかもしれない。

・みんな恋、してました

「……お先は真っ暗だわ」

「何言ってんですお嬢。大変お美しいですよ」

「ジャックとメイドのみんなには今日も感謝してるわ」

ソウにキスをされ、驚き硬まった私を、気付けばソウがお姫様抱っこをしてくれていた。

ユリアさんが、そんな私達をどんな顔をして見ていたのかは分からない。

とは言え、絶対ご機嫌は損ねただろう。

あっと言う間に夜会当日になってしまった。

ドレスも装身具のデザインも全《すべ》て任せきりにしてしまったにも関わらず、私好みのオールドローズを基調としたイブニングドレスをジャックとメイド達は用意してくれたのだ。

なんと装身具は全て、ソウからの贈り物だという。

金の細工に、サファイアの石はソウを連想させ、ネックレスもピアスもティアラも全てがソウの色だった。

「独占欲の強い王子ですねぇ。……小さい頃《ころ》からブレねぇよな」

「え？」

「いえ、何でも。お嬢の髪色にも大変お似合いです」

「ありがとう」

「せっかくドレスも装身具もお嬢自身もお綺麗《きれい》なのに、沈んだ顔してちゃ勿体《もったい》ないですよ？」

「ジャックこそ。私なんかよりジャックが夜会に出るべきだわ。学園に通う生徒は身分関係なく、今宵《こよい》の夜会には参加出来るんだから。貴方《あなた》なら引く手数多《あまた》よ。ご令嬢と恋仲になったら一緒にはいられなくなるけれど、ジャックの恋なら応援するから！」

頼りになるジャックが共にいてくれなくなるのは寂しく心細いけれど、ジャックには誰《だれ》よりも幸せになって欲しいから。

「あ〜いや、お嬢を差し置いてってのが気が引けて言えてなかったんですがね。俺《おれ》、恋人います」

「……は？　……へ？　嘘《うそ》でしょ⁉」

耳を疑うジャックの告白に目を丸くすると、ジャックは至って真面目《まじめ》な顔で詳しく説明してくれた。

「俺の恋人は、お嬢も知ってる女性ですよ。俺、まだ学生でもあるんで結婚は出来てませんけどね」

ジャックが口にした名前の女性は、我が家で働いてくれているメイドの一人で、私付きの女性。

いつも優しい笑顔で髪を梳《す》いて整えてくれて、私も大好きでついつい彼女が傍《そば》にいる日は、髪型もドレス選びも頼ってしまう。

彼女の年齢は私やジャックより三つほど上。姉さん女房ってわけね。

うんうん。彼女とジャックならとってもお似合い……って‼

「全然気付かなかったわ‼」

「お嬢が王子と……いや、どなたかと結ばれるまでは秘密にしておこうかと二人で決めてまして」

「そんな必要ないのに‼　えっと、おめでとう。末永く二人の幸せが続くように願っておくわね。結婚式は呼んでくれると嬉《うれ》しいわ」

「もちろんですよ。では、行ってらっしゃいませ」

「ち、ちょっと待ってジャック！　少し冷静になってからにしたいわっ！」

「もう王子殿下はお待ちだと思いますので、殿下に冷静にしてもらって下さい」

ジャックに背中を押され、夜会の会場へと足を踏み入れる。

しかし、脳内は夜会どころではない。

絶対に攻略対象だと思っていたジャックに恋人⁉　お、乙女《おとめ》ゲームではないってことでいいの⁇

「ナターシャ」

「ひぃっ！」

「ひぃって……どうしたの？　大丈夫？　今日も素敵ね」

混乱状態で、何が起こるか分からないのが怖くてみっともない声を上げてしまった。

苦笑しながら私のドレスと装身具を褒めてくれた女性は、一番仲良しだと思う令嬢のメアリアン・ラーグ。ラーグ侯爵令嬢だ。

淡い色合いの金糸の髪色に水色の瞳《ひとみ》は、メアリアンの優しい性格にとても似合っている。

一緒にいて安心出来る彼女に驚いてしまった自分が恥ずかしい。

「ありがとう。メアリアンこそ、とっても素敵よ？」

「うふふ。そう？　ねぇナターシャ？　ハーヴィ将軍や騎士の方々は今宵はいらっしゃらないわよね」

ドレスを少しだけ摘《つま》んでモジモジするメアリアンは愛らしい。

けど、彼女の好みはなかなかに変わっている。

ハーヴィ将軍とは私のお父様。メアリアンは私のお父様のような人を好いている。

私のお父様は、とても筋肉質。分かり易《やす》く言うとマッチョ。メアリアンはマッチョ好きなのだ。

お父様は、セフォルズ王国騎士団を纏《まと》める鬼将軍として名を馳《は》せている。

私の幼い頃から我が家には騎士団のムキムキ騎士達が出入りし、十歳くらいで知り合ったメアリアンは彼等を見て一目でときめいてしまったそうだ。

性癖、と言わせてもらうと何だか申し訳ないが、それ以来、メアリアンの好みは揺らがない。

柔らかな雰囲気、優しい性格、美しい容姿を誇る彼女には求婚が後を絶たないそうだが、ラーグ侯爵も娘の好みのタイプは把握しているらしく、お父様に目を掛けている騎士はいないか打診してるとかしていないとか……。

「お父様達でも、さすがに今宵の夜会には参加できないんじゃないかしら。あ、けど、警備に付いてくださっていた方の中に、お顔を見たことがある方もいたかも……」

「本当!?　ナターシャが見たことがあるということは逞《たくま》しいだけでなく優秀な方よね!?　私ダンスではなく警備に参加したいですわ！」

「それはさすがに。ほら、メアリアンと踊りたいと思っている男性が多くいるみたいよ？」

少し離れた場所からチラチラこちらを見ている男子生徒が多い。

「私だけじゃなくナターシャのことも見ているのよ？　……学園にいる生徒の中にもそれなりのお身《から》体《だ》の方はいるけれど、騎士団の方には敵《かな》いませんわ……ふぅ」

扇子《せんす》で口元を隠し、悩ましげな溜息《ためいき》を吐《つ》くメアリアンを頬《ほお》を赤らめて男性陣は見ているが……。

私にだけ届いた彼女の言葉の内容は、男の身体の評価だ。とてもじゃないが聞かせられない。

「学園で一、二を争う美しい御令嬢お二人が並んでいると、月の雫《しずく》のように輝いていますね」

「よっち、ヨアニス様」

「お上手《じょうず》ですこと。ヨアニス様に褒めて頂けるなんて、照れてしまいますわ」

「真実を申し上げておりますよメアリアン嬢」

よっちゃんと呼びそうになって慌てて言い直した私と違い、メアリアンがこっそりウィンクを向けてくれながら、令嬢のお手本のようによっちゃんに挨拶《あいさつ》をする。

私をフォローしてくれたのね。ありがとうっ！　よっちゃんと呼んでいることもメアリアンは知ってくれている。

「さぁ、そろそろナターシャは殿下のところにお行きなさいな。他《ほか》の男性にダンスに誘われないかと気が気でなさそうよ？　ヨアニス様。殿下の元にナターシャを連れていって差し上げて下さいませ」

「メアリアンは？」

「私はダンスの予約でいっぱいなの……お一人も好みの方はいないけれどね」

私の耳元で本音を教えてくれるメアリアンと顔を合わせて微笑《ほほえ》み合う。

おモテになって、大変ね。後日愚痴を聞かされまくるだろう。

ドレスをほんの少し持ち上げて、一曲目のダンスのお相手であろう男子生徒に笑顔を向けているメアリアンに感心する。

「……はぁ」

隣で漏れる溜息。よっちゃんが溜息なんて珍しい。

どうしたのかと思うと、その視線はメアリアンを追っていることが分かる。

……え？　えっ⁉　嘘⁉　もしかして、そうなの⁉

「よ、よっちゃん」

「何だいナーさん。学園でも夜会でもよっちゃん呼びは控えてね」

「……ごめんなさいヨアニス様。も、もしかしてメアリアンが好きなの⁇」

「気付いてなかったの？　ソウンディクもジャックも知ってるよ。情けない私は、結局今宵もメアリアン嬢をダンスに誘うことも出来なかったけれどね」

な、んだとぉおおっ！！？

なんてこったい！　いや頑張れ！　よっちゃんこの戦いは相当厳しいぞ!!

「……おい」

しかしよっちゃんってばメアリアンかーい！

メアリアンのタイプとよっちゃんてば掛け離れ過ぎている!!

私は二人とも大好きだけど、メアリアンはマッチョ好きだ。見た目儚《はかな》げ系美男子のよっちゃんじゃあ、逆立ちしてもお父様達のようにはなれないだろう。

「おいこらナターシャ!!」

「おぅ」

耳元で、小さな声だが怒られた。

いつの間にやら目の前にはソウ。

少し離れた場所にはよっちゃんがいて「仲良くね」と言いながら離れていく。

学園の先生方と話していたソウの元へ送り届けてくれたらしい。仕事が早いね。さすがよっちゃん。

「ごきげんよう殿下。素晴らしい装身具をありがとうございました。私には勿体ない品々ばかりですわ」

「よく似合っているね。今宵も私の姫は美しいな。贈った品は全てナターシャの輝きで霞《かす》んでしまう」

誰にも聞こえないよう「おいっ！」って失礼な呼び方二回もしてきたくせにこの切り返し！

恭しく手を差し出し、ソウは、私でも見蕩《みと》れてしまう微笑みを向けてくれる。

「私と踊っていただけますか？　ナターシャ」

「はい。喜んで」

ソウの手の上に自分の手を重ねる。一曲目のダンスが間もなく始まる。

この国で一番偉い王のご子息。第一王子であり王太子であるソウとそのお相手に今はなっている私が躍る場所は当然中央。

自然な流れでソウと連れだって歩きながら、ジャックもメアリアンもよっちゃんも恋してて素敵ぃ……とか暢気《のんき》なこと考えてる場合じゃないことにやっと気付く！

ちょっと待って！　ダンス踊るのダメじゃない!?

そもそも夜会に出ちゃいけない！　ソウと踊るなんて絶対アウト!!

私は悪役令嬢なのに!!

「ナターシャ？　大丈夫ですか？」

「え、ええっ。平気です」

立ち止まってしまった私を心配して、ソウも足を止めてくれる。

本音を言うなら、食堂のように逃げ出したい。

けれど、ここでソウの手を振り払い、走り去ったら誰よりもソウに迷惑が掛かるうえに名誉も傷付けてしまう。

一曲だけ！　一曲だけ踊ったら体調不良を理由に下がらせてもらおう。

青褪《あおざ》めながらも、この世界で幼い頃から教わってきたダンスは頭と身体に記憶され、動揺した状態でも踊ることが出来る。教えて下さった先生方、感謝致します。

ソウと踊った回数は誰と踊るより多く、安心して踊れるので、少し落ち着くことが出来た。

クルクルとダンスを踊りながら、視線は不自然ではない程度に会場を見渡す。

ユリアさん……いない？

学園主催の夜会なんて、ヒロインの独擅場だろうに……いないなんて有り得ないんじゃ……。

「こらナターシャ」

「うっ、……ごめんなさい」

他者から見れば不自然じゃない自信はあるけど、間近にいるソウから見れば、心ここにあらずが丸分かりだろう。

いつもより身体をくっつけてダンスを踊りながら、小声でソウが文句を言ってくる。

「俺が目の前にいるのに、誰のこと考えてる？」

「ユリアさんのことを」

「またあの女かよ」

「ソウ。ちょっと、止まってくれない？　二曲目が始まっちゃうわ」

「無理」

層身体を密着させられ、一曲目で止めることが出来なくなってしまう。

鼻と鼻がくっついてしまうほどの距離間に、恥ずかしくなって俯《うつむ》く。

「ナターシャ、俺を見ろ」

「今顔を上げたら鼻と唇が当たっちゃうでしょ！」

「キスで照れてんのか？　小せぇ頃は良くしたのに」

ほっぺにねっ！　額にねっ!!

「この前だって急にキスして。しかもユリアさんの前で」

「牽制《けんせい》になると思ってやったのもあんだぞ？　褒めて欲しいくらいだぜ」

どこに褒める部分があるのよぉ！

殆《ほとん》ど抱き締められているような状態で踊っている。

視線を感じて周囲を見れば、会場にいる多くの人が私とソウを見ている。

ひぃっ！　恥ずかしい！　こっちを見ないで欲しい！

「ソウっ、少し離れて」

「ヤダね」

ヤダって子供か！　話している内容はちっとも色っぽいことなんてないのに！

密着したままダンスを踊り、お互い小声で囁《ささや》き合っていたら、どっからどう見てもいちゃいちゃしているようにしか見えないって！

「お願いっ！　私、これ以上踊るのは困るのよ」

ユリアさんに見られていたら、私の命の終わりが近付いてしまう。

「お願いね……ナターシャの願いを聞く代わりに俺の言うことを一つ聞けよ」

「何？」

ダンスを止めていいのなら、何でも言って欲しいと思い顔を上げる。

バチッと、ソウの碧眼《へきがん》と視線が重なった。

ソウの顔を見て察してしまう。ああ、気付きたくないけど、これは面倒な提案をされる予感……。

悪戯《いたずら》っ子のような顔をしていたのだ。

「今日、城に泊まれ」

ほら、やっぱり！

ヒロインが現れ、悪役令嬢だと言われてしまった現状で絶対にやりたくない行動の一つ！

婚約者って立場だけの女が城に泊まるなんて！

まさに、悪役令嬢じゃない？「おほほほ。私は未来の王妃なのよ？　ひれ伏しなさい」と、脳内で自分じゃない自分が高笑っている。

「なんで？　どうして城に泊まらなきゃならないの？」

「親父がナターシャに会いたがってんだよ」

国王陛下が……それは絶対に無視は出来ないけど。

「明日の謁見なら、今日泊まる必要ないでしょ」

「朝飯も共に食いてぇって言ってんだよ。お前の屋敷から城に来るより、学園の方が城に近い。幾ら婚約者つっても、明日改めて城に来るなら、親父に会うまでに手続きやら何やら面倒だぞ？　今俺と城に来るなら、王子の同伴者だ。何の問題も手続きもなく入れるぞ？　どうだ？」

「面倒な手続きの方がいいわ」

「チッ」

舌打ちしたわね！

ソウは問題ないと言うけど、城にいる方からすれば、婚姻前に王子の婚約者が城に泊まるだなんて。

「淫奔《いんぽん》な婚約者だって言われ兼ねないじゃない」

あんまり悪役令嬢でお相手の王子以外の方と身体の関係をもったのは聞いたことないけど。

例えばユリアさんが、私の欠点を挙げたいと思っているのなら、これは言われてしまうだろう。

「婚約者である俺が誘ってるのにそんなこと言われねーよ。貞淑な女でもあるまいし何気にしてんだ」

「失礼ねっ！　未経験よ！」

「当たり前だ。俺以外と関係をもったら相手の男を殺してやる。淑《しと》やかではねぇだろってことだよ。それに陰口ぐらい、どうってことないだろ？　真っ正面から立ち向かう女じゃねぇかお前」

「そりゃそうだけど……」

ソウと婚約が決まった当初。

そりゃもう、大勢のご令嬢から嫌味やら何やら言われまくりましたけどね。

けどっ、今回の相手はヒロインだ！

悪役令嬢の私が何か言い返したら「酷《ひど》いわっ！　やっぱりナターシャ様は悪い人なのねっ！」と、可愛《かわい》らしい顔を悲しみに曇《くも》らせ、涙ぐむユリアさんが脳内に浮かぶ。

「他にない？　そうだっ！　お弁当のおかず、ソウの好きなものにするからっ！」

「お前の作る弁当で嫌いなもんはねぇんで、却下」

くぅっ！　好き嫌いがないのは良いことねっ！

「ほーれ。どうする？　三曲目が始まったぞ～？」

私の手をクイッ！　と引っ張り、三曲目のダンスはソウがリードしてきたのでそのまま踊ってしまう。

「困るんだってばぁっ!!」

「俺はお前に条件を提示した。あとはお前次第。このまま夜会が終わるまで、くっついてダンス踊りまくってもいいんだぜ～？」

虐《いじ》めっ子か！　くっそぉおっ！

悔しいが、どちらかを選択しなければならないなら、衆人環視《しゅうじんかんし》の現状よりは、こっそり、出来る限り城に泊まったことが分からないように出来れば、泊まる方がいい。

「と、泊まるわ」

「おー。その気になったか」

「ただしっ！　こっそりよ！　ひっそりよ！　私、具合が悪くなったフリをするから、ひとまず救護室に、きゃあああっ‼」

悲鳴を上げてしまう！

だって！　ダンスの途中だったのに、ソウってば私をお姫様抱っこしたのだ！

当然ながらざわつく会場の全員に、腹の立つほど綺麗な笑みを浮かべたソウは、

「愛《いと》しい姫と二人きりになりたいので、今宵は失礼致します。みなさんは素晴らしい夜会をお楽しみ下さい」

カツカツと靴音を響かせて、私を横抱きにしたまま会場をソウは後にする。

何故《なぜ》か……会場の外へと出た時、会場内から拍手のような音が聞こえた気がしたが。

微塵《みじん》もこっそりでもひっそりでもないことにショックで、頭も耳も停止してしまったので、幻聴だったのかもしれない。

そして私はソウと一緒に馬車に乗せられてしまった。

・ジャックとお嬢（ジャック視点）

王族専用の馬車が城へと真っすぐに向かっていくのが、学園の窓からも見ることが出来る。

多くの人が窓から馬車が見えなくなるまで見守り、見えなくなると自然と拍手が沸いた。

「ソウンディク殿下とナターシャ嬢は真《まこと》に仲睦《むつ》まじいですなぁ」

「微笑《ほほえ》ましいことですわ」

学園の教員達が話す内容に頷《うなず》きながら、お嬢の父君に連絡を入れておく。

王子殿下がお嬢を城に泊まらせるようです、と。

光栄だと、恐らく殆《ほとん》どの家ならば喜ぶだろうが、将軍とハーヴィ家で働く連中は「まだ早い！」と口煩《うるさ》く言うだろう。

将軍は、遠征先から城に乗り込むかもしれない。親バカとお嬢好きが集まってるからなぁ。

俺は口煩くはならないが、馬車を見送り、寂しい気分にはなっている。

「何せ初恋相手なもんでねぇ」

今では恋人も出来、とっくに失恋の痛みは消え失《う》せているが、恋心と負けないくらいお慕いしているお嬢が正真正銘《しょうしんしょうめい》あの王子のものになるのは……どうしたって考えると寂しい。

十にも満たない年の頃《ころ》。

俺《おれ》は死を覚悟していた。

両親は俺が生まれた途端に捨て、俺は孤児院で育てられていたのだが、孤児院も資金不足で成り立たなくなり、そこにいた子供は、全員売られた。

大抵がろくでもない相手へと。俺が売られた相手は、国内で禁止されている薬物を扱っている連中だった。

子供《ガキ》を使えば危険な薬物を売り捌《さば》いているとは思われず、警戒されないと踏んだのだ。

実際その通りで、俺は薬を運ばされ、時に使用者に届けていた。

薬物によって凶暴になった相手に殴られ、蹴《け》られ、薬代をもらえないこともあり、組織に戻ると金を取ってこいと、再び殴られる日々。

だが、まだ死なない程度に加減はされていたのだろう。

俺はある日。とんでもない失敗をした。

運んでいた薬物を、よりにもよって大勢の人間がいる大通りで転んでぶちまけてしまったのだ。

ろくに飯も与えられていなかったために、身体《からだ》に力が入らなかったことも大きい。

俺は、その場で凍りついた。殺される。明確に分かった。

禁止されている薬物は一般人にも知られていて、子供とは言えど何を運んでいたのか気付く者が現れ始めたのだ。

俺は残された力を振り絞り、足に力を入れて駆け出した。

組織の連中に殺されるのは嫌だと思った。

死ぬギリギリまで嬲《なぶ》られ、薬物を試しに使用され、無残な死を迎えることになるだろう。

連中のおもちゃになるのはもう沢山だった。

だから一思いに、俺を殺してくれる存在を求めた。

子供の俺でも名を知るセフォルズ王国一恐ろしい将軍と噂《うわさ》される「鬼将軍」。ハーヴィ公爵に殺されようと決意した。

きっと薬を売っていた愚かな子供を一撃で殺してくれる……。

しかし、力ない子供が公爵に会えるわけがない。

なんとか広大なハーヴィ家の領内には辿《たど》りつけたが、俺は……力尽き、道端に倒れ伏した。

ああ、もういいか。ここで死ねば組織の連中には、もう会わないで済む……。

指先にすら力が入らなくなった時。

「大丈夫⁉」

女の子の声が近くでした。

顔を上げると……目の前には見た事ないほど綺麗《きれい》な女の子。

服もなにもかも綺麗だったが、一番綺麗だと思ったのはやはり顔だったと記憶している。

お嬢は今も綺麗だが、昔からずっとずっと美しい。

こんな子の前で死ねるならいいかと思えた。

ただその子からは、花の香りとか女の子特有の甘い香りとかではなく、香ばしい、食欲をそそる匂《にお》いがした。

何故《なぜ》？　と疑問に思ったが、良い匂いにつられ、促されるように腹の虫が鳴り、自然と口から、

「お、お腹《なか》が空《す》いた」

本音が漏れた。道端に倒れた子供に、同じ子供とは言えど、何もくれはしないだろう。

もしかしたら、残飯くらいは家の近くであれば、投げて寄越してくれたかもしれないが、俺が倒れている場所からは遠くに屋敷が見えていた。

だから、綺麗な女の子を困らせることを言ってしまったと後悔したのに……。

「はい！　あげるわ！」

「……え？」

『いいから食べて！　飲み物もあるわよ？　あなた身体は傷だらけだけど、口と喉《のど》とお腹は大丈夫？　消化が良いものとは言えないけど、お腹はいっぱいになるはずよ」

女の子は信じられないことに俺に立派な重箱を差し出してきたのだ。

身を起こすことまで手助けしてくれた女の子は、道端から大きな木の下まで連れていってくれて、俺を座らせると、俺の前に重箱を広げてくれた。

重箱を開けると、一層美味《うま》そうな匂いが俺を包んだ。

「コレ、食べていいの？」

「もちろんよ！」

「でも、俺、お金……」

「いらないわよ！　困ってる人は助ける！　まして空腹状態で倒れてる人にお弁当を持っててあげないなんて女が廃《すた》るわっ!!　はいっ！　まずは飲んで！」

茶を差し出され、飲むと……もう耐えられなかった。

広げられた重箱の中にある握り飯を手に取り食べる。あの一口の味は、未《いま》だに忘れられない。

生きてきて、あれほど美味い握り飯を食ったことはなかった。

まだ幼かったお嬢が自ら握った歪《いびつ》な、ただ、塩を塗《まぶ》しただけの握り飯だったけど……俺には何よりのご馳走《ちそう》だった。

涙を流しながら食べる俺の背中をお嬢は時折撫《な》でてもくれて……。

綺麗な女の子に優しくされ、弁当までもらったら、惚《ほ》れないわけがないだろう。

俺はその後、お嬢に付いていたメイドが呼んだハーヴィ家に常駐していた騎士の一人に引き渡されることになったのだ。

どこかへ向かう途中だったお嬢も付いてきてくれた。

ハーヴィ家の屋敷に着くと、門前に仁王立ちしている大男。

ガイディンリュー・ハーヴィ公爵。

鬼将軍の名が相応《ふさわ》しい男は、将軍以外にはいないと思えた。

体躯《たいく》だけではなく人相も鬼に負けないくらい凶悪で、子供の俺は竦《すく》み上がった。今も将軍より怖い存在はいないと思っている。

俺はこんな恐ろしい存在に殺してもらおうと思っていたのかと、子供ながらに考えの浅はかさを痛感した。

「お父様、いじめないであげてね？　良い子なのよ？　お弁当を米粒一つ残さず食べる子が悪い子なわけないもの」

……聞き間違いかと思った。

この優しい美少女はなんと言った？

お父様？　美少女と鬼将軍を俺は何度も見返し、驚愕《きょうがく》する！

ちっとも似てねぇけどっ!?

口に出さなかった幼い自分を褒めたい。

口に出していたら、将軍に組織の連中の蹴りなんか虫に刺されるくらいに思える重い膝《ひざ》蹴りをもらっただろう。

だが、どうやら鬼も娘には甘いらしく、美少女のお願いに頷いていた。

俺は騎士の一人に背中を押され、将軍と向き合わされる。

美少女は俺を何度も振り返ってくれながらも、馬車でどこかへと向かっていってしまった。

今なら分かる。お嬢は王子殿下にお弁当を届ける途中だったのだ。

普通のお嬢様なら王子様に会いに行く途中で俺みたいな子供には目もくれないだろうにな……。

「小僧」

低く、重たい声にピンッ！　と背筋が伸びる。

「町で禁止されている薬物がばら撒《ま》かれていると報告を受けた。ばら撒いたのは子供で、目撃者が証言した子供の特徴はお前を示している」

「は、はいっ。お、俺が、薬を売っていました」

好きで売っていたんじゃない。生きるために仕方なかった。

けれど……言い訳なんて無意味だ。俺のせいで薬物中毒に侵された人間は相当いる。

いざ、殺されるとなると、情けなくも震えた。目の前の人に殺される決意をしたのに。

それでも、いいと思えた。死ぬ前にあんな綺麗な子に会えて、美味い飯まで食えたのだ。

「年は幾つだ？」

「……は、こ、九つです」

「娘と同い年か、ふむ」

頭上から、ジッと見据えられる。

冷や汗が背中を流れていった。

「組織の根城。分かる限りの組織にいる者の名前。言えるか？」

「い、言えます」

「ならば良い。正直に話せ。話すのならば、我が屋敷で働かせてやろう。住む場所も与えてやる。どうだ？」

まさか、そんなことを言われるとは思わなかった。

驚きながらも、頭が言われたことを理解し、俺の顔に熱が集まる。

組織に未練なんて微塵《みじん》もない。働く場所と住む場所をもらえる！　そしてまた、あの女の子に会える！

俺は、また涙を流し、何度も頷きながら、嗚咽《おえつ》で話し辛《づら》くなりながらも、必死で組織について覚えている限りのことを伝え、ハーヴィ家で働くこととなったのだった。

……俺の初恋は、すぐに打ち砕かれることになるとは知らずに。

お嬢付きの執事になるよう教育を受けることになった俺は、執事見習いとして過ごしていた。

今までの生活と違う充実した日々。指導は厳しいものもあったが、教わり、こちらが教わった通りに出来れば認めてくれる環境。

そして何より……。

「ジャックは私と同い年なのでしょう？　お嬢様は嫌だなぁ。お友達になって欲しいもの」

好きな女の子にこんなことを言われて、嬉《うれ》しくて仕方なかった。

屋敷で働く先輩執事やメイド達からは少し困った顔を向けられてしまったが「お嬢」と俺が様を抜いて呼ぶと「それならまだいいかな」と言って、お嬢は綺麗な顔でとても可愛《かわい》く笑ってくれた。

幸せな日々を過ごしていたのだ。だが、そんな俺に現実が突き付けられる。

「俺の弁当を盗み食いしやがったのはお前か」

「ソウ！　盗み食いじゃないわっ！　私があげたの！」

綺麗で優しい女の子には、婚約者がいたのだ。

思えばいないわけがなかった。こんなに良い子で、親はあの鬼将軍。

そんな女の子の婚約者は、国の中で一番の相手だった。

ソウンディク・セフォルズ王子。セフォルズ王国の王子様が女の子の婚約者だった。

今日は王子自らハーヴィ家を訪れていて、俺がお嬢に助けてもらった時に食べた弁当は、この王子様にお嬢が作ったものだったことを知った。

「王子殿下のお食事とは知らず、大変申し訳ありません」

「謝らなくて良いのよジャック。あなたはお腹が空いて倒れていたんだから」

王子に謝罪すると、お嬢が庇《かば》ってくれた……しかし。

「おーおー、確かにそいつが謝る必要はねぇな。こらナターシャ。俺の弁当って分かった上でそいつに弁当をやったお前が悪い。謝れ」

「私は困ってる人を助けたのよ!?」

「お前があの日弁当を持ってこなかったから、俺が困ったんですけどぉ？」

「お城に着いてからご飯作ったじゃない！」

「待ってる間辛かったな～。腹が減って俺も倒れそうだった」

嘘《うそ》泣きだと大変分かり易《やす》いが、王子様は目元を拭《ぬぐ》うフリまでしていた。

それを見たお嬢はふるふると怒りに震えている。

「もうっ！　ごめんね!!」

「なんだその謝り方。ちゃんと謝れ」

「ソウのバカ！　私、お昼の支度してくる!!」

怒ってしまったお嬢は部屋を出ていってしまった。

俺もお嬢に付いていこうとしたのだが「待て」と何故か俺が王子に呼び止められる。

王子様の制止を無視なんて当然出来ず立ち止まって振り返ると、指で座れと指示された。

数日前まで、禁止されている薬物を売って運んでいた俺が、まさか王子様と対面することになるなんて……。

緊張で震えながら、恐れ多くも正面に座った。

「お前、名前は？」

「ジャック・ニコルソーです」

「そうかジャック。単刀直入《たんとうちょくにゅう》に言う。ナターシャへの恋心は捨てろ」

「……は？」

言われた意味が、分からなかった。

だが段々と頭が理解してくる。

「ど、どうして、俺がお嬢を好きだって……」

「そんなの当然だろ。苦しい状況をお前はナターシャに助けられたんだろ？　アイツは可愛い。綺麗だし、優しいし。そう思ってるだろ？」

素直に頷くと「はぁ～」と王子様は溜息《ためいき》を吐《つ》いて、ソファに背中をくっつけて天を仰ぐ。

「惚れねぇ方がおかしいってお前自身、思ったんじゃねぇの？」

「思いました」

「だよなー？　そりゃそうだ。だが、そのままの継続は俺が許さない」

身を起こした王子は、俺を真っ直ぐ見つめてくる。

「ナターシャは俺のだ。今もこれから先もな。だから、お前がこれから先、ナターシャへ恋心を抱き続けるって言うんなら、俺にも考えがある」

冷や汗が、頬《ほお》を伝う。

王子としての力を使い、俺を、ハーヴィ家から追い出すということか。

それだけでは済まされず、薬を売り捌いていた罪を償うこととなり、牢屋《ろうや》送りか……。

子供だったとは言え、許されないことをした自覚はある。

お嬢を好きな気持ちをすぐに打ち消せるかは分からないが、お嬢は命の恩人だ。

俺はお嬢の傍《そば》にいたいっ！　お力になりたいっ！　なんとかこれから先もお嬢の傍にいさせて頂けるよう王子様に懇願しようとしたのだが……。

「ナターシャを好きなままでいるなら、お前は俺の側近にする」

「……へ？」

王子様の、側近？　それは、一体何故？

「どうした？　返答は？」

「あ、あのっ、ここは普通、牢屋送りとかじゃあ」

「そんなことをしたら俺がナターシャに嫌われるだろ。それに、お前の罪はハーヴィ公爵が許しているる。俺がお前を罰することは出来るだろうけど、ハーヴィ公爵の顔を潰《つぶ》すことにもなりかねないからな。お前は優秀そうだし、俺の側近にもなれると思う。あー、給料はハーヴィ家より出せると思うぞ？」

王子様の提案に驚く。

この王子様も、変わっている。

まだ執事にもなれていない俺を消すことなんて、簡単なことだろうに……。

「似ているのかもしれないですね」

「は？　何がだ？」

「王子殿下とお嬢ですよ。分かりました。諦《あきら》めます。すぐには難しいとは思いますが」

この王子様なら、お嬢の相手として認めよう。

俺なんかに認められても意味はないことだろうに、王子様から「ありがとな」と礼を言われてしまった。

「……もしかして、お嬢を好きになる人間全員に同じようなことを言ってるんですか？」

「いいや？　俺がナターシャの婚約者だと知っててアイツを本気で好きになるのはあんまいねぇし。時々はいるけど、わざわざ釘《くぎ》を刺すレベルの相手じゃねぇ。けどお前はなかなか手強《てごわ》そうだったんでな……悪かったな」

王子様に謝罪までされてしまった。

「やはり殿下も変わってますね。その、余計なお世話かと思いますが、そんなにお嬢が好きなら、もう少しお優しく接せられてはいかがです？」

「優しいだけの王子を、ナターシャが好きになってくれなさそうな気がするんだよ。それに俺は王子だから、当たり前なんだが、大抵の奴《やつ》が遜《へりくだ》ってきて、本音で話してくれなくてな。ナターシャは違うだろ？」

なるほど。確かにお嬢なら、この王子様が何か悪いことをしたら叱《しか》り飛ばしそうだ。

「そうですね。これからは陰ながら、お二人を応援しますよ」

「それは助かるな。ナターシャのことだ。どうせ執事のお前に友達になろうとも言っただろう？　俺とも立場を気にしなくていい時は友達になろうぜ？　これから宜《よろ》しくなジャック」

立ち上がって手を差し出して下さる王子に苦笑しながら俺も立ち上がり、握手をする。

困ったなぁ。お嬢を好きな気持ちを一刻も早く消さなければと思わせてくれる王子様だ。

「大変光栄です殿下」

「ああ。ナターシャを頼むぞ？　執事《たま》としてな」

最後に念を押す王子様に、俺は堪らず笑ってしまう。

すると、王子も笑ってくれた。

「あら！　仲良くなってて何よりだわ。お昼出来たわよ！　みんなで食べましょう！」

美味そうな匂いと共にお嬢が部屋に戻ってきて、その日は王子様と一緒に昼食をとらせてもらってしまった。暖かな思い出の一つだ。

ソウンディク王子殿下とは、未だに友人としての付き合いもさせてもらっている。

あの王子様は昔から変わっていない。ずっとお嬢を好きなままだ。

だからこそ、お嬢の王子殿下への態度の急変に王子殿下も胃を痛めたそうだが、俺も同じく胃と、
そして頭が痛かった。

お嬢は殿下の名前まで呼ばなくなり、しまいには殿下のお弁当まで作らないと言うものだから……

一体どうしたのかと焦った。

王子殿下の頑張りだと思うが、やっとお嬢は殿下の名を呼び、弁当を作ることも了承していたが
……。

未だに婚約者の立場は危ういと思っているらしく、何かに怯《おび》えてもいる。

「その原因は、恐らくあの女」

ユリア・クライブ。

あの女が現れてから、お嬢の様子が変わったと、お傍にいさせて頂いている俺には分かる。

お嬢を悲しませるのは誰《だれ》であろうと許さない。

「調べてみるか」

お嬢は王子と共にいる。安全な場所にお嬢がいてくれる今こそあの女を調べるチャンスだろう。

ユリア・クライブについて、調べてみよう。

・お城に泊まることになりました

馬車が城に到着してしまった。

ソウが先に馬車を降り、私に手を差し出して、馬車から降りるのを手伝ってくれる。

本当は馬車の中に籠城《ろうじょう》して、そのまま我が家に向かって欲しかった。

誰《だれ》にも見られたくないという私の願いは木っ端微塵《みじん》に打ち砕かれた。

城に到着しても、夜だからこそ、警備についている騎士の方々は多く、私にまで頭を下げられてしまう。

ユリアさんは、私とソウを見ていたのかしら。夜会には遅れて参加なさったのかしら。

ソウの後ろを歩きながら考える。

悪役令嬢が断罪されるのは学園が舞台とされている物語ならば、最終学年である三年目の終わりのはず。

私もユリアさんもソウもまだ一年生だから、少なくともあと二年くらいは猶予があるって思っていいのよね。そう思うと少しは冷静になれる。まだ挽回《ばんかい》は出来るのだ。

「じゃあソウ。おやすみなさい。明日ね」

「待ちやがれ」

ソウに付いていく必要はないと気付き、足を止めるとソウに手を掴《つか》まれる。

「え？　何？」

「お前どこに泊まるつもりだ？」

「どこって……私は寝台とお風呂《ふろ》があれば十分だけれど、ソウの婚約者の立場にまだいるから貴賓室を用意して下さってるんじゃないの？」

日本人の感覚を取り戻しつつある私からすれば城のどこも広い部屋ばかり。

大家族が泊まっても余裕のある広さの貴賓室は、今ならばいつも以上に恐縮してしまうだろう。

「貴賓室なんざ用意してねぇ」

「あらそう？　じゃあ、別にどこでもいいわよ」

さっきも言ったが、私はお風呂に入って眠れれば十分。

「お前は今日俺《おれ》の部屋に泊まれ」

「は？　何言ってんの!?　無理よ無理！　いくつになったと思ってんの!?　子供じゃないのよ!?」

「分かってるつーの！　分かってて言ってんだよ！　俺の部屋に来い！　どこでもいいって言っただろうが！」

「泊まれる部屋なら何でもいいって思いで「どこでもいい」って言ったのよぉっ！」

あぁもうっ！　城の警備について下さってる騎士さん達がこっちを見てるじゃない！

「ソウンディク王子殿下に対してなんと無礼な！」とでも言って城から追い出してくれていいのに！

騎士の方々は何故《なぜ》かみなさん一瞬苦笑しただけで、こちらから目を逸《そ》らしてしまう。

「黙って付いてこい！」

「えぇぇっ!?　ちょっ、ソウ！　待って待って待ってぇえっ！」

何度も待てと言ってるのに！

強引にソウの部屋まで連れてこられてしまう。

王子の部屋の前には近衛《このえ》騎士の方と、ソウに子供の頃《ころ》から仕えているメイド長がいて、お二人共に頭を下げられ、扉が開かれる。

い、いやいやいやっ！　扉が開かれちゃダメ！

「あの！　私は別の部屋に！」

「ご苦労だったな。下がっていいぞ」

私も幼い頃から城に何度も訪れていて、お二人とも顔見知りだから必死で訴えた。

しかし、王子の言葉の方が当然優先される。

お二人は私達を部屋に入れると静かに扉を閉めてしまった……。

広い部屋の中が、シーンと静まり返る。

……え？　何が起こってるの？　胸の前で手を組んで、見慣れてはいるが、こんな夜遅くに訪れるのは子供の頃以来のソウの部屋の中を見渡す。

幸いなのかどうなのか。王子様が住む部屋は、扉を開けてすぐに寝所はない。

だから……そうだ。そんなことをソウが考えているとは限らない！

「……朝まで、チェスかトランプでもする？」

「しない」

即答かい！　恐る恐るソウの方を向くと、腕を組んで私を見つめている。

まさかと思いたい。

「し、仕事とか宿題が溜《た》まってるなら手伝うわ」

「別のもんが溜まってる。何年もな」

何が？　なんて聞いてはいけない。

ソウから目を逸らす。

どうしよう。やっぱりこの状況は……。

ゴクリと口内に溜まった唾《つば》を飲み込み、自分の爪先《つまさき》を見つめながら聞いてみる。

「エッチなことをしようとしていますか？」

「しています」

Q《クエスチョン》に対してA《アンサー》が早過ぎる！

「ソウは私を抱こうと思えるのっ!?」

「お前の弁当を初めて食った時から抱きたいと思ってたよ」

そんなに前から!?　それって七歳くらいよね!?　早過ぎない!?

「まだ私達学生よ？」

「十五で嫁ぐ女は少なくねぇぞ」

「もし、赤ちゃんが出来ちゃったらどうするの？」

「避妊する。避妊具も用意してある」

いつのまにそんな大人《おとな》になったのソウ!?

つい最近まで一緒に城の中を駆け回っていたのに。もしかして……。

「他《ほか》の女性と、エッチした？」

幼馴染《おさななじみ》と言える王子様だからか、見知らぬ女性とソウが睦《むつ》み合っているのを想像したらチクリと胸が痛む。

「してねぇ。見てた」

「み、見てた？　どういうこと？」

「女を抱く時はどうするもんなのかを間近で見たんだよ。ヨアニスも共にいた」

「二人で何てもの見てんのよっ！！？」

よっちゃんまで！　そういう時はソウを止めるもんじゃないの!?

今度会ったら文句言わなきゃ!!

「言っとくが興味本位で見てねぇぞ。俺もヨアニスも見たくて見たんじゃねぇ。そういうことを学ばされるんだよ。然《しか》るべき時に女が抱けるようにな。俺もヨアニスも後継ってのを望まれるからな」

二人ともそういった立場なことを忘れてしまいそうになるけど、王子様と未来の宰相さんだものね。

「その場で練習で女を抱くことも出来たが俺もヨアニスも断った。ヨアニスは何考えてんだか知らねぇけどな。俺はお前以外を抱くことは絶対にない」

「っ……うぅう」

断言されると困る。

真っ赤になった顔を両手で隠す。

「ナターシャ。お前にまた選択させてやる。俺に脱がされるか、自分で脱ぐか」

「何それ!?　どっちも嫌よ！」

「どっちも嫌は選択肢にない」

「きゃあ!?　ちょっとソウ!?」

今度は手首を掴まれて、寝所へと連れ込まれる。

仄《ほの》かな灯《あか》りだけが照らす室内は、天蓋《てんがい》が付いた大きなベッドが部屋の殆《ほとん》どを占拠している。

これ以上ないほど頬《ほお》に熱が集まっていく。

背後からソウに抱き締められ、耳元で囁《ささや》かれる。

「もう一度聞いてやる。自分で脱ぐか、俺に脱がされるか。どっちだ？」

身体《からだ》が震える。逃げたいけど、逃がしてくれないのが分かる。

「自分で、脱ぐ」

ソウに脱がされるなんて、耐えられない。

「そんな見なくてもいいのに」

「見ないわけがねぇな」

後悔先に立たず。

寝台に腰掛けたソウの目の前でドレスを脱ぐのは恥ずかし過ぎた。

ショーツのみを身につけているので、胸にソウの視線を感じ、手で隠す。

「隠すなよ。こっち来い」

「引っ張らないで」

手を取られ、ソウの膝《ひざ》の上に向き合って座らせられる。

ソウはアスコットタイすら緩めておらず、自分がとても厭《いや》らしい姿でいることを自覚させられる。

「お前って、今更ながら発育良いよな……」

「ひゃっ、ちょっ……や、だぁっ……んっ」

頬にキスをされ、ソウの両手が胸へと伸び、揉《も》まれ始める。

恥ずかしい声が出ないように口を手で塞《ふさ》いでいても、感触を確かめるかのように揉まれ、胸の先端を指が這《は》うと、塞いだ手の隙間《すきま》から熱い吐息が漏れてしまう。

「乳首硬くなってんな」

「あっ、だって……ソウが触るからっ……ぅっ」

立ってしまったピンク色の先端をそれぞれ人差し指で優しく撫《な》でられたかと思えば、親指が増やされ摘《つま》まれる。

好き勝手に動くソウの骨ばった男らしい手を見つめ、こんなに自分と違っていたのかと実感が湧《わ》いてくる。

男の子から男性になっていたんだな。おずおずと顔を上げると、ソウと目が合ってしまう。

胸に夢中になってるのかと思ったのに。

金髪碧眼《へきがん》を持つ整い過ぎるほど整った顔立ちの王子様とエッチなことをしているのが信じられない。

「可愛《かわい》い顔でこっち見んな。今すぐ挿れたくなるだろうが」

容貌《ようぼう》は完璧《かんぺき》なのに、中身は良く知る幼馴染なのが少しおかしかった。

「可愛くない。いつもと変わらない」

「……そうか」

「な、何!?」

私の胸から両手を放したソウは、バサバサと服を脱いでいく。

上半身が裸になったソウの身体に思わず見蕩《みと》れてしまう。

全然知らなかったし、気付かなかった。手以上に男性としての成長が分かり易《やす》い。

一時は食事をすることを嫌がっていた幼い王子様は、鍛えられた体躯《たいく》を持つ男性に成長していた。

「さ、急にどうして脱ぐの!?　可愛くないって思ったんじゃないの!?」

我ながら色気というのもがあると思えていない。

こんなに素敵に成長したソウの前に、自分はいていいのだろうか？

「ナターシャを可愛くないと思ったことなんてねぇよ。いつも可愛いと思ってる」

「そんな……っ、きゃ……んっ」

膝下に手を差し込まれ、身体を持ち上げられたかと思うと寝台に横にされる。

覆《かぶ》い被さってきたソウに深く口付けられた。

息苦しさから口を開くと、隙間からソウの舌が侵入してくる。

熱い舌と、柔らかな唇同士が触れ合う感触が気持ち良い。

クチュクチュと音を立てながら舌が絡み合い、溢《あふ》れだした唾液《だえき》が口端から零《こぼ》れていく。

「ん、んぅっ……ソウっ……」

「胸とキスだけで随分濡《ぬ》れてんだな。可愛い……」

「やぅっ……あんっ！　擦《こす》らないでっ……やぁ」

唯一残っていたショーツの上から秘部を指で突かれ、湿らせてしまっていたのがソウにバレてしまった。

指の腹で割れ目を下着越しに擦られると、気持ち良くて、ソウの指まで濡らしてしまうのが分かる。

「気持ちいいか？」

「う、んっ……いいっ……あぁんっ！」

未《いま》だ立ってしまっている胸の先端へとソウの唇が移動し、ちゅうっと吸われてしまう。

秘部への愛撫《あいぶ》も止められず、両方を同時に攻められ、とてつもない快感に襲われる。

もっと舐《な》めて欲しい欲求が込み上げ、ソウの頭を胸に引き寄せた。

ソウの金色の髪の柔らかな触り心地に安心することが出来て、ちゅうちゅう胸を吸ってくれるソウの頭を撫でる。

私が身体から力を抜いたのを見逃《みのが》さなかったらしいソウは、ショーツに手を掛け、するりと抜き取ると秘部を直接指で触れてきた。

「あっ！　ま、待って……ほんとに、最後まで、する？」

未経験だ。性の知識にも疎《うと》い。

そして前世でも記憶にある限り未経験。いつどこで死んでしまったのかも思い出せていないけれど。

恋人も、いたことがなかったと思う。

「する」

「きゃっ！　……ぁぅっ……んんっ」

ソウの指が、秘部の中へと入り込んでくる。

痛くはないが、異物が挿《はい》ってくる感覚に、また少し身体に力を入れてしまう。

「ナターシャ。大丈夫だ。乱暴にしねぇから力抜け」

「っ、ん……」

分かってる。ソウは優しい。絶対に怖いことはされないと信じているが、緊張から力を抜くのが難しい。胸から顔を上げたソウは私と目を合わせ、優しいキスをしてくれる。

「キスと胸弄《いじ》られるの、どっちがいい？」

「んっ、ぅ……ど、どっちも」

「ん？」

「どっちもっ、して欲しいっ……きゃあんっ！」

ヤスも胸も気持ちが良くて、どちらも強請《ねだ》ってしまうと、ソウは聞き届けてくれて、優しいキスを繰り返しながら、胸全体もやわやわと揉まれ、先端を指先で転がしてくれる。

自然と腰を揺らしてしまうと、秘部へと中指の第一関節までが入り込んでいたのが、指の根本まで挿入され、膣《ちつ》内でクイッと曲げられた。

曲げられた指の尖《とが》り部分で内壁をグリグリ刺激されると、違和感が次第に消えていき、快感が押し寄せてくる。

「ああんっ！　あぅうっ！　あんっ……んっ!!」

「ナカも良くなってきたか？」

「うんっ！　うんっ！　気持ち良いよぉっ！　ソウっ！　あぁあんっ!!」

中に挿る指の本数を増やされ、愛液が溢れ出してきている膣内をかき回される。

ぐちゅぐちゅと厭らしい音を立て始め、胸から手を陰核へと移動したソウはプクッと膨れ上がってしまっているそこを捏《こ》ねる。

「やぁあんっ！　ダメッ！　もうっ、あんっ！　イッちゃぅっ！　イッちゃうよぉっ！」

「いいぞ。一度イッとけ」

下半身の厭らしい秘所を同時に責められ、快感から逃げるために足を閉じたいと思っても、足の間にソウの身体が挟み込まれていて閉じられない。

膣内を暴れる指の本数は三本に増やされていて、勢い良く抜き差しを繰り返されながら、ちゅうぅっと胸の先端を吸われる。

「あっ！　やっ、あああぁんっ!!」

ビクビクと身体を震わせて、達してしまった。初めての、イクという感覚。

名残《なごり》惜しむようにゆっくりと膣から指が引き抜かれた。

秘部から愛液がこぽっと、溢れ出し、シーツを濡らしてしまう。

はぁはぁと、荒い呼吸を繰り返しているのが自分だけじゃないことに気付く。

ペロリと濡れそぼった指を舐め取るソウは、壮絶な色気を醸し出していた。

「俺も、いいか？」

腰に手を添えられ、膣口にひたりと熱いものが押し付けられる。

その熱さからソウの余裕のなさが伝わった。少し怖いけれど、目を瞑《つむ》って頷《うなず》く。

「ちゃんと目ぇ開けて、俺に掴まってろ」

目を開けると、優しく微笑《ほほえ》まれ、居《い》た堪《たま》れなくなり目を逸らす。

「こらナターシャ。ちゃんと見てろって。見てねぇ方が怖いぞ」

「そっかな……あ、あと、掴まっていいの？　そ、そのソウの背中に爪《つめ》立てちゃうかもっ……あっ！」

くちゅりと濡れた音を立てて、ソウの陰茎の先端が膣口に入り込んでくる。

「俺は爪痕《あと》残されるよりもっと痛ぇことをお前にするんだよ。少しは痛みも和《やわ》らぐかもしれねぇだろ？　ほら……」

ソウの背中に手を導かれる。

汗ばんでいる鍛え上げられた背中に直接触れて、ドキッと胸が高鳴った。

「挿れるぞ……」

「んっ……ぁっ……あああっ！」

「……さすがにキツいな」

度達したお陰で膣内は潤ってはいるようだけれど、熱く硬い陰茎の大きさに息を呑《の》み込む。

ゆっくり、気遣うように奥へ奥へと挿ってくる。

「あっ！　痛いっ……いたぁっ……」

「悪ぃな。けど……全部挿ったぞ……」

ほんの少しだけ鉄錆《てつさび》の匂《にお》いがし、恐る恐るソウと繋《つな》がっている部分に目を遣《や》ると、結合部から零れた雫《しずく》がシーツに赤いシミを小さく作っていた。

処女を喪失したことがハッキリと分かり、唇を噛《か》み締めて恥ずかしさに震える私と違い、ソウは嬉《うれ》しそうに笑っている。

膣の中のソウの陰茎の質量が増した。

「んやっ……大きぃっ……きゃあっ！」

「そろそろ動くぞっ」

動きを止めていた陰茎が抽挿を、ゆっくりとだが繰り返し始める。

「あんっ！　あぁあっ！　やぁっ！　そこダメぇえっ‼」

「さっき指で突いた、浅いとこが好きか？　そこも突いてやるけど……奥も突かせろっ」

「きゃあああんっ！　あんっ！　あああっ！」

腰からお尻《しり》にソウの手は移動し、腰が少し浮かされ、お尻を揉まれながら膣の奥を突かれる。

痛みはとうに消え、気持ち良いところを的確に攻められ、ぐちゅぐちゅと一層、愛液を溢れさせてしまう。

唇を噛み締めたせいで、切れてしまった唇をソウが舐めてくれて、角度を変えてキスをされる度に、キュウキュウと膣が収縮する。

「あっ……キス、好きぃっ」

「俺も、好きだ……やべぇ。出そう」

腰を打ちつけてきているソウの額から汗が滴り落ちる。

いつもサラサラの金の髪が乱れ、碧眼を細めて見つめられ、ドキドキ胸が高鳴る。

余裕のないソウの様子に、求めてくれてるのが分かった。

あぁ、カッコいいな。素敵だな。ソウに縋《すが》りつくと、ソウも抱き締め返してくれる。

ソウの身体にぴたりと密着し、自分の胸がむにゅむにゅと互いの間で形を変えて擦れるのも気持ちいい。

「あっ！　や、んっ……んぁあっ！」

「くっ」

最奥を攻め立てられ堪《たま》らず達すると、ソウもほぼ同時に膣内に熱い飛沫《しぶき》を吐き出した。

……ん？　んんん⁉

「ソウ⁉　な、ナカに出しちゃダメじゃない⁉　きゃあっ⁉」

自然な流れで中出しされて焦っているのにっ！

身体を反転させられ、寝台にうつ伏せにされると、一度抜かれた陰茎が再び膣内に挿ってくる。

体位を変えられたせいで突かれる場所が変わり、再び快感が押し寄せてくる……けどっ！

「あんっ！　ソウっ！　ダメっ！　ダメぇっ！」

「……悪ぃ。二回目は外に出すからさ」

二回目⁉　何回する気なの⁉　一回で十分じゃないの⁉

「やっ……私っ、初めてだったのにぃっ！　やぁっ！」

膣を蹂躙《じゅうりん》する一度射精したとは思えないソウの陰茎の熱量に、枕《まくら》に顔を埋めながら怯《おび》える。

腰を背後から打ちつけられると、中に出された精液が愛液と混じり合って溢れ出し、ツーッと太腿《ふともも》を伝い、純白だったシーツに新たなシミを作っていく。

「あぅ……あぁ……んぁあっ……」

「ナターシャっ、すげー気持ち良いっ」

背中に覆い被さるようにソウに圧《の》し掛かられ、項《うなじ》にキスをされると、背筋が震える。

背後から前に手を回され、寝台に押し付けていた胸をやわやわと揉まれ、先端を摘まれる。

悔しいけれど、私もとても気持ち良くて、ソウの陰茎を締め付けてしまう。

「んゃあっ、ぅうっ、ソウッ、もっ、ダメぇ」

「俺はまだまだ足りねぇよっ」

「ああああっ！」

「っ……と、」

深く繋がったまま、膣内をかき回され、最奥を突かれると、また達してしまった。

ソウは一応今度は嘘《うそ》じゃなく、射精する直前に膣から陰茎を抜くと、熱い飛沫をお尻に掛けてきた。

弛緩《しかん》した身体をぐったりとフカフカした寝台に預けていたのに、グイッと腰を持たれ、再びソウと向き合わされる。

「もう今日はしない！」そう言おうと、力の入らなくなってきている身体に気合いを入れようとしたのにっ……。

「ナターシャっ」

優しくキスを落とされ、言葉が出ない。

宥《なだ》めるように頭を撫でられると、ダメと言えなくなってくる。

「んぅ……ぅうう」

舌を絡ませ合うキスを繰り返しソウと見つめ合う。あぁもう、どうしようもないくらいカッコいい。

「どうした？」

ソウが気遣わしげに問い掛けてくる。

「どぉしてそんなにカッコいいのよ！　好きになられちゃうじゃない！」

ユリアさんも、こんなに素敵な王子様に夢中になっちゃうに決まってる。

ぽろぽろ何故だか涙が溢れ出す。大変だ。どうしよう。ソウが取られてしまう。

「素直にカッコいいだけ言えっての……」

「あぁあっ！」

困った顔で笑われて、再び膣内に陰茎が突き立てられ、律動を開始される。

「お前こそ、分かってねーなぁ」

「あんっ、なにっ、が」

「俺がどれだけお前を好きか、ナターシャはちっとも分かってねぇ。つーことで、分かるまで抱くことに決定～」

「……へ？　嘘!?　嘘でしょ!?　きゃうっ！」

「嘘じゃねぇよ」

不敵な笑みを見せつけられ、青褪《あおざ》める。

せめて二回で終えて欲しいと思っていたのに、三回も挑まれ……気を失うまで抱かれることになった。

・ソウとナターシャとヨアニス（ソウ視点）

すぅすぅと、穏やかな寝息を繰り返して眠るナターシャの空色の髪を撫《な》でながら寝顔を見つめる。

「可愛《かわい》いだけじゃなくて、どんどん綺麗《きれい》になりやがって。困るっつーの」

身体《からだ》を重ねることを拒まれなくて良かった。

ナターシャを抱き締めながら、息を吐く。

数日前、突然距離を取られ名前を呼ばれず、弁当を作ることすら拒否をされた俺《おれ》がどれほどの衝撃を受けたか、ナターシャは想像も出来ないだろう。

ナターシャに殿下呼びをされたうえに、走り去られたあの日……。

本気で、目の前が真っ暗になった。

体調が優れないと言っておきながら、ナターシャは駆け足で食堂を後にしていたことから、嘘《うそ》を彼女が吐《つ》いたことは直《す》ぐに分かった。

ならば、何故《なぜ》弁当を持って走り去ってしまったのか。

俺と、飯を食いたくなくなったのか？

食堂で茫然《ぼうぜん》と立ち尽くしてしまった俺を、傍《そば》にいたヨアニスがぽんっと肩を叩《たた》いてくれたお陰で我に返り、俺達から少し遅れて食堂に入ってきたジャックが俺と目が合うと無言で頷《うなず》き食堂から出ていったことで、ジャックがナターシャを追い掛けてくれたことを察した。

頼りになる友人を持っておいて良かったとヨアニスとジャックには感謝する。

それともう一人。

隣できゃーきゃー何かを言っていた最近ナターシャが気にしているユリアという名の女をメアリアン・ラーグ侯爵令嬢が引き取ってくれたのだ。

「宜《よろ》しければそちらの方には、私が食堂をご案内いたしますわ」と申し出てくれた。

メアリアンは俺達の様子を見ていてくれたのだろう。

ナターシャと一番仲の良い令嬢の彼女は俺とも面識がある。

美しい所作と笑顔で頭を下げられ、不満げな顔をしていたユリア・クライブを俺達から引き離してくれた。

ヨアニスに促された俺は食堂を出ていき、誰《だれ》もいない場所で立ち止まる。

「それで？　ナーさんに何をしたんだいソウンディク」

「俺が聞きてぇよ。全く心当たりがない」

「それは困ったね。失敗した自覚があるのなら反省をすぐにしてナーさんに謝ることも出来るけど」

「何もやらかしては……いないと思う」

いつも通り過ごしていたはずだ。

けれど、少なくともナターシャにとってはいつも通りではなかったということだろうか？

「今考えて何も思い当たらないなら、明日、ハーヴィ家を訪ねてみるのはどうだい？」

「一緒に飯食うことすら拒まれたのに、ハーヴィ家に行っていいと思うか？」

「弱気になってる場合かい？　ナーさんは素直で真っ直《す》ぐだからね。何か思い違いをされてたら、婚約破棄を申し入れてくるかもしれないよ？　ハーヴィ公はナーさんを溺愛《できあい》してるし」

「婚約破棄!?　何でそうなるんだよ!?」

「ソウンディクと別の女性との何かを疑っているんじゃないのかって、私は思っている。そうじゃなかったら、あの律儀《りちぎ》なナーさんがお弁当を持っていなくならないよ。ソウンディクの昼食はナーさんが作る。もう何年も彼女は約束を守ってたんだからさ」

「そうだな。けど俺と別の女って、そんなのいねぇよ！　疑われるようなことは一切してねぇし!!」

「そう言いきれるなら、明日ハーヴィ家に行ってナーさんと話しておいでよ。ハーヴィ家に連絡は入れておいてあげるからさ」

「……分かった」

その日の夜は殆《ほとん》ど眠れなかったことは絶対にナターシャには言えねぇし、ヨアニスにも馬鹿《ばか》にされそうで言えない。

ハーヴィ家を訪ねて、ナターシャの態度が初めは余所《よそ》よそしかったこともショックだったが……次第にいつも通りに戻ってくれて安堵《あんど》した。

なんとか弁当を作る約束は継続出来たが名前呼びは戻らなかった上に、「他《ほか》の女性のお弁当を食べたかったらいつでも言って！」と言われてしまった。

帰りの馬車の中で頭を抱えた。

「他の女性」とナターシャは言った。

ヨアニスの読み通り、俺と他の女との関係をナターシャは疑っているということだ。

「酷《ひど》い顔だね。嫌われてしまっていたのかい？」

「嫌われてはいなかったと思う。けど名前で呼んでもらえなかった。お前は『よっちゃん』のままだったのに……」

城に到着すると気にしてくれていたらしいヨアニスが待っていて、ナターシャの様子を話すと「ふーん」と腕を組んで首を傾《かし》げる。

「どうしたんだろうねぇナーさん」

「……不敬だったことに気付いたって言いやがった」

「……今更？」

「俺も同じことを言った」

「不敬も何も、婚約者って関係以前に君達は友人なんだから、気にすることなんてないのにねぇ。他には何か言ってたかい？」

「ああ、そういや、食堂でお前が連れてきた女をやたら気にしてたな」

「ユリアを？　何でまた……」

「ユリアってのか？　名前も知りたがってたな。まだ聞いてなかったがあの女、何者だ？」

「食堂には、ソウンディクとナーさんにも顔と名前くらいは紹介しておこうと思って連れていったんだけどね。詳しいことはまだ話せないことが多いけど、ソウンディクには近い内に話すよ」

「ナターシャが気に掛けるような女かどうかだけ教えろ」

「ナーさんとは関わることはないと思う」

「クライブなのにか？」

ヨアニスと同じ姓ということは宰相の血縁ということだろう。

俺の嫁になるナターシャは王太子妃となる。

宰相は世襲制ではないが、将来有望とされているヨアニスは間違いなく宰相となるだろう。

ユリアという女もまた、クライブの姓を持つのならナターシャと関わることが考えられる。

しかし俺の問い掛けに、ヨアニスはナターシャの前では見せない冷たい笑みを浮かべ、首を横に振る。

こういう顔をするとヨアニスは宰相に似てきているなと思う。

「それもどうか分からなくてね」

「どういうことだ？」

「明日の朝には話せると思うよ。こちらも情報を集めていてね。何せ彼女、急に現れるものだからさ」

「急に？」

「そ、急にね。ソウンディクはナーさんに集中していてまだ平気だよ。名前呼びを戻してもらうように頑張って」

「何か、名案はねぇか？」

「誠心誠意《せいしんせいい》、真正面から向き合うのが一番ナーさんに効くと思うよ？　誰よりソウンディクが知ってるだろ？　本気で拒絶してるなら、お弁当作りを断固として拒否されてるよ。良かったね。何はともあれ、ナーさんのご飯をこれから先も食べられるじゃないか」

「飯食うだけじゃ足りねぇよ」

「あははは。ナーさんそのものを食べたいかい？　……ごめんごめん冗談だよ。睨《にら》まないでくれ」

ヨアニスを睨み付けてしまうが、こちらは冗談じゃないのだ。

ナターシャは日に日に美しくなり、身体つきも女性らしく成長してしまった。

もう幼い頃《ころ》のように、ただ日々を楽しく過ごすだけでは足りない。

異性として触れ合いたい。そんな思いが爆発してしまった。

ナターシャは「ソウ」と今まで通りの呼び方に戻り、俺に好かれたいと、二人きりになりたいと望んでくれた。

だと言うのに、共にダンスをしていても、ナターシャは俺を見ず、他の誰かや何かを気にしていたのだ。

俺を見ろとも言ったのに、見ないものだから、城に連れ帰り、抱いてしまった。

「嫌わないでくれよ、ナターシャ」

性急過ぎただろうか。多少反省はするが、後悔はしない。

ナターシャを抱き締めて、出来ることなら毎晩のように抱き合いたいと願いながら目を閉じる。

微睡《まどろ》んだ瞳《め》にナターシャの空色の髪が鮮やかに映り、幼い日の初めての出会いの日を思い出す。

誰も信用出来ないと毛布《もうふ》に包《くる》まり、部屋の隅で膝《ひざ》を抱えていたのは七歳の頃。

部屋の窓に映る自分の姿は痩《や》せこけていて、子供の自分でも栄養が足りていないことが分かる。

だが腹は減らない。飯なんていらない。水もいらない。このまま死にたい。

膝の間に頭を埋めた俺の身体を、ヒョイッと持ち上げたのは誰であろう、父であり、この国の王。

「また、食事をとらなかったそうだな」

「……」

国王の言葉に答えない者など、その場で死罪も有り得る。

死を望んでいる俺は皮肉にも王子で、国王を無視しても許される。

この王は、恐らく悪い人間ではないと幼いながらに分かっていた。

国で一番偉いのに、息子を気に掛け、自らその部屋に赴いてきているのだから。

また溜息《ためいき》を吐かれ、メイドに食事を下げるように言い、部屋を出ていくだろうと思った。

しかし、この日の王は違った。俺を抱えたまま、歩き出す。

「ソウンディク」

「……はい」

名前を呼ばれ仕方なく返事をする。

「城に信用出来る者がいないならば、城の外に作れ」

「……え？」

どういう意味かと問い返す前に、俺は馬車に乗せられ、王はそれを見送る。

どんどん小さくなっていく王の姿に、もしや、俺は出来そこないの王子と見做《みな》され、捨てられることになったのかと思った。

山奥にでも捨てられるのだろうかと思っていた俺が連れてこられたのは見たことがないほど人で溢《あふ》れた場所。

護衛として付いてきていた騎士が、ハーヴィ公爵の領内で行われている収穫祭だと教えてくれる。

……収穫祭。

料理の匂《にお》いがそこら中に充満しているのが頷ける。だが、俺の食欲は湧《わ》かない。

ここに連れてこられたのは好きな物を食べろということなのだろうけれど、好きな食べ物なんてない。俯《うつむ》き、動かない俺をどうしたものかと騎士達が困っているのは気付いたが、帰りたいとしか思えなかった。

「いらっしゃいませっ！　あなた、王子様なんでしょう？」

「……」

元気な声につられて顔を上げると、目の前が空になったかと錯覚した。

真っ青な夏の空を思わせる髪を腰まで伸ばし、瞳《ひとみ》の色は夜の空に近い。

ふんわりとした桃色のワンピースの上に真っ白のエプロンをつけた少女は笑顔を向けてくれて、とても可愛く、美しかった。

キラキラと日差しを受けて光る彼女の瞳に映る自分は、王子と思えないほど健康的とは思えない見た目で、急に恥ずかしくなる。

「お腹空《なかす》いてる？　とっても美味《おい》しいものばかりなの！」

「……空いてない」

「そうなの？　じゃあ、これは？　食べると美味しいし、見た目も綺麗でしょ？」

少女が俺に差し出してきたのは、透明な袋に包まれた真っ赤な林檎《りんご》。

ただ、普通の林檎と違い、表面が煌《きらめ》いていた。

「林檎を丸ごと一度焼いて、その上から蜜《みつ》を掛けて固めているの。とってても甘くて美味しいのよ！お腹が空いてなくてもこれなら食べられるんじゃない？」

どうぞと言って差し出された林檎は確かに綺麗だった。

なのに、俺には、美味しそうにはとても思えなかった。

林檎の赤が、血に見えた。忘れたくても忘れられない光景が、目の前に現れる。

「いらないっ！」

「っ⁉」

二度と見たくない光景を振り払うように、バシッ！　と、彼女の手を叩いて林檎を地に落とした。

俺には、もうっ、食事をする気はないんだ。

「俺に構うな！　放《ほう》っておけよ‼」

自分は王子だ。こう言えば、目の前の少女を怖がらせ泣かせてしまうと気付いていた。

当然ながら周囲は静まり返っている。

収穫祭を祝う楽しげな音楽が流れ、人々が笑顔で談笑していたのにだ。

俺のせいで、楽しい雰囲気を壊してしまった。もう帰ろう。踵《きびす》を返し、馬車に戻ろうとした時。

ガシッ！　と、腕を強く握られた。

振り返ると、ついさっきまで笑顔を浮かべていた少女が怒っているのが分かった。

「食べ物を粗末にするんじゃない!!」

「なっ……」

「あなたは王子様だから、鍬《くわ》を持って畑を耕すことも、重いお水を抱えて木に水をやることも一生ないでしょうねっ！　けどそれなら考えて！　林檎一つ収穫するまでとっても大変なんだから！　人間が美味しいと思うものは虫も動物も大好きなのっ！　彼等から守るだけでも大変で、私達の真上にある空は太陽で明るく照らしてもくれるし、雨によって潤してもくれるけど、適度な天候なんて当然有り得ない。だから、農家の人達が毎日毎日、畑を見て回って作物の様子を見ているのっ！　王子だろうと、食べ物を粗末にしていい人間なんていないのよ!!」

物凄《ものすご》い剣幕で怒られ、少女は地に落ちた林檎を俺に押し付けた。

父上にも、そして母上にも、怒られたことはなかった。

自分自身、怒られるようなことをしたことはあまりないし、何より王子を叱《しか》ってくる者なんていなかった。

だからなのか……情けないが、瞳から涙が溢れた。

「あ……」

俺が泣くとは少女は思わなかったのかもしれない。少女は怒った顔から困った顔になった。

俺自身、自分が泣くとは思わなくて驚き、彼女に泣き顔を見られないよう、俯いて馬車へと戻った。

慌てて後を追い掛けてきた騎士に「戻る」とだけ告げ、馬車の扉を閉め……座り込んで手渡された林檎を見つめる。

透明な袋に包まれていたので、地に落ちていても中の林檎は汚れていない……少々形は歪《ゆが》んでしまったけれど。

袋の結び目を解くと、馬車の中に甘い香りが広がる。

袋には小さなフォークも付いていて、切れ込みが入った林檎は食べ易《やす》くされていた。

……食べ物を、粗末にしちゃ、いけない。

彼女の言葉が、深く、心に響いた。

フォークを手に持ち、ぷすりと、くし型に切られていた林檎の一部を口に運ぶ。

じゅわっと蜜が口内に広がり、口の中で林檎が溶ける。とても甘くて、美味しかった。

「うっ、ぅうっ」

不思議と、また涙が溢れる。

彼女の言う通りだった。とても美味しい。けど、俺はもうっ、何も食べないと決めていたのに。

一度食べ物を口に入れると、腹が空腹を訴えてきてしまう。

「母上っ、母上っ……ごめんなさいっ……」

早く死んで、母上に会いに行こうと決めていたのに。

俺は泣きながら、彼女がくれた林檎の焼き菓子を食べ切った。

溢れる涙を袖《そで》で拭《ぬぐ》っていると、馬車の扉が開かれる。知らぬ間に、城に到着していたらしい。

「ソウンディク」

「父上っ」

涙を流す俺を父上は馬車から抱き抱えて降ろしてくれた。

林檎が入っていた空っぽになった袋を握り締める俺を、父上は見つめ、一つ頷く。

「甘い良い香りだな」

「……はい」

「良い子だっただろう？　騎士達から報告を受けた。あの子はハーヴィ将軍の娘だ」

誰のことを言っているのかすぐに分かった。

俺を叱ったあの少女は、将軍の娘だったのか。

一度見たら忘れられない凶悪な顔をした将軍を思い浮かべ、とんでもなく似てないと気付き、ふっと笑ってしまう。

「……久方ぶりに笑ったな」

「あ……」

「また会えるよう手配しよう。食べる気になったら、言うといい」

くしゃりと俺の頭を撫でた王は、俺を下ろすと広間へと向かっていった。

その大きな背中に頭を下げ、くしゃくしゃになった林檎の入っていた袋を握り締めて思う。

食欲はまだ湧かない。けれど、あの少女には会いたい。

「おい」

「はいっ！　殿下！　何かお召し上がりになりますか？」

俺が声を掛けると、メイドが声を弾ませる。

俺がやっと食事をする気になったのかと思ったのだろう。けれどまだ、お前達は信用出来ない。

少しは信じられるだろうかと思えるのは父と、あの少女だけだ。

「ハーヴィ公爵の令嬢に手紙を書きたい。用意してくれ」

自室へと戻り、手紙を書く。

食べ物を粗末にしてしまった謝罪と、また会いたいという思いをしたため、林檎はとても美味しかったことも少女に伝えようと決めた。

少女に会うことになったのは数日後。俺に会いに城へと来てくれた。

だが、再び会うことになった少女は、太陽のような暖かな笑顔ではなく、藍《あい》色の瞳を真っ赤に染めて、今にも泣きそうな顔をしていた。どうしたのかと、俺は慌てた。

俺の部屋に来るまでは、必死で涙を堪《こら》えていたらしい少女は、扉が閉められ、俺達以外には数人の騎士とメイドだけになると、ぽろぽろと涙を流し始めてしまう。

「ごめんなさいっ、ごめんねっ、王子様っ」

溢れる涙を手で拭いながら少女に謝罪される。

もしや、あの恐ろしい将軍に、俺を叱ったことを怒られてしまったのだろうか？

確かにいくら公爵令嬢とはいえ、王子を叱るとはと、怒る親もいるかもしれないが俺が悪かったことだ。この子には非はない。

「君は何も悪くない。泣かないでくれ」

「ううん。私、何も知らなくて！　ごめんね。本当にごめんなさい。私もね、お母さま、いないのっ」

ぽろぽろ涙を流す女の子が謝罪する理由を察し、俺はグッと瞳に涙が込み上げてくるのを感じた。

目の前の少女は、聞いたのだろう。俺が、何故、食事をしたくないと思い、何も食べようとしなかったのかを……。

食事をとらないと決めたあの日。俺は母上と昼食をとっていた。

王妃にしては珍しく、母上は自ら菓子を作ることを好んでいて、その日も昼食の後に食べましょうねと、優しい笑顔を向けてくれて、俺も笑顔で頷いた。

しかし食事の最中。目の前で母上が血を吐いた。

ガタンッ！　と音を立てて、母上は椅子《いす》から落ち、床に倒れ伏す。

メイド達の悲鳴が響き渡り、母上の吐いた血によって、純白のテーブルクロスが濃い赤に染まる。

「はは、うえ？」

「殿下！　離れていて下さい！」

母上に近寄ろうとする俺を、控えていた騎士が肩を掴《つか》んで母上から引き離す。

宮廷医師が母上の元へ駆け寄り、伏していた母上の身を起こす。

しかし母上は……何も言葉を発さず、目は虚《うつ》ろなまま動かない。

医師は悲痛な顔をし、首を横に振った。

「ははう、え……母上！　母上!!　いやだっ！　母上!!」

「嫌ですわ。なんて喧《やかま》しいんでしょう」

母の死を、現実と思いたくない俺は必死で母を呼んだ。

だが、そんな俺に冷たい声が掛けられる。

その相手は、扇で口元を覆っていたが、笑っているのが分かった。

第二王妃。父上には、もう一人妻がいた。俺と一つ違いで王子も生まれていて……俺自身、第二王妃から疎《うと》まれていることを幼いながらに気付いていた。

はくそ笑む第二王妃を見て、俺は……後になって軽率だったと反省することになるが、第二王妃への怒りを堪え切れなかった。

「お前が殺したんだろう！」

「まぁ、何と無礼な。とても王子とは思えませんわ。ああ、けれど、下賤《げせん》な女の息子ですもの。仕方のないことですわね」

「母上を侮辱するな！」

母上は、貴族ではあったが下級貴族の生まれだった。

本来ならば王妃として召し上げられることはない立場だったそうだが、父上が望み、王妃となったと聞いていた。

それに比べ、第二王妃は隣国の王女で、多くの者に望まれて王妃となった。

城にいる多くの者が、正妃は母上ではなく、目の前の女がなるべきだと望んでいる。

味方が、誰もいない。

この場にいる俺以外の者は、母上の死を悲しんでいない。

「殿下、どうか堪えて下さいませ」

立ちすくむ俺の肩を大きな手が掴む。掴んだ相手は、ハーヴィ将軍だった。

「まぁ将軍。お早い御到着ですこと」

「王妃様が倒れられたと火急の知らせがありました。恐れながら第二王妃様、この場は調査せねばならないことで山積みです。ご遺体を目にしているのも、女性にはお辛《つら》いでしょう。お部屋にお戻り下さい」

第二王妃から俺を隠すように、将軍の背に庇《かば》われた。

だから、第二王妃がこの場を去る時どんな顔をしていたかは知らない……知らなくて良かったと思う。

「ソウンディク殿下」

「……ハーヴィ将軍っ、母上がっ……」

『王妃様はお亡くなりになられた。病ではない」

ハーヴィ将軍は床に膝をつき、俺に目線を近付けて、俺の両肩を掴む。

「母君は何者かに毒殺された。殿下の身にも危険が及ぶ可能性が高い。どうか、お一人での行動はお控え下さい」

「絶対にっ、あの女がっ、殺したんだっ」

訴える俺を、ハーヴィ将軍は厳《いか》めしい顔をして部屋から出し、「私もそう思う」と同意してくれた。

「殿下。第二王妃の策略であったとしても、第二王妃は手を下してはいないでしょう。王妃様に毒を盛った者は必ず捕らえます。しかし、第二王妃まで捕らえられるかは……今はまだお約束出来ません」

「そんなっ……将軍でも？」

「申し訳ありません」

将軍は大きな身体で深く頭を下げてきた。悲しみだけが込み上げる。俺の頭を、大きな手が撫でた。

顔を上げると……その手が父上であることが分かる。

「将軍。フィアナが倒れたというのは本当か？」

父上とクライブ宰相がいた。フィアナとは母上の名だ。父上は苦しげに母の名を口にする。

「……既に、お亡くなりになられていらっしゃいます」

「っ」

父上は、滅多に顔色を変えない。しかし、その顔は青褪《あおざ》め、足早に母上の元へと向かっていく。

父上の邪魔をしてはいけないと思い、俺は将軍の傍にいた。

「ハーヴィ。殺したのは第二王妃だろう？」

「クライブ！　殿下の御前だぞ、口を慎め！」

宰相の問い掛けに、将軍が激昂《げっこう》する。

「聡明《そうめい》な殿下は既にお気付きでしょう？　王妃様を殺したいと思っていたのは誰より第二王妃だ。やれやれ。美しさと血筋だけが取り柄のあの女には早々に消えてもらった方が良さそうだな」

「貴様っ、いい加減にっ」

「宰相は母上が殺されると分かっていたのか？」

クライヴ宰相。銀糸の髪を持ち、年を感じさせない美貌《びぼう》の男は、薄い唇に冷笑を浮かべた。

「殿下の母君はお優し過ぎました。そして少々身分が陛下に不相応でした。第二王妃とは別の理由で、疎まれていたのは確かですからね」

分かっていて、母を誰も、守ってくれなかったのか……。

震え出す俺の背をハーヴィ将軍が支えてくれる。そして、もう片方の手は、腰に下げた剣の柄《つか》に添えられた。

「クライブ。貴様っ、それ以上殿下を傷付けるなら容赦はせんぞ」

「やめておけハーヴィ。ここで私とお前が争っても何も解決はせんぞ？　女狐《めぎつね》を城から追い出すために協力しようではないか。あの女は用済みだ。既に後継は生まれている。どちらもなかなか優秀そうだ。王妃はもう必要ない」

俺を見て目を細める宰相は、もう一人の王子のことも思い浮かべていたのだろう。

「黙れ！　……殿下、お部屋にお戻り下さい。ここにいてはいけない」

将軍は怒り、宰相は冷たい笑みを浮かべたまま言い争いを続けていた。

俺は護衛の騎士に伴われ、部屋に戻り……そこからはずっと部屋から出ない日々を続けた。

父上以外にも、心配して様子を見に来てくれたハーヴィ将軍とはほんの少しだけ話したけれど、将軍から促されても食事はとれなかった。

……それから暫《しばら》くして、第二王妃は離宮へと移り住むことになる。

第二王子は、王宮に残ることとなり、王子と離されると知った第二王妃は抵抗したらしいが、俺はその様子は知らない。ずっと部屋に閉じこもっていたから。

「……ハーヴィ将軍は良い人だ」

「え？」

目の前の女の子の小さくて柔らかな手を握り、俺は彼女を不安にさせないよう、笑みを向ける。

「母上が死んでしまった時、駆けつけてくれた。ずっと心配してくれた。味方は父上以外にもいたのに、俺はそれに気付けなかった。そして……君に会わせてくれた」

娘と同い年だから、俺を案じてくれたのかもしれない。

けれど、この娘と会えて良かったと俺は、今確かに思っている。

「お父様ね、顔はとっても怖いけど、素敵な人なの」

「うん、そうだね」

父親を思い浮かべているのだろう。涙目のままだったが、女の子も少し笑ってくれる。

「私のお母さまはね、私を産んですぐに亡くなってしまったんですって。でもね？　とっても綺麗な人だったの。今度、絵姿を見に来ない？」

「うん、行く。……俺の母上もとても優しくて、とても綺麗な人だった」

「そっか……」

「うんっ、うん……寂しいっ、母上っ、母上っ……」

やっと。母の死だけを悲しめた。俺が泣きだすと、女の子も共に泣いてくれた。

手を握り締め合いながら泣いた後。

女の子は、少しでも食べる気があったらと言って、領内で採れた果物《くだもの》を持ってきてくれていた。

「私が収穫したものだし、味見もしてきたから、絶対に安心よ！」

「ありがとう。いただきます」

「いただきます」

美しく実った果実に手を合わせて、一つ取り、口に含む。

「美味しい？」

「うん。とても美味しい」

「良かったわ！　……ご飯、これからまた食べられる？」

持ってきてくれた果実を全《すべ》て食べ切ることは出来ない。

ずっと食べていなかった胃では、果実ですら少ししか食べられなかった。

けれど、隣に座って共に食べてくれた彼女を見ると、少しずつではあるが、食べる気が湧いてきている。

「まだ、食べたくないかな」

「そうよね。そんな簡単にはいかないわよね」

「……けど」

「けど？」

「君がいてくれたら、食べられるかな」

「本当!?　それなら私、お弁当を作ってくるわっ！」

「お弁当？」

「……まだ上手《じょうず》じゃないけれど、味は良くなってきたと思うの。……不格好でも食べてくれる？」

この女の子が作ったお弁当が食べられると思うと、嬉《うれ》しくなる。

「食べたい。作ってまた会いにきて欲しい」

「絶対作って持ってくるわっ！　王子様に元気になって欲しいものっ！」

「ソウンディクでいいよ。君も名前で呼んでいい？」

「うんっ！　私はナターシャよ！　宜しくね、ソウンディク様！」

それから毎日、ナターシャはお弁当を作って、昼食時に持ってきてくれた。

俺は、ナターシャと共に食べる昼食だけは食べられるようになり、少しずつ、彼女以外の者が作る食事も口に出来るようになっていった……。

しかし、本音を言うと、朝も、昼も、夜もナターシャが作った料理を食べたかった。

それは彼女が信用出来て、安心出来る相手だからだと、少しの間思っていたが……。

ナターシャに名前を呼ばれ、俺も彼女の名を呼ぶ度に、心が躍るのに気付いた。

「ああ、そうか……」

自分の胸の上に手を置いて、心に宿る気持ちを何と言うのか自覚する。

「好きなんだな……」

初めて会った時から、俺はナターシャに恋をしていた。

・恥ずかし過ぎる目覚めでした

……懐かしい。

今は素敵に成長しているが、可愛《かわい》らしかったソウの子供の頃《ころ》の夢を見た。

作ったお弁当を初めて食べてもらった時。

焦げてしまった玉子焼きや、歪《いびつ》なお握りを、ソウは残さず食べてくれた。

今はそんなお弁当は作らない自信があるが、今のソウなら「お前、失敗し過ぎだろう」くらいは言ってくるだろう。

フカフカで真っ白な枕《まくら》に顔を埋め、すっかり口は悪くなったが元気を取り戻してくれた王子様に笑みが零《こぼ》れたのだが……今、ここが自室でもハーヴィ家の屋敷でもないことに気付く！

「ソウ!?　……わわっ」

慌てて飛び起きようとしたのに、下半身に力が入りにくくバランスを崩す。

「お目覚めですか、ナターシャ様」

「リリィさん！　お、おはようございます」

バランスを崩した私に手を貸して下さったのは、メイド長のリリィさん。

「とうとうナターシャ様の朝のお支度をお手伝いする日が来て、私、感動しております！」

目頭を押さえて何やら感動して下さっているが、私は羞恥《しゅうち》心で爆発しそう。

私は何も身につけていなかった！　つまり全裸状態！

寝台はところどころにシミがあるのが陽光が窓から差し込んでいるせいで良く分かってしまう。

城の中を駆け回っていた時から汚してしまった服を笑顔で着替えさせて下さったリリィさんに、違う理由で着替えを手伝ってもらうことになってしまい、目を瞑《つむ》り歯を食い縛って、叫びだしたい思いに耐える。

「本日のドレスはソウンディク殿下からナターシャ様への贈り物なのですよ。とても良くお似合いですわ」

可愛らしいデザインの薄い桃色のドレスが、ソウからの贈り物だと知り、恥ずかしくなる。

どことなく、幼い頃に着ていた服に似ていた気がした。

最近は学園では制服を着て、屋敷に帰るとお弁当用のレシピを増やすために料理をしたり、食材を調達したりするために出掛けるので、動き易《やす》い服を着ていた。

ドレスを身につけるのは夜会だけ。

昼間からドレスを着て、髪の毛も整えられて、アクセサリーもつけていると、落ち着かない。

まして前世の記憶を思い出したばかりだからなぁ……。

ドレスどころかスカートすら滅多に穿《は》かず、店名の入ったティーシャツを着て、ポニーテールにした頭にはバンダナを巻き、下はジーパン。腰エプロンを着ていたのに……。

「あの、リリィさん。国王陛下と朝食をご一緒する予定だと思うんですが」

「ソウンディク殿下から私もそう昨日は聞いておりましたが……残念ですが、もう昼時なのですよナターシャ様」

「えぇぇえっ!? 大変!!」

確かに窓から見える太陽の位置は高い！　完全に寝坊してしまった!!

国王陛下との朝食をすっぽかすなんてとんでもない！

「御安心下さいませナターシャ様。初めての夜は女性に負担が掛かるのは当然ですわ。ソウンディク殿下が陛下とご朝食を共にされた際に、ナターシャ様との朝食会は後日にとの旨をお伝えになられ、ナターシャ様と、初めて身体《からだ》を重ね合わされたこともご報告されておりました。うふふっ」

「いっ!? 言ったんですかっ!? 陛下に!?」

「はいっ！ それはもう殿下は良い笑顔で！ 陛下も大変お喜びになられてました。けれど、ハーヴィ将軍のお耳にも入ったご様子で、本日、登城なさるとか。きっと、お怒りでしょう。婚姻前の娘が相手が婚約関係にある王子とはいえ手を出されたのです。愛故のお怒りでしょうから、陛下も殿下も甘んじて将軍のお怒りを受け止めになられると思いますわ」

お父様までソウとエッチなことをしてしまったことを知ってるわけなのね!!

恥ずかしさで死にそうだ。一日どころか数時間で情報が出回ってしまっているのが怖い。

「ソウンディク殿下から、ナターシャ様が目覚められて、もし、お身体が辛《つら》くなければ今日も昼食を作って欲しいとのことでした」

「か、身体は大丈夫です。作ります。えっとソウンディク様は今はどちらに？」

「殿下は本日、剣の鍛錬をなされていますよ。騎士館にて修練に励んでおられると思います。お弁当はそちらにお持ちになられたらお喜びになると思いますわ」

「分かりました。行ってみます」

「是非」

笑顔でリリィさんに見送られ、ソウの寝室を出て、厨房《ちゅうぼう》へと向かう。

身体は大丈夫と言っておきながら、実は腰やら足やらに違和感があるのでゆっくり歩いていると、昨日のことが思い出されて顔に熱が集中してくる。

てぇへんだよ。まさかの年齢指定の話だったわけ!?

だからって、悪役令嬢がメインヒーローの王子様とエッチするなんてある!?

描写がないだけで、ヒロインじゃない女性と王子様も関係を持っていたりするのかもしれない。

厨房に顔を出すと料理長さんに頭を下げられ、私も慌ててお辞儀をする。

昼食の準備中にもかかわらず、他《ほか》の料理人の方にも挨拶《あいさつ》をされ、頻繁に使わせてもらっているスペースに案内してもらえた。

作る料理に必要な野菜を水でジャブジャブ洗いながら、どうしても昨夜のことを考えてしまう。

ソウの余裕のない表情。重ね合わせてしまった汗ばんだ肌の感触。

「ナターシャ」と名前を呼んだ掠《かす》れた声が脳内でリピートされる。

「うぅぅうぅっ」

手が恥ずかしさで赤くなっているから絶対顔も赤いだろう。

唸《うな》りながら、人参の皮を剥《む》いてしまう。

「だ、大丈夫ですかナターシャ嬢!?　鍋《なべ》、沸騰《ふっとう》していますよ!?」

「はっ!?　すみません!!」

トマトの湯剥きように沸騰させていたお湯が鍋の端から零れ落ちていて、慌てて火を止めた。

心配してくれる料理人の方々にぺこぺこ何度も頭を下げて、湯むきしたトマトにベーコンを巻きながら、やっぱりソウのことを考えてしまう。

先に起きていてくれて良かった。どんな顔をしてソウに会ったらいいのか分からない。

いやでも先に起きていたのなら、寝顔も見られたということよね!?

恥ずかしい!　口開けて寝ていたらどうしよう!?

子供の頃は良く一緒に寝て、お互い寝相も酷《ひど》かったが、最近はどうだっけ⁉ 自覚がない‼

コロッケ用のじゃがいもを潰《つぶ》し、衣を纏《まと》わせ油で揚げる。

丸くコロコロとした仕上がりは大変満足だ。

厨房に置かせてもらっているお弁当箱に出来上がったおかずを詰め、ほかほかの出来立て弁当を手に持つ。

「その、皆さん……お邪魔とお騒がせしました。申し訳ありません」

「良いのですよナターシャ嬢。ソウンディク殿下と正式にご結婚なされる日を、我々心待ちにしております」

「そ、それはまだ、先ですよ。し、失礼致します」

料理人の皆さんも知ってるの⁉ 私とソウがエッチしちゃったこと⁉

皆さん揃《そろ》って微笑《ほほえ》ましいものを見るような眼《め》で見られ、居《い》た堪《たま》れなくなり、足早に厨房を後にする。

……結婚。先も何も、そもそも婚約は破棄になるかもしれないのよね。

ソウが取られてしまうと、昨日の夜思ってしまった。

取られると思うということは、つまり、ソウは自分のものだと思っていたわけで、とっても悪役令嬢らしい高慢な考えに思える。

「…いけないわね。お弁当が冷《さ》めちゃう」

冷めても美味《おい》しい料理を作っているつもりだが、出来たてはもっと美味しいのだ。

いつまでソウに食べてもらえるか分からない。

それなら、一個一個のお弁当を最後となるその日まで美味しく食べてもらえるように努力しよう。

何より悪役令嬢として断罪されないように気を付けないといけない。

気合いを入れ直し、騎士館へと向かっていたら……会いたくない相手と目が合ってしまう。

こちらと目が合うとニヤリと意地の悪い笑みを浮かべ、近付いてくる。

知らん振りしてくれたらいいのに！

「王族でもなく騎士でもメイドでもなんでもない人間が城を堂々と歩いているとは、セフォルズ王国も平和ボケだな」

最悪の相手に遭遇してしまった。

アークライト・セフォルズ。一つ年下の、ソウの腹違いの弟。

ツンツンした赤い髪は、アークライトの攻撃的で意地の悪い性格に似合い過ぎている。瞳《ひとみ》だけはソウと同じ碧眼《へきがん》だ。

クッソぉ。こいつと会うなんて！　今日は運が悪い！　だが……気付く。

目の前の、頭一つほど高い背丈で見下ろしてきている彼もまた、私は好みじゃないが美形！

ソウが王道の王子様の容姿ならば、アークライトはワイルド系の王子。

お弁当を握り締めて戦慄《せんりつ》する。

第一王子の弟、つまりは第二王子がそうじゃないわけがない！

アークライトも絶対攻略対象者だ！

「……ご機嫌麗しく、アークライト殿下」

「厳《いか》つい将軍を親に持つ庶民染みた令嬢もどきに会ってご機嫌なんて麗しいわけがないだろう？」

腹立つぅぅうっ!!　お父様のことまで馬鹿《ばか》にしやがったわね！

この野郎。こっちが下手《したて》に出てりゃいい気になりやがって！

幸いにも騎士の方々は少し離れた場所にいる！　ならば遠慮しない！

「アーク！　少しは捻《ひね》くれた性格を直そうと思わないの⁉」

「ナターシャこそ、淑《しと》やかになるか、愛らしくなろうと思えないのか？　あー思いもしないか。嘆かわしいことだ」

どうしてこうもソウと違うのか！

ソウだって偉そうな時もあるけどね！　あちらは優しさがある！

「その弁当は兄上にか？　兄上もいつまで、こんな弁当を食べるおつもりなのか」

「ちょっと触らないで！　これはソウに作ったものなんだから！」

お弁当箱に触ろうとするアークの手から逃《のが》れる。

忘れもしないわよ！　幾度もソウに作ったお弁当をつまみ食いされたことは！

お弁当を隠すように抱き込むと、アークのつり目が剣呑《けんのん》さを増す。

「いつもいつも兄上ばかりだなお前は」

「ちょっ⁉　やめてってば！」

幼い頃は私より小さかったのに！

すっかり体格が違ってしまったアークに本気を出されたらお弁当箱を取り上げられてしまう。

もうっ！　どんだけお腹空《なかす》いてんだか知らないけど勘弁してよ！

アークの手が触れる直前、グイッと肩を引かれ、アークと距離が出来た。

「アークライト殿下。兄君の婚約者殿に、無粋な真似《まね》は感心致しませんよ？」

「チッ。ヨアニスか。よけいな邪魔を」

「よっ、よっちゃあああんっ‼」

救世主！　素晴らしいタイミングで間に入ってくれたよっちゃんの腕にしがみ付く。

感動に打ち震える私と違い、よっちゃんは冷たい瞳《め》で私を見てくる。

「ナーさん。城ではどこよりもよっちゃん呼びは控えてね」

「ご、ごめんなさいヨアニス」

怒らせてしまった。救世主に申し訳ない。

「ヨアニス。変な愛称で呼ばれて迷惑だと言わないと分からない女だぞ」

「迷惑だとは思っておりませんので。ソウンディク殿下が彼女をお探しでしたので、失礼致します」

「待て。俺が話している最中だ。ナターシャに聞きたいことがあってな」

「聞きたいこと？　何よ？」

よっちゃんが共にいてくれるのならば、アークなんて目じゃない。

何でも聞いてきやがりなさい！

「リターシャ。学園で兄上の前から走り去ったそうだな？」

「え……」

まさか、アークからその話題を持ち出されるとは。思わず硬まってしまう。

「なんでもその後、随分と余所《よそ》よそしい態度のお前と兄上の様子を見た者もいたとか。やっと、己が兄上の妻に相応《ふさわ》しくないと気付いたのかと思ったら、懲りもせず、弁当を作っているとはな。何があったのか本人に聞きたいと思っていたのだ」

第一王子であり、王太子であるソウの婚約者という立場は目立つ。

今更ながらそのことを自覚する。

アークは学園にまだ通っていないのに、アークの耳に届くほど、噂《うわさ》になってしまっていたなんて。

悪役令嬢の私は今後、更に評判が悪くなるかもしれないが、ソウにまで迷惑を掛けたくはないのに。

「お前が何も言い返してこないということは真実か。お優しい兄上が一応婚約者のお前と距離を置くとは。学園に入学したことで、やっと他の女に目を向けて下さったということか」

脳裏に浮かぶのはユリアさん。

これからソウとユリアさんは、どんどん親密さを増していってしまうのだろうか……。

唇を噛《か》み締め、お弁当を抱き締めると、隣で「ふふ」と小さく笑われる。

視線を向けると、よっちゃんが笑っていて、私と目が合うとぽすぽす頭を軽く叩《たた》かれた。

「痴話喧嘩《げんか》ですよ、アークライト殿下」

「痴話喧嘩だと？」

「ええ。仲睦《むつ》まじい二人も、時には喧嘩をすることもあるのは当然でしょう？　既に二人は仲直りを終えている。信頼し合っている証《あかし》です。ね？　ナーさん」

「よっちゃん！　うんうん！　そうよ！　痴話喧嘩ねっ！」

なんって頼りになるの、よっちゃん！　惚《ほ》れちまいそうよ！

「……チッ。お前がいない時に話すべきだったな」

「ですから、兄君の婚約者である彼女に無暗《むやみ》に近寄るのはおやめ下さいアークライト殿下。もういいですね？　失礼しますよ。行くよナーさん」

「うん！　あ、でもちょっと待ってね」

お弁当箱を包んでいた布を広げ、中からサンドイッチを取り出す。

一個一個をキッチンペーパーで包装しているので、一つをアークに差し出した。

「は？　何だ？」

「アーク。お腹が空いてるからちょっかいを掛けてきたんでしょう？　来年にはアンタも十五歳になって学園に通うんだから、ご飯の時間まで我慢出来るようになりなさいよねっ！　それと、いい加減お兄ちゃん離れしなさい！」

「……お兄ちゃん、」

「離れ？」

アークとよっちゃんそれぞれが不思議そうにするが、アークのソウへの懐きっぷりはほんっと分かり易い。

昔は「僕も一緒に遊びたい！」と言って、小さな足でちょこちょこ私とソウの後を付いてきて、そりゃもう可愛かったのに！

アークはお兄ちゃんであるソウと遊びたかったんだと思う。

けれどソウは私と遊びたがっていたから、三人で、時によっちゃんも含めて四人で遊ぶことが多かった。

アークはソウの弟であるけど、王子様でもある。

お兄ちゃんお兄ちゃん言ってると、誰《だれ》に何を言われるか分からない。

アークを心配して言ったのに、何故《なぜ》かよっちゃんが「ふはっ」と小さく吹き出した。

口元を押さえて震えている様子から見るに、笑っている。

「ヨアニス！」

「ふふふっ。アークライト殿下、私を睨み付けてもしょうがないでしょう？　彼女には変化球は通用しませんよ。では」

私の背を押して、よっちゃんは歩き出す。

ふと、アークの様子が気になってチラッと後ろを見ると、不思議なこと壁に背中を預けて顔を片手で覆っていた。

やはりお腹が空いていたのだろう。もう一つくらい、サンドイッチをあげても良かったかもしれない。

「よっちゃん。ソウが呼んでるのよね？　急ぎましょう」

「いいや？　ソウンディクは剣の鍛錬に励んでいて、まだナーさんを呼んでいないよ」

「え、じゃあ、何で呼んでるって…」

「そう言った方が、アークライトから離れ易いかなって思ってね。困ってたでしょ？　ナーさん」

サラッと銀髪を風に靡《なび》かせて、よっちゃんは楽しそうな笑顔を向けてくれる。

くぅううっ！　美形の悪戯《いたずら》っ子的な笑顔！　キュン死するかと思った！

「よっちゃん素敵！　大好き！　ありがとうっ！」

「あははは。ソウンディクに剣で切られてしまうよ」

そんなことになったら、私がよっちゃんを守りますとも！

よっちゃんと話しながら騎士館に到着する。

「それじゃあ、ソウンディクに宜《よろ》しくね」

「え？　よっちゃん、一緒に来ないの？」

「最近ちょっと、忙しくてね。城に来ているのも父上と話したいことがあるからなんだ。また明日、学園でね」

颯爽《さっそう》と去っていくよっちゃんの背中を見つめる。

よっちゃんもすっかり背が高くなった。カッコ良さにプラスして美しさも増してる。

ソウの幼い頃の夢を見て、アークの幼い頃を思い出したせいか、よっちゃんの幼い頃も思い出す。

綺麗《きれい》で大人《おとな》しかったよっちゃんを、私は初め女の子だと思い、遊びに誘ったんだよなぁ。

よっちゃんと呼んだのも、女の子だと思ったからというのもあった。

人前では呼ぶなと言われることもあるけど、許容してくれている。

冷たい宰相閣下とは違うと思うのに、何故か、よっちゃんの背中を見て、少し不安になる。

忙しいこととはなんだろう？　宰相とお話するということは、国に関わる重要なことなのだろうか？

「心配だわ……きゃあっ！」

「腹減った～！　すげー良い匂《にお》い！」

「ソウ!?　ま、待たせてごめんね」

背後から抱き締められて声を上げてしまうが、相手がライトアーマーを着込み、ところどころ擦り傷があるソウだと気付き身体の力を抜く。

アークとよっちゃんと話していたから、お昼の時間は少し過ぎてしまった。

お弁当は、仄《ほの》かに温かいくらいになっちゃったわね。

どんな顔をしてソウと会ったらいいか悩んでいたが、いつも通り空腹を訴えてきてくれるソウを見て、安心出来た。

「お待たせしました。どうぞ」

「サンキュ。一緒に食うだろ？」

「もちろんよ！」

お弁当は冷めてきてしまっているが、水筒に入れたお茶はほかほかだ。

騎士館の隅でお弁当を広げ、ソウと二人きりで昼食をとることが出来た。

もう一泊城に泊まって、学園には城から行けばいいと言うソウの誘いを、「宿題あるから！」とお断りをさせてもらい、屋敷に戻ることが出来た。

本当は宿題なんてない。だけど、また、ソウの部屋に泊まることになったら！　す、するってことにならない!?　え、エッチなことを！

屋敷に戻る馬車の中で、また羞恥心が爆発しそうになる。ソウとの初めての体験が頭から離れてくれなかった。

それに、お父様と会うのも気まずい。恐らく私と入れ替わるようにして、遠征先から城に到着なされているだろう。

私が共にいた方がいろいろと円滑なのかもしれないが、今日のところは逃げさせて！　ごめんねソウ！

屋敷に到着すると、「お帰りなさいませお嬢様」と声を掛けてくれる皆の中に、ジャックがいないことに気付く。

「ただいま……えっと、ジャックは？」

「それが何やら寝不足だそうで。申し訳ありません。叩き起こしてきましょうか？」

「あっ！　いいのよ。寝不足なら明日も学園だもの。休ませてあげて」

叩き起こしてこようかと申し出てくれたのは、ジャックから恋人と紹介されているメイドのシア。

「ジャックと付き合っているんでしょ？　お似合いよ」と言いたい気持ちを堪《こら》える。

二人揃って言われるまでは待っていた方がいいわよね。使用人のみんなに話しているかも分からないし。シアが用意してくれた紅茶を飲んでいると、慌てた様子の足音が近付いてくる。

「お、お嬢、お帰りなさいませ！」

「あら、ジャック。起きちゃったの？」

「ジャック！　お嬢様の前ですよ！　きちんとなさい‼」

「す、すみません」

少しラフな装いで現れたジャックをぴしゃりとシアが叱《しか》る。

いい雰囲気だわ。怒られつつもどこかジャックも嬉《うれ》しそう。

「ジャックが寝不足なんて珍しいわね。特にお願いしたいことも今はないから休んでいて平気よ？」

「いえ、俺がお嬢にお話したいことがあるんです。少々お待ち下さい。身支度を整えて参ります」

頭を下げて駆けていくジャックを見ながら首を傾《かし》げると、シアが溜息《ためいき》を吐《つ》く。

「どうしたのシア？」

「実はジャック。昨夜は帰ってこなかったんです」

「まぁ、そうなの？」

「はい。てっきりお嬢様のお供でお城へ行ったとばかり思っていたら、お嬢様より先に帰ってきて
……全く。どこで何をしていたのやら」

シアは怒った顔をしつつも、心配そうだ。

恋人が一晩帰らなかったら、不安よね。けど、ジャックに限って浮気は絶対ないと思う。

「シア。ジャックは私に何か話したいことがあると言っていたわ。きっと夜何をしていたのかの報告じゃないかしら？　私に話せるということは疚《やま》しいことではないわよ。だから、大丈夫。私に話したらシアにもきっと話すわ」

「お嬢様、ありがとうございます。ジャックのことです。もうお嬢様には報告済みでしょう？　私とジャックがお付き合いをさせて頂いていること。浮気を疑っているのではないのですよ。何せ、

ジャックったら頭と制服に葉っぱやら土やら付けて帰ってきたんです。それも目の下には隈《くま》まで出来て。とてもじゃないですが、女性と一晩過ごした感じではないですよね？」

「そう、ね」

「なので、そこは心配してないのですが。お嬢様。ジャックが何か迷惑をお嬢様に掛けたら私に仰《おっしゃ》って下さいね。叱り飛ばしますから！」

「うふふ。お願いするわ」

シアと微笑み合っているとジャックが戻ってきて、シアと入れ替わるように部屋に入ってくると、扉を閉める。私と二人で話したいことがあるわけね……。

「それで？　どうしたのジャック」

「お嬢。差し出がましいことをしたかもしれませんが。聞いて欲しいことがあります。ユリア・クライブについてのことなんです」

「ど、どうして、その、ユリアさんのことを……」

もしかして、ジャックはヒロインの魅力にやられてしまったのかと不安になる。

「お嬢が弁当持って殿下の前から走り去ったあの日。お嬢はいつも通りでした。ユリア・クライブが現れるまでは。ですから、ユリア・クライブのことを夜会から昼まで見張っていたんです。寝ずに」

「寝ずに!?　た、大変だったでしょう……ごめんなさい。だから寝不足なのね」

幼い頃から共にいてくれたジャックは、私の変化の原因を察してくれたらしい。

そのせいで無理をさせてしまって申し訳なかった。

「いいえ。大したことないです。たった一日だけですし。けど、そのご様子では、俺の読み通り、お嬢はあの女を気にされてるんですね」

「あの女なんて言っちゃダメよ」

だって彼女はヒロインだ。この世界が乙女《おとめ》ゲームが基礎で、ジャックが攻略対象者ならこれから惹《ひ》かれあってしまうかもしれない相手。

でも、ジャックにはシアがいるから、大丈夫だと信じたい。

「あの女とも言いたくなりますよ。お嬢が警戒するほどの相手だからどんな女かと思ったんですがね……そりゃもう変な女でした」

「へ、変な女？」

一晩ユリアさんを見つめ続けて、好きになってしまったと言いだされないのは良かったけど……。

「どうして変なの？　可愛い子だわ」

「外見はいいのかもしれませんが。長時間観察した俺からすると、わけ分かんなくて恐いです。だってあの女。ず――――っと！　薔薇《ばら》園の中央に突っ立ってたんですよ？」

「学園に隣接した場所にある薔薇園？」

「そうです」

「ユリアさん。ずっとそこにいたの？　夜会の間も??」

「ええ。朝まで。しかも一時間に一度くらいの割合で『なんで何も起きないのー!?』って、叫ぶんですよ。怖いでしょう？　俺、草むらに身を潜めて見てたんで、めっちゃ恐怖でした」

それは!!　確かにジャックからすれば奇妙なことだっただろうけど！

私には分かる！　ユリアさんは、何かのイベントを待っていたんだわ!!

けれど起きなかった。だからもしかしたら夜に発生するイベントだったのかもしれないけど、朝まで粘っていたのかも。

「本当にご苦労様だったわねジャック。それで、それからユリアさんは？」

「一晩中突っ立てて、飲まず食わずだったからさすがに辛くなったんでしょう。昼近くになってクライブ家の屋敷に戻っていきましたよ。俺もだから帰ってきたんです」

「そっか。よっちゃんと同じ屋敷？」

「いいえ。ヨアニス坊ちゃんとは違う屋敷のようです。クライブ家ともなれば、屋敷も多く所有していますからね」

そうなのか。よっちゃんに確認したいと思っていたけど、別邸に住んでいるのね。

よっちゃんがヒロインにときめいていたら、同じ屋敷に住まわせることもしそうなものだけど、よっちゃんも、メアリアンを好いているから大丈夫、ということなのかな……。

まだまだ分からないことだらけ。……いや、待って。

よくよく考えてみれば、ジャックの行動こそ、私は見習うべきだったんだわ！

「ジャック。ユリアさんは、また薔薇園に来ると思う？」

「来ると思いますよ。恐らく昼飯食ったら戻ってくるんじゃないですかね？　え？　ちょっとお待ち下さい。まさかお嬢……」

「私も今から薔薇園に行くわっ！」

「ええ!?　警戒してる相手なんじゃないんですか!?　しかも今から!?　もうすぐ日が暮れますよ？」

ユリアさんが夜のイベントを待っているのなら、今から薔薇園にいてくれる確率は高い。

会って話すべきだった。何せ彼女は初対面で「うわ。悪役令嬢」と私に言った。

つまり、ユリアさんは悪役令嬢を知っている転生者っ！　この世界がどんな世界なのかを把握している可能性は極めて高い！　誰よりも何よりも話を聞くべきはユリアさんだった！

「こうしちゃいられないわ。ジャック。動き易い服に着替えさせて欲しいってシアに伝えて。着替えたら私は調理場に行くから薔薇園までの馬車を準備して欲しいの」

「マジで行く気ですかぁ？　てか何で調理場に⁇」

「ふふっ。話し合いには菓子折りが必要なのよ！」

洋菓子はあまり得意ではないが、和菓子は大得意！

桜ではないが薔薇園で会うのならお花見のようなもの。

シアに着替えさせてもらい、三色団子を用意して、馬車に乗り込む。

すると、ジャックも付いてきてしまう。

「ジャック……」

「お一人で行かせるわけないでしょう？」

「でも、ユリアさんと二人で話したいことがあるの」

「……でしたら、薔薇園の入口でお待ちします。何かあったら叫んで下さい。駆けつけますから」

「頼りになるわね。ありがとうジャック。行きましょう」

馬車は薔薇園へと向かっていく。

流れてゆく景色《けしき》を窓から見つめながら眉《まゆ》を寄せる。

ユリアさんに聞きたいことは山ほどある。しかし教えてくれるだろうか？　悪役令嬢の私に……。

・ヒロインと相対しました

ユリア・クライブ。

ピンクゴールドの柔らかそうな髪を靡《なび》かせ、オフホワイトを基調としたワンピースにはレースとリボンがふんだんに使われていて彼女に非常に似合っている。

薔薇《ばら》園の中央に佇《たたず》むユリアさんはとても愛らしい。

小説でも漫画でも表紙の中央、そしてゲームでも中央を飾れるのが分かる。何せ、彼女はヒロインだ。

ギュッと手に持った三色団子が入った箱を握り締め、息を吐く。

頑張るのよナターシャ。彼女から真実を聞き出せるか否かで、私の生死が決まるかもしれないのだから。

「夕暮れ時の薔薇園も素敵ね」

「……え？」

「どうも、ユリア・クライブさん。生クリームより餡子《あんこ》派？ 和菓子が嫌いじゃないと嬉《うれ》しいわ。私は東京《とうきょう》の下町出身なのだけど、貴女《あなた》は？」

私自身も転生者であることを告げることはそれなりにリスクが高い。

けれど、こちらも手札を見せなければ、相手が応じてくれないと思えた。

とは言え、向こうはヒロインなのだから、悪役令嬢が現れたら悲鳴を上げて逃げてしまうかもと思ったのだが……。

「うぇえええっ⁉　悪役令嬢も転生者なんですかぁあああ⁉　なるほどなるほどぉっ！　道理で！　あっ！　私は神奈川《かながわ》です！　海の近くに住んでたんですよぉ！　生クリームも好きですけど餡子も大好きでーす！　美味《おい》しそうっ！　食べていいんですかぁ？」

……驚くほどフレンドリー？　と言っていいのかな。

ユリアさんは差し出した三色団子を手に取り口に運ぶ。

悪役令嬢が差し出したものなのだから、何か仕込まれてるとは思わないのかしら……。

ヒロインだから何かされてたとしても助かる自信があるのかもしれない。

薔薇園にあるベンチに二人並んで座る。

お茶も差し出すと、ユリアさんは「ありがとうございます」と可愛《かわい》く笑顔で受け取ってくれた。

「……聞きたいことがあるの」

「はいはい。何ですかぁ？」

「こ、答えてくれるの？　私、悪役令嬢なのに？」

「あー、それに関してはそうですね。私がごめんなさいしなきゃですねぇ。まさか悪役令嬢のナターシャが転生者だとは思わなくって。初対面で悪役令嬢って言っちゃってごめんなさーい。驚いたでしょう？」

「そりゃ、もう」

「ですよねー。でもでもぉ。とっても納得ですよぉ。道理でソウンディク様の私への態度が底辺だったわけですぅ。まさかダンスを断られるとは思いませんでしたもん。しかもナターシャと……あ、ナターシャさんとキスまで見せつけられちゃって。あんなスチル私知りませんもん」

夜会の誘いの時の話ね。

やっぱりあのソウの態度は公式では有り得ないらしい。

「あの、ユリアさん。この世界って、小説？　ゲーム？　漫画？」

「えー？　全部に決まってるじゃないですかぁ」

「ぜ、全部？」

「はいっ！　元はスマホゲームですけどぉ、それからノベライズがされて、コミカライズもされて、大幅にシナリオも増量されて据え置き型ゲーム機の方に移植もされた人気《にんき》タイトルですよぉ！　……もしかしてナターシャさん、知らないんですか？」

知らないという弱みを握られるのは危険だと思っていたけど、教えてもらえた方がいい。

頷《うなず》いて肯定すると、ユリアさんは「それは大変ですね」と同情してくれた。

「やっぱり、ユリアさんはヒロインよね？」

「はい！」

「ゲームが元ということは、ヒーローも複数？」

「はい……とも言い切れないかなぁ。ゲームはもちろんプレイヤーの意志でお相手を決められるんですけどぉ。ノベライズとコミカライズは凄《すご》いんですよ！　ヒロインは共通ですけど、人気キャラベスト3のそれぞれのお話が作られていて、本気でヒーローに恋しちゃった人なんかは、その話以外公式と認めないって感じで！　ヒロインの行動次第で、物語の展開も変わるので、ちょこっとずつそれぞれ話が違うからどの話も面白いんです！」

「そうなんだ。ユリアさんから見て、この世界はどれっぽい？」

「それがぁあああっ！　もう分かんないです！　聞いて下さいよナターシャさん！　私ヒロインなのにぃ、ぜんっぜん思い通りにシナリオが動いてくれないんですぅっ!!」

口の端に餡子を付けて憤るユリアさんは、間抜けっぽいけど可愛いと思う。

ハンカチで口元を拭《ぬぐ》ってあげると「ありがとうございます」とお礼を言われる……恐らく良い子なのだろう。

ユリアさんから話を聞いても、どの媒体でも読んだり見たりした記憶がない。

これは本気で知らない物語に転生したと見ていいかもしれないなぁ。

「ユリアさん。とってもユリアさんが大変なのは分かるんだけど、どうしても確認したいことがあるの」

「何ですかぁ？」

「私……死ぬ？」

青褪《あおざ》めながら問い掛ける。

するとユリアさんは、三色団子を持ったまま、ぽかんと口を開ける。

「……ぷはっ。あははは っ！　そ、そっかっ！　そうですよねっ、悪役令嬢に転生してたらそれは何より恐れることですよねぇっ！　大変だぁナターシャさん！　あははは」

「わ、笑いごとじゃ……」

「ごめんなさいっ。大丈夫ですよナターシャさん！　あ、大丈夫って命の保証は出来ますって意味の大丈夫で、ナターシャさんは島流しです」

「し、島流し？」

「はい。ナターシャさんのお父さんがセフォルズ王国の将軍ってことで、結構甘くされたとも言われてましたけどぉ。私からすればナターシャ、あ、公式のですよ？　悪役令嬢って言われてますけど、そんなに悪いことしてません。もちろんヒロインを虐《いじ》めてきますし、お金遣いは荒いし、使用人達を奴隷のように扱ってますけどね。後はヒロインを襲わせるために色仕掛けで騎士を惑わせてヒロインを襲わせるくらいです」

「……それ結構酷《ひど》くない？」

『いいえー！　ナターシャが仕向けた騎士からヒロインを守るためにヒーローが出てきてくれて良いスパイスになるんですー！　ヒロイン超無事ですしぃっ！　寧《むし》ろその騎士連中がナターシャの命令でやったってヒロインへの好感度が高いヒーローにゲロっちゃうからナターシャがすーぐ責められちゃうんです。気を付けて下さいねナターシャさん！』

私は騎士さん達をユリアさんに差し向けるようなことは絶対にしないけどね。

そもそも、色仕掛け!?　絶対出来ない！

「教えてくれてありがとうユリアさん。さっきシナリオが動いてくれないって言ってたわよね？　ユリアさんが夜会に現れなかったから、私、とても驚いたのよ？　もしかして……ソウンディク様は夜会には出席なさらず、薔薇園に現れる予定だったの？」

ソウは私とダンスをし、そのまま城に帰ってしまった。

もしかして、悪役令嬢とダンスをしたら、一曲かそこらで夜会から抜け出しヒロインと会う予定だったのかも……。

「いいえー？　ソウンディク様は夜会に出席で合ってます」

「……え？　え？　じゃ、じゃあなんで薔薇園にいたの？」

「そりゃあもちろん私の推しと会うためですよぉっ！」

私の……推し？

その推しがソウじゃないの??

「ソウンディク様に会うために薔薇園にいたんじゃ……」

「違います違います。ソウンディク様は私の中で……うーん、五位かなぁ」

ご、五位!? ソウの順位低くない!?

「じゃあなんでソウとダンスを踊りたいって、それに仲良くなりたいとも言ってたわよね？」

「あ～、確かに言いましたけどぉ。それは一応言っとこうかなぁ的なノリで」

「の、ノリ？ どういうこと？」

「えー？ だってナターシャさん。乙女《おとめ》ゲームプレイしたことあるなら分かりません？ 初めてゲームプレイする時はやっぱりメインヒーローのシナリオからでしょ？ ソウンディク様はこのお話でメインヒーローですし、当然イケメンですし、私王子キャラ好きだし、お話して仲良くなりたいなーって思うの普通じゃないですかっ！」

「……普通かな？」

「もちろん推し声優さんがボイス担当してるキャラとか、断トツタイプのキャラがいる時はそのキャラからプレイでしょうけどね～。でも大抵の人がメインキャラ！ 主役の王子様から攻略でしょ!? 一番シナリオのボリュームもありましたしね。けどっ！ 私の推し様の方が素敵なんですぅ！ きゃーっ！ 早く仲良くなりたい！」

自分の頬《ほお》に両手を当ててキャーキャーはしゃいでいるユリアさんを見て、大変失礼ながら心の中で思う。

この子はなかなか、変わってる。私としては今のところは良い子に思えるけれども。

ソウには「タイプじゃない」と言われ、ジャックには「変な女」と言われているのはヒロインとして大丈夫なの？

悪役令嬢がヒロインを心配するなんて妙な話だが、ユリアさんが心配になってしまった。

「お月様がくっきり見えてきましたね。ナターシャさんとお話し出来て、お団子も食べられて楽しかったですけどぉ。帰って下さーい」

「えっ⁉　ユリアさんとまだ話してたいんだけど……」

確かに空は藍《あい》色が濃くなってきたけれど、聞きたいことはまだまだあるのに。

「ごめんなさいですナターシャさん。今後は話し掛けてもこないで下さい。お互いのためにも」

「どうして？」

楽しかったと言ってくれているので、ユリアさんを不快にすることはなかったと思う。

なのに何故《なぜ》、帰ってと言われ、話し掛けてこないでと言われてしまうの？

「リターシャさん。私、推しが大好きなんです！　推しと恋が出来るなら絶対したい！　せっかく転生出来たんですもん！　頑張りたいんです！」

「うん。その気持ちは分かるわ」

「ナターシャさんはソウンディク様がお好きですよね？」

「えっ⁉　あ、いや、えっと……」

ソウのことを好きなのかと問われればもちろん好き。

け、けど、その、まだ友人としての気持ちが強いと言うかなんと言うかっ。

真っ赤になって慌てる私を見て、ユリアさんは深く頷く。

「うんうん。隠さなくても大丈夫です！　私の前でキスしちゃうくらい仲良しなんですもん！　私はソウンディク様推しじゃないですし、お二人の邪魔はしないと誓いまっす！　なので交換条件じゃないですけど、私の恋の邪魔もナターシャさんにはしないで欲しいんです！」

「私はこの世界の基礎を知らないから、ユリアさんの邪魔のしようもないと思うんだけど？」

「そうですよね。けどっ！　悪役令嬢とヒロインが仲良しってのは公式じゃ有り得ません！　私の推しとナターシャさんの関連はなかったですけど、このまま薔薇園にいられちゃうと、ナターシャさんも私の推しと仲良くなっちゃうかもしれません。それは、私凄く嫌です」

悲しそうな顔をするユリアさんを見て、本当にその相手が好きなことが伝わってくる。

「それなら……その、相手のお名前を教えてくれない？　絶対関わらないようにするから」

ユリアさんの推しが誰《だれ》なのか分かればこちらも対応し易《やす》い。

けれど、ユリアさんはぶんぶん勢い良く首を横に振ってしまう。

「ダメです。教えられません」

「……本当はやっぱり好きな人はソウンディク様なの？」

「そしたら夜会に出てますよ私！　私の推しがソウンディク様じゃないことは、信じてもらうしかありません。私がナターシャさんに教えられないのは、私よりナターシャさんが彼と関わってしまったら彼がナターシャさんを好きになってしまいそうで、絶対回避したいんです！」

私が既にユリアさんの好きな相手と出会ってしまっている可能性はないのだろうか？

ジャックとかよっちゃんとか、それとアークも含めて。

アークを除けば皆と良好な関係を築けているとは思う。

「それにあんまりヒロインである私と話していると、どこでどう悪役として扱われちゃうかも分かりませんよ？」

「うっ、それは怖い」

「あはは。ね？　だから、お互い関わるのやめましょう？　ソウンディク様とナターシャさんのお幸せを願ってまーす！　バイバイでーす！」

　仕方なく空っぽになったお団子を入れた容器と水筒を持って立ち上がる。

　ユリアさんは笑顔で手を振ってくれていて、名残惜《なごり》しいと思いながらも歩き出し、どうしても聞きたいことを最後に聞いてみる。

「ユリアさん！」

「何ですかぁ？」

「こ、このお話、年齢指定？」

　ソウとまさかエッチなことをするとは思わず、ヒロインはヒーロー達とそういった行為をする描写もあるのか知りたい。

　この質問にはユリアさんも照れてしまうかと思ったのだが……。

「あはは。まっさかー。全年齢ですよぉ！　年齢指定だったら私プレイ出来ないし、読めないです。だって私十三歳ですもん」

「十三歳⁉　中学、一年生？」

「はいっ！　当たりです！」

　つい最近小学校卒業したばかりかい！

　私だって凄く大人《おとな》じゃないけれど、少なくとも成人していて、働いていた。

　目の前の、恐らく十五歳からスタートとなるであろうヒロインの設定より中身が幼い女の子のことが余計心配になる。

　たかだか数年の違いだけれど、日本でも中学生と高校生では随分考え方が違うし、セフォルズ王国では十五歳で大人びている子ばかりだ。

「ユリアちゃん。沢山話してくれてありがとう。私からは話し掛けないと約束するわ」

「良かった！」

「けどユリアちゃんの方で何か困ったら私にいつでも言って？　何か、力になれるかもしれないから」

「ナターシャさん優しいぃ～！　中身が違うと全然公式と違いますねっ！　分かりました！　頼らないようにしますけど、そうだなぁ、お団子食べたくなったら話し掛けます！」

「うん。そうして。じゃあね。ありがとう」

ユリアちゃんに感謝して別れる。

いろいろと衝撃の事実を知った。

疲労と緊張から、少しふらつきながら薔薇園の入口に辿《たど》り着き、待ってくれていたジャックに手を借りて、ハーヴィ家の馬車に乗り込んだ。

「お嬢、どうでした？」

「変わった子だったわ」

「ね？　言った通り、変な女だったでしょう？」

「でも……良い子だった」

ヒロインが、まさか中身が中学生とは……。

悪役令嬢は断罪のみ！　と言われることがなくて良かったが、ユリアちゃんへの心配が増した。

ユリアちゃんが、好きな人とちゃんと会えるといいな。

この世界の基礎となる物語は確かに存在していたらしい。

でも、シナリオ通りに進んでいないとヒロイン本人が言っていた。

ならば、ヒロインにも想定外のことが起こることも有り得るんじゃないいんだろうか？

悪役令嬢の自分自身のことに関しても、まだ安心は出来ない。

死亡エンドは存在しなくて良かったが、島流し、つまりは流刑地送りは有り得るのだから……。

それにしてもソウはユリアちゃんの中で五位かぁ。

あとは絶対よっちゃんとジャックはヒーローに含まれるわよね。

それと不本意だけどアークも……ん？　待って？

「ヒーローの数が足りないわ」

ソウも含めて私が知る美形でハイスペックな人物は四名。彼等がみんな攻略対象であるとしても、人数が足りない。

まだ私の知らない誰かがユリアちゃんの好きな人なのだろうか？

・ソウに勉強を教わっていました

「ソウ。ソウにもよっちゃんにもジャックにもついでにアークにも容姿が負けてなくて。権力を持ってるか、能力が高い男性っていない？」

「……は？」

ユリアちゃんと話せた翌日。

差し迫ってきた試験のため、学園の敷地内にある図書館にてソウに勉強を教えてもらっている。

友人達の中で一番頭が良いのは学園に首席で入学し、一度行われている試験でも当然トップだったよっちゃんなのだけど。

今日もまた忙しいらしく、「二人で勉強しておいで」と笑顔で見送られてしまっている。

「……お前が俺《おれ》に堂々とクソな質問してきてるってことは、不誠実な理由で聞いてきてるわけじゃねぇのは分かる」

「不誠実って何!?　純粋な疑問よ!?」

こちらは昨夜、ソウ達とタメを張れる攻略対象者について考えても思い当たらなくて、ここはソウに思いきって聞いてみようと思ったのにっ！

「わけ分かんねぇこと考えてる暇あったら一つでも多くの国と町の場所を覚えろ」

ぐぅ。正論だわ。私は試験で赤点は取ってはいない。

けれど、得意分野と苦手分野がハッキリしていて、油断すると苦手分野の方で赤点を取ってしまうかもしれないのだ。苦手なのは特に、地理。

公爵令嬢として、そして将来王太子妃になるとしたら非常に致命的なんじゃないかと思える教科が苦手なのだ。

前世の記憶を思い出して自覚したのだけれど、私は前世でも地理が苦手だった。

日本の都道府県の場所までは記憶出来たが、世界の国の場所は本当にダメだった。

「国名を覚えることは出来てるのよ？」

「場所も同時に覚えろっての」

それが難しいのに。セフォルズ王国だけが示されているこの世界の世界地図に国名を記入する仮問題にチャレンジ中なのだがなかなか空欄《くうらん》を埋められない。

学園での今日の授業は午前中までで、ソウは今日も私の作ったお弁当を食べた後、勉強を見てくれている。

ペンを口元に当てて、「むぅ」と唸《うな》ると、向かい合って座っているソウが「はぁ」と溜息《ためいき》を吐《つ》く。

うっ。さすがに呆《あき》れられちゃったかしら。

学園に通いながらも、城では公務もあるソウの貴重な時間を無駄にしてしまっているものね。

「ソウ、ごめんね。先に帰っ……え？」

立ち上がったソウは何故《なぜ》か私の隣の席に座り直し、距離を詰めてくる。

ペンを持つ私の手の上に手を置き、間近でジッと見つめてくるソウに戸惑う。

「お前のさっきの質問は、一応恋愛のカテゴリーに入るのかねぇ……」

「恋愛？」

「美味《うま》い飯の話、食べてみたい料理、食材の話が中心。次に行きたい店、興味のある本の話、と。全くと言っていいほど恋愛の話題をお前から出されたことが今までなかった。俺以外の男の話を持ち出されるのは不本意だが、良い傾向かねぇ」

「ちょっとソウ⁉」

置かれた手が指を絡ませてきて焦る。視線を彷徨《さまよ》わせ周囲を見渡すと、多くの生徒が勉強をしているが、誰《だれ》もこちらを見ていないことに安堵《あんど》する。

「ナターシャ。俺と抱き合ったこと、意識してるか？」

考えないようにしてたのにっ！

鮮明に思い出せてしまう記憶に目を瞑《つむ》ると、唇が触れ合う感触と同時にちゅっと軽く吸われてすぐに目を開くことになってしまう。

「キスっ⁉」

「したけど？　何か問題あるか？」

「誰か見てたらどうするのっ⁉」

「見られても問題ねぇし。俺達婚約者同士だぞ。お前の可愛《かわい》い顔を見られたくねぇから、見られねぇようにはするけどな」

「どこ行くのっ⁉」

図書館内にある閲覧禁止の区域。

そこは、王族や許可を得た者しか入れない場所。

照明が落とされ、シンと静まり返った禁書庫内に連れてこられる。

古びた本の匂《にお》いは嫌いじゃないけれど、貴重な本が並ぶ書棚に背中を預ける形となってしまい、本に申し訳ない。

「言っとくが、性処理のためにお前を抱いたわけじゃねぇからな」

「抱いたって、そんな、何度も言わないでっ」

「言わねぇと誰かさんが意識してくれねぇからだろ。好きだから抱いたんですけどぉ？　伝わってますかぁ？」

「す、好きだから……」

　ユリアさんにもソウが好きなのかと聞かれ、友達としての好きの気持ちが強いと思った。

「抱き合った次の日。ナターシャは城から怒って帰らねぇで、弁当作って持ってきてくれただろ？　俺はもう、あの時点で、友達《ダチ》兼婚約者から、恋人兼婚約者になったと認識してたんですけど？」

「わ、私は」

　私は、どうなんだろう？

　恥ずかしさで涙目になってしまうが、ソウと目を合わせて考える。

　自分の気持ちを包み隠さず伝えてくれているソウに、きちんと向き合わないといけないと思えた。

「ソウのことは、好き、なんだけどっ」

「ああ」

「まだ、友達としての気持ちが強くて。でもっ、ちゃんとソウのことは好きで。ジャックもよっちゃんも友達として好きだけど、ソウはっ、みんなとはちょっと違う好きかもって、思い始めて……い、います」

　これが今の精一杯。何せ前世合わせての初めての彼氏になるかもしれないので、気持ちの切り替え方が分からない。

　好きと言ってもらえたのに、嫌われてしまうかもと不安になる。

　けれど、後頭部に手を置かれ、グイッと引き寄せられると深く唇が重ね合わされる。

驚きで目を見開くと、ソウの碧眼《へきがん》は嬉《うれ》しそうに細められていた。

「今はそれで十分だ」

「で、でもっ、ご、ごめんね遅くて……」

俯《うつむ》き、ぎゅっと制服のスカートの裾《すそ》を掴《つか》んで謝罪する。

早くソウの気持ちにきちんと返せたらいいのに……。

「ナターシャのペースでいい。寧《むし》ろお前はそのままでいてくれ。俺に寄ってくる女なんて五万といるんだよ。好きだって言って、すぐに私も！　って返してくる女は信用出来ねぇ」

「そんなもの？」

「そんなものだ」

鼻と鼻をくっつけ合い、笑い合う。

「……さて、じゃあ、俺はナターシャに男としてもっと意識してもらえるように頑張りますかね」

「……へ？」

ソウが急にしゃがみ込む。

すると、信じられないことに制服のスカートを捲《めく》り上げられ、スカートの中に頭を埋めようとしているのが分かる。

「勉強に戻るんじゃないの!?」

「デカイ声出すな。誰か来ちまったらどうすんだ。静かにしてろ」

見られて困ることをしようとしてるのはソウなのにっ！

口を両手で塞《ふさ》ぐと、スカートの中にいるソウに下着を脱がされたことが分かってしまった。

「うぅっ」

ソウの舌が秘部の割れ目を幾度も舐《な》めていく。

王子様なのにっ、なんてことしてんのよ。

スカートの中に頭を入れて、お尻《しり》を揉《も》みながら陰核をちゅうちゅう吸ってきているのが一国の王子様なんて信じられない。

口を塞いでいる手の隙間《すきま》から荒い呼吸が漏れる。

柔らかなソウの金糸の髪が、太腿《ふともも》の内側を擽《くすぐ》り、何とも言えない感覚が襲う。

静かな書庫にちゅ、くちゅ、と水音と、はぁはぁと、自分の荒い呼吸だけが響く。

「あっ……んっ……！」

とうとう膣《ちつ》の中へと舌先が差し込まれ、声が我慢出来ない。

指とも陰茎とも違う舌のぬるぬるした感触が、気持ちいい！

膣内を円を描くように舌が蠢《うごめ》き、尖《とが》らせた舌先で軽く突かれる。

「はっ……ぁ……あんっ……」

陰核と膣から溢《あふ》れ出す愛液とソウの唾液《だえき》が混ざり合い、太腿を雫《しずく》が伝っていくのが分かる。

ぽたぽたと床に雫が落ちる音が耳に届いた。

膣を舌が出入りを繰り返し、時折陰核にしゃぶりつかれる。

も、ダメ……イッちゃうっ……！

舌が入り込む膣に指も入り込んできて、気持ち良いことを覚えてしまった場所をグリグリ刺激される。

途端、ビクッ！　と身体《からだ》を震わせて、達してしまった。

身体に力が入らなくなり、ずるずると床にへたり込む。

ソウはやっとスカートの中から頭を出すと、ぺろりと愛液に濡《ぬ》れた唇を舐めた。

「気持ち良かったか？　こんなに濡らしてんだから、聞かなくても分かるか……」

「んっ！」

私に見えるよう膣に挿入させていた指を目の前に見せつけられ、濡れた手で口を塞ぐ私の手を放させると、ソウの唇で口を塞がれる。

唇の隙間から舌を差し込まれ、この舌が膣の中を蠢いていたのかと意識してしまう。

「……ソ、ウっ……ぁ……も、……やめ……って……ぁんっ」

両手でソウの胸を押し返すが、一度達してしまったせいで力も入らず、床に座り込む私に覆い被《かぶ》さるようにソウが体重を掛けてきていて、びくともしない。

「酷《ひど》いぞナターシャ。自分だけ気持ち良くなって。俺のことも気持ち良くさせろよ」

「ぁ……ん……」

自分が勝手にエッチなことを始めたくせに！

私はエッチなことをして欲しいなんて頼んでない！

言い返したいのに、制服の裾からソウが手を差し込んできて、下着の上から胸を揉まれる。

布越しに乳首を指先で刺激され、布と擦《こす》れ合うもどかしい感触に乳首が硬くなっていくのが自分で分かってしまった。

「……服着たままも興奮するな」

「い……や……やだぁっ……」

私の首元に顔を埋めたソウは、胸を揉みながら、熱い吐息を首筋に掛けてきて舌を這《は》わせると、首筋をちゅうっと吸ってくる。

鎖骨の辺りまで唇が移動しながら、肌に赤い斑点《はんてん》を残していく。

キス、マークっ……初めて見た……。

自分の目でも確認出来てしまう位置に付けられたことを怒りたいのに、ソウの片手が胸からスカートへと移動し大胆に捲り上げられる。

「っ⁉」

ま、まさかこの場で最後まではしないわよね？

祈りを込めてソウを見つめると、腹の立つほど綺麗《きれい》な笑顔を返される。

ソウは制服を寛《くつろ》げ、血管を浮き立たせる陰茎を取り出した。

「声、抑えてろよ」

「ふぁっ⁉　……んんんんっ‼」

膝裏《ひざ》に手を差し込まれ、足を大きく開かされ、一気にそそり立った陰茎を突き立てられてしまう。

愛液が溢れていた膣は、ソウの陰茎を根本まで咥《くわ》え込んでしまった。

「はっ……はぁっ……ぁんっ……」

「あー、ヤベェ。きもちぃー」

奥を突きながら幾度も腰を打ちつけられ、声を我慢するのが辛《つら》い。

グチュッ、ズチュズチュッ……粘着質な音が書庫内に響く。

静かな図書館内に相応《ふさわ》しくない音。誰か来たら、何をしているのかすぐにバレてしまう。

いけないことをしている背徳感が、興奮を誘う。

「あんっ……ソウッ……あぁっ……わたしっ、またっ……あんっ、イッちゃうよぉっ……あぁんっ！」

「ナターシャっ、声抑えきれなくなってきたか？　可愛いな。けど、お前の可愛い姿は俺以外にはぜってぇ見せたくない」

「あぁっ！　……んぅっ!!」

唇を深く重ね合わされながら、腰を掴まれ、激しく突き上げられる。

一層グチュグチュと厭《いや》らしい音を立て、舌を絡ませ合っていると、膣の奥を突くソウの陰茎が大きく膨れ上がる。

「はっ……ナターシャ、俺も……イクっ……」

「あぅ……ダメっ、あんっ……中に出しちゃっ……あんっ！　ダメぇっ！」

陰茎が避妊具を装着していないのが分かる。

学園在学中にっ、妊娠してしまうのは、ダメっ……。

「俺は構わないのに……」

「ダメなのっ……おねがいっ……ソウっ……んんっ！」

「クソっ……お前のお願いは……可愛いな……しょうがねぇ……」

「んんんっ!!」

ソウに必死にしがみついてお願いすると、一際深く突き立てられ、私は再び達してしまう。

ズルリと引き抜かれた陰茎は、ビュクビュクと勢い良く精液を放ち、太腿とスカートを汚した。

「はぁっ……はぁ……ソウの、ばかぁっ……んっ……」

「ナターシャ。俺、まだ抱きたりねぇ」

「っ、も、ダメっ……帰るっ……」

私達は図書館に試験勉強のために来たのよ？

　机に置きっ放しにしてしまっている教材を持ち帰り、勉強しないとと思うのに、ソウは私をジッと見つめると、ニヤリと意地悪そうに笑う。

「な、に？」

「こーんな厭らしくスカートを濡らした状態で屋敷に帰るのか？　屋敷に辿《たど》り着く頃《ころ》にはカピカピに固まってるかもな。下着もグショグショだぞ？」

「なっ⁉　そ、ソウがやったんじゃない！　し、下着、返してっ」

「ジャックやお前んとこのメイド達に見られたら、ナニしてきたかすーぐ分かっちまうだろうな～」

　白濁が掛けられてしまったスカートからは厭らしい匂いまでしている。

　ジャックとシアを中心に、屋敷の皆に恥ずかしいことをしてきたのがバレるのを想像して青褪《あおざ》める。

　ソウは膝を床につき、未《いま》だに座り込んだままの私と目を合わせると、小さな声で囁《ささや》いてくる。

「城に来て泊まれ。明日の朝までには制服も綺麗に整えてやるよ」

「意地悪っ……」

　拒否のしようがない。

「好きな女と長く共にいてぇだけだよ。決まりだな？」

「きゃあっ！」

　私を横に抱えたソウは歩き出してしまう。

　図書館の司書の方に、机に広げたままの教材を城に届けてもらうよう頼み、ソウは迎えの馬車に乗り込んでしまう。

「下着を返していただけませんか、ソウンディク殿下」

　馬車の中でソウを睨《にら》み付ける。

横抱きにされている時は必死で自分でスカートを押さえていた。

今も、正面に座るソウに中が見えないようスカートの裾を引っ張っている。

ドレスやワンピースと違い、膝上丈の制服の長さが恨めしい。

「こういう状況で敬語で呼ばれんのはいいな」

「どういう意味よっ！　さっさと返してっ!!」

「こんな愛液まみれの下着を穿《は》くつもりかよ。腹冷やすぞ」

「濡れた下着を握ったままの王子様に心配されたくありません！　穿いてない方がお腹《なか》冷やしちゃうわよ！」

「分かった分かった。返してやるからこっち来い」

ソウは自分の隣に座れと指示をしてくる。

車や電車と違い、走っている馬車の中は結構揺れる。

席の移動をするだけでバランスを保つのが難しい。

だから……、

「わっ!?　ご、ごめっ……」

案の定、ソウに正面からぶつかる。

座っているソウに対してこちらは立っていたので、ソウの顔に胸を押しつける形になってしまった。

「……ラッキー」

何がラッキーなの!?　と聞くより早く、ソウに手首を掴まれて引き寄せられると、足の間に座らせられる。

隣に座るつもりだったのに！　慌てて腰を浮かそうとするが、身体に腕を回され、動きを封じられた。

「ソウ……ぁっ……!?」

背後から抱き込まれる形になり、ソウの両手が制服の上から胸を鷲掴《わしづか》んでくる。

首筋にソウの唇が触れ、強く吸われた。

「やっぱ大きいよな胸。肌白いし、柔らけぇし、ずっと揉んでてぇ」

「そんなの絶対嫌！　……んんやぁっ！」

いつの間にか制服の釦《ボタン》は外され、ブラの上から胸を揉まれていたかと思えば、ブラのカップごとずらされ、胸が露《あら》わにされる。

馬車の中とは言え、外にいるようなものなのよ!?

馬車が揺れるごとに胸もふるふると揺れてしまい、片方の乳首を人差し指で捏《こ》ねられる。

胸の片方は胸全体に指を埋められ、弾力を確認するように幾度も揉まれていく。

「ぁんっ……いやっ……ソウッ……やだぁっ！」

「抱き足りねぇって言ったろ？　図書館よりは声抑えなくて平気だし、可愛い声聞かせろよ」

そういう問題じゃない。それに御者の方が近くにいるのっ！

「んぁっ……あぅ……」

快感に襲われ、言葉にならない声しか上げられない。

先ほどまでソウの陰茎を受け入れていた膣が疼《うず》く。

腰をくねらせると、ソウの熱く硬いものが太腿に触れる。

「もう挿れるぞ……」

「あっ！　……あぁあんっ！　……大きっ……んっ……」

腰を持ち上げられると、そそり立つ陰茎を呑《の》み込まされる。

一度出したとは思えないほどの熱さと大きさに息を呑む。

腰を支えられながら下から激しく突き上げられ、馬車の揺れも合わさり、緩急が付いた攻められ方をされる。

身体を揺すられる度に鳴るグチュグチュという厭らしい音が、ガラガラと地面を走る馬車の音でかき消されていて欲しいと願う。

「あぁあんっ！　ソウっ……きもちいぃよぉっ！　……やあぁんっ！」

「ナターシャっ、俺もすげー、お前が締め付けてくるから……くっ……」

顎《あご》を持たれ、ソウの方を向かされると、噛《か》みつくように口付けられる。

ソウの上に乗っているので、先ほどよりも深く陰茎が子宮の奥を突いてきて、その度に身体が仰け反る。

背中越しでも分かるソウの逞《たくま》しい胸と背中がくっつき、キュンッと膣を窄《すぼ》めてしまう。

「う、……やべぇな。もっとお前を抱いてたいのに、そろそろ限界が近ぇ……っ」

「んんぁっ！　あぁあんっ！　……私もっ、私もイッちゃうっ！　きもいぃよぉっ……やぁんっ！」

「っ……ナターシャには悪ぃけど……やっぱ、出したい……中に出すからな」

「……え？　やっ……ぁんっ！　ダメ！　あん！　ソウッ……ダメぇ！　ダメなのぉっ！　きゃあんっ！」

首を横に振って拒否をすると、奥を突くソウの陰茎がビクっと震え、大きくなってしまう。

「あ……やべぇ。今の可愛い。いやいやするナターシャ可愛いっ……」

「なんでっ……ぅっ……あ、ダメぇっ！　……あぁあんっ!!」

グジュリと大きな水音を立てて陰茎が深く突き立てられると、膣をきゅうきゅう窄ませて、絶頂を迎える。

同時にソウも最奥に熱い精液を放ったのが分かった。

「ソウ……んっ!?」

ソウに寄り掛かり、呼吸を整えながら、また中に出したことを怒ろうと思ったらキスをされてしまった。

私の腰を持ち上げてソウが陰茎を引き抜く。ボタボタと膣から溢れ出す精液の匂いが鼻まで届く。

私達、なんてことを学校帰りにしてるの!?

反省したいのに、腰を持たれて、馬車の壁に手を付かされると、膣口に再び勃起《ぼっき》した陰茎の先端が宛《あて》がわれる。

「リターシャ。もう一回だけ？　な？」

「だ、ダメ！　だって、絶対、お城に泊まるのもソウの部屋なんでしょ!?　またするんじゃないの!?

……エッチなこと」

「しますとも。けど、まだしたい」

もしかして絶倫ってやつなの!?

馬車の中でもまだ抱かれ、ソウの部屋でも挑まれたら明日もある学校に行けるか分からない。

城に泊まった挙句、次の日学校を休むなんて！　しかもその理由がエッチのし過ぎってことになったら！

悪役令嬢改めふしだら令嬢と言われてしまうかもしれない!?

「いやぁっ！　もうダメ！　離してぇっ！」

「離してあげてよソウンディク」

「……チッ」

「……え？」

泣いてこれ以上やめて欲しいと訴えると、第三者の冷静な声音が割って入る。

ソウが舌打ちをしながら、私から身を離し、素早く制服の上着を脱いで私に着せた。

恐る恐るソウではないもう一人の声の方に顔を向けると……。

「よっちゃん!?」

「やぁナーさん。獣《けだもの》王子に襲われて大変だったね。ちなみに御者の人は、顔を真っ赤にして照れ臭そうにしていたよ。声を我慢出来なかったのかい？　ナーさん」

っ！！？！？

いつの間にやら、馬車が城に到着していたらしい。

馬車の扉を開けて、爽《さわ》やかに微笑《ほほえ》みを向けてくるよっちゃんがいた。

御者の方の代わりに到着を知らせてくれたらしい。

私は、ソウの制服の上着で頭をすっぽり隠し、よっちゃんの目から逃《のが》れるようにその場に蹲《うずくま》ったのだった……。

・ソウとナターシャとヨアニス2（ソウ視点）

「今日これ以上エッチなことしたら絶対、明日お弁当作らないから！」

嫌いになるからでも、二度と厭《いや》らしいことはしないでもない可愛《かわい》いナターシャの怒り方に頬《ほお》が緩みそうになる。だが、ここでヘラヘラしていればナターシャを余計怒らせてしまいそうなので、神妙な面持ちで頷《うなず》くと、ナターシャは真っ赤な顔で頷き、メイドのリリィと共に部屋に入り、扉を閉めてしまった。……って、お前の入った部屋、俺《おれ》の部屋なんだけど。

王子の俺が自室から締め出される形になってしまった。

部屋の両脇《わき》に立つ騎士達はあらぬ方向を向き、聞かない、見ないフリをしてくれている。

「リーさんの怒りが鎮まるまで、ソウンディクは仕事だね」

「そうだな」

ナターシャは城に付いてきてくれていて、今晩も泊まってくれる。

公務を終えて、また会えると思うとやる気が出た。

「やる気を出すのは仕事に対してにして欲しいね、ソウンディク」

「俺の心を読むな」

執務室へ向かいながら、ヨアニスに小言を言われてしまう。

「ハーヴィ将軍にお灸《きゅう》を据えられたのに、懲りないねぇ。夜は自重してあげた方がいいよ？」

初めてナターシャと身体《からだ》を重ねることが出来たあの日。

屋敷に帰ってしまったナターシャと入れ替わるようにハーヴィ将軍が城に到着した。

激昂《げっこう》するでもなく、殴られるでもなく、将軍は俺を見据え、静かに怒られた。

「殿下は我が愛娘《まなむすめ》を誰《だれ》より愛しんで下さると信じ、娘への婚約のお申し出を私は承諾したのです。妻の亡きあと、私が命よりも娘を大事にしてきたことを殿下ならばご理解頂いていると思っておりました。王太子の婚約者という立場となった現時点でも、娘の負担は他《ほか》の令嬢よりも多大なもの。これから先、王太子妃となり、王妃となれば重圧は増していく。しかし殿下ならば娘を守って下さると思っております。ソウンディク殿下、シャルロッティ学園は娘にとって最後となる重圧を気にせず学べる居場所となるのです。もちろん、学園に通う生徒達からの眼差《まなざ》しや言葉は重圧となるでしょうが、三年後、王城に身を置くことになるその時とは比べ物になりますまい。だと言うのに、殿下は娘に学生をやめさせ『母』になさるおつもりか？」

大きな体躯《たいく》と怖い顔で、重い言葉をぶつけられ、情けないが将軍の前で正座を自然としてしまい、

「申し訳なかった」と素直に謝罪した。

「悪いと思ったし、反省もした。……だが、ナターシャが可愛くて」

「せめて避妊すべきだね」

「うっ、……ってておい」

正論をぶつけられながら、ヨアニスは避妊具が入った箱を差し出してくる。

「ここでこんなもん渡すな」

「じゃあ、ナーさんの前で渡そうか？　いいかいソウンディク。ナーさんは君にとって誰より何より愛《いと》おしいのだろうけれどもね。ハーヴィ将軍を怒らせると、婚約破棄されちゃうよ？」

渋々ヨアニスから箱を受け取る。

執務室に着き、確認すべき書類に目を通していく。

最近はヨアニスも手伝ってくれていて、さほど時間が掛からず終えることが出来そうだと思ったのだが……。

「ソウンディク。私は少しの間手伝うことが出来なさそうだから、頑張ってね」

「……俺がやるべきことだから、文句は言わねぇが、ヨアニスお前、そんなに忙しいのか？」

悔しいが学問においてはヨアニスに敵《かな》わない。

いつか、俺が王となるその時、ナターシャには王妃として、ヨアニスには宰相として共にいて欲しいと願っている。

だが、最近。ヨアニスは忙《せわ》しない。恐らくナターシャも気にしている。

「おいヨアニス」

「なんだい？」

「一人で何でもやろうとするなよ。いつかお前は俺の部下になるんだろうが、今もこれからも友達《ダチ》だろ？」

コアニスを俺の前に引っ張ってきたのはナターシャだった。

あいつは初め、ヨアニスを自分と同じ女の子だと思って遊びに誘ったようだったが、俺はヨアニスが何者で、誰の子なのか知っていた。母上を、見殺しにした宰相の息子。

幼い頃《ころ》はそう思っていて、ヨアニスを前にした時、一歩引いてしまった。

そしてヨアニスもまた、幼いながらに神童と評されるほどの天才だった故か、俺の母が死んだ理由を理解していたらしく、気まずそうに目を逸《そ》らされたのを覚えている。

だが、そんな俺達に一切気付かず、ナターシャは俺の手とヨアニスの手を引っ張って……結局、その日。三人で城を抜け出し、泥だらけになるまで遊んでしまった。

三人揃《そろ》って怒られて、ハーヴィ将軍に涙目になったナターシャが連れていかれるのをヨアニスと見送っている時。

「ごめん」

と。謝られた。何だか別に元からヨアニスに怒ってはいなかったけど、たった一日で気まずい気持ちはふっ飛んでしまっていて……。

「気にするな。俺ももう、気にしない。また遊ぼうぜ？　ナターシャも一緒にな？」

「うん」

友達になれたと思う日の思い出だ。ヨアニスと友になれたのはナターシャのお陰だと言える。

昔を思い出していると、ヨアニスも同じだったのか、どこか懐かしむように微笑《ほほえ》んだ。

「私は友人というものが出来るとは思っていなくてね」

「は？　そうなのか？」

「我ながら天才だからね。同い年の子供となんて話も何も合わないと思っていたんだ」

少しおちゃらけながら言い、「けど」とヨアニスは言葉を続ける。

「ソウンディクとナーさんと初めて遊んだ時……楽しかったよ。驚いた。外を駆け回るなんて、無意味なことして何が楽しいのかと思ったけど、楽しかった。だからさソウンディク。私は君達が悲しむ姿を見たくないんだ」

「どういう意味だ？」

「ユリア・クライブのこと、ソウンディクには報告しただろ？　なかなかボロを出さなくてね。てっきりもっと何か仕掛けてくるものだと思ったんだけど……」

「……何もしてこねぇなら、警戒する必要はないんじゃねぇのか？」

「そうも言ってられないよ。理由は分かるだろ？」

ユリア・クライブについてヨアニスから報告を受けた時。

脳裏に浮かんだのは母が血を吐いた姿。そして想像してしまった。

ナターシャが、血を吐いて倒れる様を……。

最愛の存在をまた再び奪われることになったら、俺自身、生きていけない……。

「ソウンディク。ナーさんはユリアを気にしていたね？　それってまだ続いてる感じかい？」

「いや、今日はアイツの口からユリア・クライブについて聞いてねぇな」

「そうか。そのまま関わりを持たずにいて欲しいね」

「……だが、何かあれば言え」

「そうするよ。最終手段としてソウンディクと、そしてナーさんにも力を貸してもらうかもしれない」

「リターシャも？」

「うん。もしかしたら、ソウンディクよりナーさんの方に負担を掛けてしまうかもしれない。そうならないように、努力はしてみるけどね」

あの女が関わっているのなら、ナターシャよりも俺の方が何かをするなら適任に思えるんだがな……。

「私は試験当日まで学園を休もうと思う。それでねソウンディク。試験勉強を見てあげるのを口実にナーさんとは毎日一緒に帰って城に泊まってもらいなよ」

「ヨアニスお前、俺に自重しろって言ったくせに……」

毎日ナターシャと共に夜を過ごしていたら我慢出来るわけがない。

「自重とは、きちんと避妊して愛を深め合って下さいねって、意味だよ。私は父上と共に隣国に行ってくる。私が不在中、ナーさんと喧嘩《けんか》しないようにね」

ひらひらと軽く手を振って、執務室を出ていくヨアニスの背中を見送る。

幼い頃のように、気の置けない友とだけ関わっているだけではいられなくなった。

しかし、幼い時に戻りたいと願うことはない。最愛の存在と永遠の愛を誓える日が近付いてきているのだから……。

・ヒロインは重大なことを暴露しました

……勉強に集中出来ないわ。

試験まであと五日。授業は午前中までで午後は自習となる。

昨日から毎日、私は屋敷ではなく城に泊まり、ソウに勉強を見てもらうことになってしまったのだ。

経緯を説明すると、時間は昨日の夜まで遡《さかのぼ》る。

「試験までの五日間。城に泊まるなら、試験が終了するまでは抱かないと約束する。どうだ？」

「どうだって何!?　屋敷に帰って勉強するわよ！」

「一人で勉強出来んのか？　お前んとこにはジャックがいるが、アイツはお前に基本甘いからな。試験勉強もそこそこに、実った野菜や果物《くだもの》の様子を見に行ったり、収穫に行かないと言い切れるか？　牧場に行って家畜達の世話をしただけでなく、卵やら牛乳やらもらってきて菓子を作らないと言えるかぁ？　苦手分野でも赤点はさすがに取らないだろうと高を括《くく》っていざ試験で赤点取っちまったらどうすんだぁ？」

「うぅうっ」

図星を突かれまくってしまい、何も言い返せなかった。

赤点なんて取ったら、悪役令嬢以前に王子の婚約者として相応《ふさわ》しくないと言われてしまう。

ソウじゃなくてよっちゃんに教わる！　と言いたかったのに、よっちゃんは昨日から隣国に赴いてしまったのだ。

結局ソウの提案に頷《うなず》くことしか出来なくて、ソウは約束通り、エッチなことはしてこなかった。

ソウの部屋に泊まることになり、抱き締められて眠った……いや、あんまり眠れなかった。

だって、向かい合わせで寝るとソウの寝顔が見えてドキドキしてしまい、背中を向けると首筋にソウの寝息が掛かって、震えてしまったんだもの！

なので少々寝不足だ。これが毎日続くのかと思うと、まだ屋敷で個人勉強した方がいいんじゃないかと思える。

何とか学園にいる間に少しでも集中して国の場所を覚えなきゃと思うのに、世界地図が……ぼやけて見える。

「ね、眠いわ……」

「ナターシャ」

「あ、メアリアン」

教科書と向き合う私の机の前に立っているのは、いつでも優雅さが損なわれない友人。

メアリアンが声を掛けてくれたお陰で、意識がハッキリしてくる。

「どうしたの？　試験で分からないところは……メアリアンが私に質問はしないわよね？」

メアリアンも私より頭が良い。

優秀な友人達ばかりで、なかなか気恥ずかしい。

「うふふ。試験が近くてピリピリしている生徒が多いけれど、ソウンディク殿下と仲睦《むつ》まじいナターシャを見ていると癒《いや》されるわ。……寝不足は、殿下が原因でしょう？」

「め、メアリアン！」

こっそり耳打ちしてくる友人の言葉に顔が熱くなる。

けど指摘してもらって良かった！

授業を終えた後、ソウと共に馬車に乗り込み次の日はソウと共に馬車に乗って学園に来ているので、私が城に泊まっていることは誰《だれ》でも見れば分かってしまう。

次の日眠そうにしていたら、そういうことをしてきたと想像されてしまう危険性があるのね!? 気を付けないと！

目に力を入れて、眠くないぞ！　という顔を意識すると、くすくすメアリアンに笑われてしまった。

「へ、変かしら？」

「いいえ？　可愛《かわい》いと思うわ。ナターシャ。貴女《あなた》に会いたいって廊下で待っている人がいるの」

「あらそう。すぐに行、え？」

待たせているなら急がねばと思い、席から立ち上がろうとしたら、メアリアンに肩に手を置かれ動きを阻止される。

「余計なお世話かもしれないのだけれど、試験勉強で忙しいって私がお断りしましょうか？　今、ソウンディク殿下も教室にいらっしゃらないし。それか、隣の教室からジャックを呼んできましょうか？」

一年生の教室は二つあり、生徒達の位階によってクラス分けがされている。

あまり地位や身分など学園では気にしたくないのだけれど、王子様も通っているから仕方ないのかもしれない。

ジャックはもう一つのクラスに在籍しているのだ。

でも、ソウかジャックがいた方がいいとメアリアンが判断する相手とは？

首を傾《かし》げながら、廊下の方を見る。

「ユリアちゃん？」

こちらを見ているユリアちゃんと目が合いそうになるところで、メアリアンが遮った。

「ナターシャを呼んでるのは彼女よ。貴女、殿下の前から走り去ったのって、彼女がいたからではないの？　苦手な相手なら一人で話さない方がいいわ。何か話すなら、私も付いていきましょうか？」

「さすがねメアリアン。でも、平気よ。ありがとう」

心配そうなメアリアンに安心してもらえるように笑みを向けて、廊下に佇《たたず》むユリアちゃんに近付く。

「ユリアちゃん。どうしたの？　あんまり私達接点持たない方がいいんじゃ……」

なかったっけ？　と続けようとした言葉を呑《の》み込む。

何せ、目の前のユリアちゃんの目は充血し、目の下にはくっきりと隈《くま》が出来ていたのだ。

美少女の顔もかなり怖くなってしまっている。

「っ、ナターシャさぁあああああんっ!!」

「わっ!?　だ、大丈夫!?　と、とにかく落ち着けるとこに行きましょう」

泣きついてくるユリアちゃんの背中を撫《な》でて、裏庭まで連れていくとベンチに二人で腰掛けた。

昼食は城で作ろうと決めていたので、休み時間に食べようと作ってきたお饅頭《まんじゅう》をユリアちゃんに差し出すと、「ありがとうございますぅっ！」と物凄《ものすご》い勢いで食べられてしまった。

まさか、ご飯も食べてないのかしら……。

「もしかして……あれから、ずっと、薔薇《ばら》園にいたの？」

恐る恐る問い掛けると、深ーく頷かれてしまう。

こ、この子、ガッツあるわね。

丸一日以上寝ていないのかもしれない。私の寝不足なんて比較にならない。

「推しに会えないぃいいいい!!　どぉおしてでしょぉおっ！！？」

「う、うーん。公式を知らないから何とも言えないけど……あ！　そうだ。ヒロインの能力値とかでヒーローとの出会いが決まるなら、数値が足りないとかは？」

勉強の能力値を上げると勉強が得意なキャラクターに会えたり、運動の能力値を上げると運動が得意なキャラクターに会えるのは乙女《おとめ》ゲームの基本だ。

「私、編入試験満点でしたし、運動も得意なんです。チートです。大丈夫です」

そこはさすがにヒロインチートが機能しているらしい。

でも何故《なぜ》だろう。ユリアちゃん、あんまり頭良いように思えないのはやはり中身が中学生だからだろうか。

「前も言ったけど、ユリアちゃんの好きな人を教えてくれたら、私が既に出会っている人だったらサポート出来るかもよ？」

「うぅう。それは、やっぱりご遠慮します。ナターシャさんに会いに来たのは、餡子《あんこ》が食べたくて！　甘い物食べないとやってられないくらいショックなんですもん！　とっても美味《おい》しいお饅頭ありがとうございましたぁっ！」

「……どういたしまして」

ソウと食べるために複数作ってきたお饅頭を食べ切られてしまった。

「お陰で落ち着きました……けど、このまま推しと会えず一年目が終わってしまったらと思うと憂鬱《ゆううつ》です。二年目から挽回《ばんかい》出来るイベントは沢山あるんですけどねぇ。ただでさえ遅れてるのに、どうしようっ」

「ただでさえ遅れてるって？　どういう意味？」

一年目にユリアちゃんの好きな人と会えないと、好感度が上がりにくいのだろうか？

「えっとぉ。実は私ナターシャさんに一個嘘吐《うそつ》いちゃってて、私は転生者じゃなくて転移者なんです」

「……え？　えぇえっ⁉　そうなの⁉　に、日本人よね？　日本でも髪の色ピンクゴールドで目、緑？」

「いえいえいえ！　転移して、髪の色も目の色も変わったんです！　でも、あんまり顔の造形は変わってないかもぉ」

それはまた。日本でも飛びきりの美少女と言われていただろうなぁ。

「それで転移してすーぐ大好きなお話の世界って気付いて……そのぉ、夢中になって町や何やら見て回ってたら、入学の日を過ぎちゃって……」

「本当なら入学式スタートだったの？」

「はいっ。学園が舞台の乙女ゲームは基本そうですよね？　ヒロインが転入してくるってのは珍しいと思います」

「確かにね。けど転移なら後ろ盾も何もないでしょう？　よく、クライブ家と繋《つな》がりを持てたわね」

「そこはお話を知ってる知識を活《い》かして。裏ワザみたいなの使っちゃったんです。実はですねナターシャさん。この物語のヒロイン！　つまり私は現宰相クライブと隣国の王族の隠し子なんですよぉ！」

「……へ？　えええええっ⁉」

ということはユリアちゃんは、よっちゃんの腹違いの妹ってことぉおおおっ⁉

「でも髪の色も、目の色もクライブ家の方々とは違うわよね？」

「はいっ。物語の最後で分かるんですけど、実際ヒロインは隣国の王族が貴族ではない人を愛して出来た子供で、クライブ宰相とは血の繋がりがないことが判明するんです。なので、ヨアニス様ルートを選んでも、ヨアニス様と結婚することも出来るんですよー！」

……ってさらっと、私に教えてくれるってことは、ユリアちゃんの推しはよっちゃんでもなく、よっちゃんはやはり攻略対象者なのね。

「それで、裏ワザって？　何をしたの？」

「えっとぉ、それは秘密にさせて欲しいです。ちょっと自分でも無茶しちゃった感があって。てへっ」

薔薇園で何日も粘れるユリアちゃんが無茶したってどれほどの無茶!?

その無茶の甲斐《かい》あってクライブ家の血縁として認められて、学園に入学することが出来たのは凄いと思う。

よっちゃんなら、ユリアちゃんが何を仕出かしちゃってるのか、把握してるかしら？

「……話せる時が来たら、ぜひとも話して欲しいわ」

「えへへー、了解です。あっ！　そうだ！　お饅頭を頂いたお礼に、ソウンディク様ルートについて、一応お伝えしておいた方が良さそうなことをお教えしますぅ！」

「あ、ありがとう」

見返りを求めてお饅頭をあげたわけじゃなかったのだけれど、ソウについて公式ではどういったことが起こるのか知れるのは助かる。

「実はですねぇ、この前ナターシャさんから死亡フラグありますか？　みたいなことを聞かれて、ないです!!　ってお答えしたじゃないですかぁ。なんとっ！　死亡フラグはソウンディク様の方にあるんですー！　驚きでしょう？」

「………は？」

……頭と、心が固まった。

死亡フラグ？　悪役令嬢の私じゃなくて、王子様であるソウに？

幼い頃《ころ》からずっと一緒で、友達で、今、友達以上に大切に想い始めているソウがいなくなってしまう未来を想像してしまう。

「なんっ、なんでっ⁉　絶対嫌、そんなのっ！　絶対ダメ‼」

「お、落ち着いて下さいナターシャさん」

「落ちつけるわけないでしょう⁉　どういうこと⁉　どうして教えてくれなかったの⁉　一番に教えてくれなきゃダメなことじゃない！　うっ……うぅっ」

ユリアちゃんの肩を掴《つか》み詰め寄りながら、泣いてしまう。

「な、泣かないで下さいナターシャさん、ごめんなさいっ。お話ししなかったのは、どう見ても考えてもソウンディク様の死亡フラグは折れてると思えたからなんです。不安にさせることを言う必要はないと思って言わなかったんですけど、今話しちゃってるから意味ないですよね……」

「……死亡フラグは、折れてるの？」

ハンカチで涙を拭《ぬぐ》いながら問うと、ユリアちゃんは何度も頷く。

「はいっ！　ソウンディク様が亡くなる理由は二つです！」

「二つ⁉　一つじゃないの⁉」

「だ、大丈夫です！　フラグは折れてるってことをご説明しますねっ！　一つ目！　病死です。ナターシャさんならご存知かもしれませんが、ソウンディク様は幼い頃にお母様が毒殺されているので、食事をあまり召し上がらないっていうのが、公式の設定です。ですからね？　私初めてソウンディク様にお会いした時驚きました。健康的な王子様だなぁって。公式ではもっと線が細い儚《はかな》げな王子様で、他者ともあまり関わらないお方なんです。婚約者である悪役令嬢のナターシャとも国王と将軍が決めたことで、断る理由もないからソウンディク様は受け入れるんですけどね？　それで、悪役令嬢のナターシャは、ソウンディク様を好きって言うよりは、王子の婚約者って立場に固執してて、ぜーんぜんソウンディク様のこと心配しないし、会いにも行かないんですよー！　酷《ひど》いですよねー！　なのに王子の婚約者の立場を利用して悪いことするんです。そんな自分の婚約者の悪行も、ソウンディク様の病を進行させる原因になったんじゃないかってことでした。あと病死エンドの決定打は、ヒロインに選ばれないとそうなるので……私の推し様じゃないので、公式通りなら申し訳ないなぁって思ってたんです。でもっ！　ソウンディク様には悪役令嬢じゃないナターシャさんがいらっしゃいますからね！　このフラグは折れてるでしょう！　ね？」

「……うん」

ソウのお母様は、公式でも毒で殺されてしまうのね……。

私がソウと出会った時にはもう、ソウのお母様は亡くなられていた。

幼い頃から前世の記憶を思い出し、物語について知っていたら、ソウのお母様を助けることが出来たかもしれない……。

過去に戻ることは転生者であっても無理だけれども、公式とは違っている。

悪役令嬢の私がソウにご飯を作ってきたから、ソウは元気だ。

だから、病死はないと思っていいかな……風邪《かぜ》を引くことがあったら毎食生姜《しょうが》汁を飲ませて、ネギと梅干しも食べさせまくろう。

「一つ目です！　こちらの方が、一応注意が必要かなって思って今回お話しておこうと決めたんです。

ソウンディク様はヨアニス様に暗殺されるんですよー」

「………え？」

脳裏に過《よぎ》る大事な友達の姿。

よっちゃんが、ソウを殺す？　信じたくない公式の話に血の気が引いていく。

「公式では、ソウンディク様とヨアニス様って接点が殆《ほとん》どないんです！　病弱で気弱な王子をヨアニス様は王太子として相応しくないと判断されていて、それで暗殺なさるんです。ソウンディク様は病弱でもないですし、私ここも驚いたんですが、ソウンディク様とヨアニス様ってご友人同士ですよね？」

「うん……」

「やっぱり！　ねー？　死亡フラグ、二つとも心配いらないでしょう？」

「大丈夫かな……」

「大丈夫ですよぉ！　ナターシャさんったら心配症さんなんだから！　あっ！　そろそろ時間ですね！　お饅頭ありがとうございましたー！」

ペコリと頭を下げて顔を上げたユリアちゃんの顔色は良くなっていて、やつれた感じも消えている。

……もしかしたら、私の方が今は顔色が悪いかもしれない。

教室ではない方に向かっていくユリアちゃんを見て、また薔薇園に戻るのが分かってしまう。

「ユリアちゃん！」

「はーい。なんですかぁ？」

「また、教えてくれてありがとうっ！　あの、助言になるか分からないけれど、何日も待って会えないなら、そろそろ薔薇園じゃないイベント待ってみたらどう？」

「……そっかぁ。そうですね。よしっ！　私今日からもう一つのイベントと両立して、薔薇園に張り込んでみます！　ではっ！」

……やはりユリアちゃんは教室に向かわない。

学園が舞台のお話だろうに、学園にいないヒロインになってしまっていて、やはりちょっと変わってる彼女がまだまだ心配になる。

でもユリアちゃん以上に心配なことが出来てしまう。

もちろん悪役令嬢としての自分の未来も心配だが、ソウに死亡フラグがあったなんて。それも二つも。

どちらも公式とは違う状況となっていて、有り得ないと思える。

けれど公式の力は脅威だ。油断しないに越したことはない。

「こらナターシャ！　何やってんだ！　授業始まるぞ！」

私の名前を呼びながら、怒った顔で近付いてきて、私の手を取り、教室へと引っ張っていくソウの背中を見つめる。

「ソウ……」

「何だよ。試験前の授業サボるとか有り得ねぇからな」

手を握ってくれているソウの手を握り返す。

「どうした？」

私の様子がおかしいことに気付いてくれたのか、ソウが立ち止まってくれてこちらを見てくる。

「私、編み物始めようと思うの」

「はぁ？　……お前裁縫も得意だからいいんじゃねぇの？　けどな、試験終わってからにしろ」

「マフラーとセーター編んだら着てくれる？　ソウに絶対、風邪を引いて欲しくないのっ！」

「……そんなに試験勉強やりたくねぇのか」

こっちは真剣に心配してるのにっ！

「私が試験勉強やりたくないから編み物に逃げようとしていると思ってるわねっ⁉　ソウが心配だからよ⁉」

「俺はナターシャが心配だよ。ほれ走れ。教室に戻るぞ」

再び手を引っ張って走り出してしまうソウと共に走りながら決意する。

絶対に、ソウを守ってみせる。そのためには……風邪対策の他《ほか》に、もう一つのフラグについても対策を打たなければならない。

・よっちゃんを怒らせてしまいました

シャルロッティ学園の試験は三日間に渡って行われる。

一日目の今日はそれなりに得意な教科のため、緊張も少なく実力を出して試験に挑めたと思う。

明日は地理の試験があるのが憂鬱《ゆううつ》だけれども、今は地理の試験よりも重要なことがある！

「よっちゃん！」

試験終了後。自習室にてソウとジャック、そしてよっちゃんと直前の試験対策のために集まることになっていた。

片手に皆で食べるため、多めに作った重箱弁当。そして片手には善は急げと始めた編み棒と毛糸が入った籠《かご》を持ち、自習室を訪れると、既に三人は教材を開いている。

勉強の前に何としても重要なことを確認しなければと気合いを入れて扉を開けたのに……。

何故《なぜ》か、三人揃《そろ》って呆《あき》れた眼差《まなざ》しを向けられてしまう。

「何だいナーさん？　私に質問をするのは構わないけれどもね。一言いいかな？」

「何っ!?」

優秀なソウのことさえも、公式のよっちゃんは王太子に相応《ふさわ》しくないと評価したらしい。

学力普通よりちょっと上くらいで、最悪地理で赤点を取ってしまうかもしれない私のことを、王太子の婚約者として相応しくないと、内心で評価されていたらどうしよう!?

「ナーさん。勉強する気はあるのかな？」

「編み物は大事なことなのよ」

「ナターシャ。編み物始めるのは試験終えてからにしろって言っただろう」

「お嬢。いつも申し上げておりますがね。俺《おれ》の分まで作らなくていいんですよ？　そんなデケェ弁当お作りになる時間を少しでも勉強の方に回した方がいいと、執事の立場から進言致します」

皆に叱《しか》られることになってしまった。

反省はもちろんする！　しかし、凹《へこ》んではいられないわよ！

それに編み物のことではソウに確認したいことがあったのを思い出す！

「ソウっ！　好きな色ってあったっけ？　マフラーはそんなに時間掛からず出来ると思うの」

健康祈願のために赤色は入れたいので編み始めは赤い毛糸からスタートさせているが、主に使う色はソウの好きな色にしてあげたい。

「……青」

「青ねっ！　分かったわっ！」

どこか何かを諦《あきら》めたように言われて不思議だが、青ね。了解よ！

籠の中から青い毛糸を取り出そうとしたら、テーブルに置いていた籠をよっちゃんに遠ざけられてしまった。

「勉強が優先だよナーさん」

「よっちゃん……」

地理の教材と筆記具を代わりに差し出され、受け取る。

お弁当を食べ始めたソウとジャックとは違い、よっちゃんはまだ教材に目を通している。本を読む姿は誰《だれ》より様になると思う。

よっちゃんの向かいに座ると、よっちゃんが本から視線をこちらに向けてくれる。

「ナーさん。私を見ないで教科書を見るべきだね。それに、あんまり見られるとソウンディクがヤキモチを妬《や》くからやめてくれない？」

「おいヨアニス！」

ソウがよっちゃんを怒る。二人はふざけ合える友達だ。

だからこそ、教えてくれたユリアちゃんには悪いけど、信じないわよ！

よっちゃんが、ソウを暗殺しようとしてるだなんて！

「よっちゃん。聞きたいことがあるの」

「地理の試験問題は基本的に暗記するしかないね」

「試験について聞きたいわけじゃないのっ！」

「いや、試験のことを聞けよ」

クソっ！　ソウめ！　いちいちツッコミを入れてこないで欲しい！　大人《おとな》しく黙ってお弁当食べてなさい!!

「よっちゃん、聞きたいことと言うか言いたいことがあるの。ハッキリ言うわよ。ソウを殺す前に私を殺して！」

ゴフッ!!　ソウとジャックがお弁当を同時に吹き出した。

汚いわねっ、噎《む》せたのなら口を塞《ふさ》ぎなさい！

私は今よっちゃんと真剣勝負中なんだから気を逸《そ》らさせないで欲しい！

よっちゃんは、教材を静かに机の上に置く。そして、視線が合わさって……背筋が凍る。

おっそろしいほど冷たい目を向けられてしまっている。

マズイ。本気で怒らせちゃったみたい！

「ち、違うの、よっちゃん！　言葉が足りなかったわ！　ソウを始末しようと思う前に私の方をね、どうにかするべきと考えた方がいいって言うか。そもそもよっちゃんなら、そんなこと……」

「ソウンディク、ジャック。先に謝っておくよ、ごめんね」

え？　何でソウとジャックに謝るの？

ソウとジャックは目を瞑《つむ》ってうんうん頷《うなず》いている。

疑問符が頭に浮かんだとほぼ同時。

むぎゅぅっ。

「いっ⁉　いたたたたっ！」

ほっぺたをよっちゃんに抓《つね》られる。

「一体、どこの誰にどんなことを吹き込まれたのかな？　ナーさん」

「い、言わないっ」

ユリアちゃんのことを話してしまったら、よっちゃんがユリアちゃんにも怒りそうで言えない。

「私のことは友達だと思ってくれてるんだろう？　なのに、ソウンディクを私が殺すとナーさんは信じたわけだ？」

「信じてないわ！　そんなこと有り得ないってよっちゃんに言って欲しかったの‼」

必死で訴えると、よっちゃんはほっぺたを放してくれた。

うぅ。ヒリヒリする。絶対赤くなってしまっていると思う。

「……ナーさんの良いところの一つは素直なところだと思う。けどねぇ？　何でもかんでも信じるのはいい加減やめなさい。私に直接嫌疑を確かめたことは、友達だと思ってる証拠《しょうこ》だろう？　そこは評価するよ。だが、もしソウンディクを殺そうとしているのがナーさんと友人関係でもなく、さほど知り合いじゃなかったらどうするんだい？　直接本人に聞くのかい？　絶対ダメだからね。本気で暗殺なんてものを企《たくら》んでる者がそう聞かれたら、ナーさんに勘付かれてると判断して、ナーさんを殺すよ？　ナーさんが誰より危険な目に遭うことになるんだ。そういった噂《うわさ》を耳にすることになったら、ナーさんの場合、ソウンディクかジャック、それかハーヴィ将軍に言うんだよ」

「……よっちゃんは？」

怒らせてしまったから、今後は相談に乗ってくれなくなるということなの？

頬を抓られた痛みと、よっちゃんに嫌われてしまったのかと思って涙が込み上げる。

「私のことは信用出来ないんじゃないのかい？」

「そんなことない！　信じたからこそ聞いたんだもの！　でもごめんなさい。確認せずにはいられなかったの……」

ソウがいなくなってしまうかもしれない恐怖の方が勝ってしまった。

謝罪すると、よっちゃんには溜息《ためいき》を吐《つ》かれてしまい、救いを求めるようにソウとジャックの方を見ると、二人とも暢気《のんき》な顔をしてお弁当を食べるのを再開させていた。

た、助け舟くらい寄越してくれても良くない⁉

「分かった分かった。ナーさんはちゃんと反省したみたいだし、今後どうするべきかも理解出来たね？」

「うんっ！」

「それなら、私もナーさんからの相談をこれから先も受け付けるよ」

「良かった！」

「けど」

「……けど？

「傷付いたなぁ。ナーさんに疑われて」

よっちゃんの瞳《ひとみ》から、冷たさはなくなった。

けれどそれに代わり、お仕置きモードに切り替わったような表情を向けられる。

「よ、よっちゃん、許して……」

「すぐには許さないよ。そうだなぁ。まずは地理の試験、赤点は絶対回避。平均点も超えてもらおうか」

「えええっ⁉　平均点も⁉」

平均点を取れたことはあんまりないのに。

「もし万が一、赤点を取ってしまったらナーさんは学園在学中から城で過ごすよう、私から父上に進言させてもらうよ」

「えっ⁉　なんでっ⁉」

「ハーヴィ家の屋敷にいると、勉強しないで料理をしたり、領地を見て回ったりするばかりだろう？みっちり学問に集中する三年間を過ごすことになるかもしれない覚悟をもって明日の試験、挑むようにね」

「……はい」

ダメだ。よっちゃんは本気だ。ソウの命が何より大事だが、編み物をしている場合じゃない。

「そして、平均点を取れなかったら」

「……取れなかったら？」

「私の母上が講師となる正妃への特訓を受けてもらうよ」

よ、よっちゃんママの特別訓練!?

ソウの婚約者となってから学園入学まで頻繁に行われていた恐ろしい訓練を思い出して、真っ青になった。

・よっちゃんママの授業は緊張します

「学園に入学してから顔を見せに来てくれなくて、私、寂しかったわ」

「申し訳ありません。クライブ夫人」

試験の結果が発表された。地理以外は平均点以上を取れた。地理の試験も赤点は免れたけれど！　地理だけは、平均点まで届かなかったのだ。

採点を終え、私の手に戻った地理のテスト用紙をよっちゃんに見せた時に向けられた冷笑はトラウマになりそう。

私は王城内にある庭園でよっちゃんママから王妃となるための特訓を受けることになってしまった。

この特訓。学園在学中は、免除されるということになっていたのに……。

「ふふふ。今はお勉強中ですからね。終えたら今までのようにシャーリーさんでいいのよナーちゃん？」

シャーリー・クライブさんは、よっちゃんのお母さんであり、クライブ宰相の奥様だ。

よっちゃんを産んでいらっしゃると思えない美貌《びぼう》の持ち主のシャーリーさんは、私をナーちゃんと呼んでくれて、親しくさせて頂いている。

しかし、お優しい性格に反して、指導は大変厳しい。注意される度に泣いてしまうほどだった。

その注意は、私のためを思ってして下さっていたのだと今は分かる。

でも幼い頃《ころ》に植え付けられた意識というのはなかなか消えず、シャーリーさんを前にすると、背筋が無意識に伸び、姿勢が正される。

マナーもダンスも、他《ほか》の先生方からもご指導頂いたけれど、主にはシャーリーさんのお陰で身につけることが出来たと思う。

ぎゅうぎゅうにいつもの倍くらい締め付けられているコルセットが攻撃してくる痛みを堪《こら》えつつ、優雅さを意識して、ティーカップを持ち、紅茶を口に含む。

本日の特訓は城でのお茶会を想定してのもの。

この場には私とシャーリーさんと、数人のメイドさんのみだが、緊張感は半端ない。

城に勤めている方々からも見える場所なので、油断は禁物だ。

胸を強調し、腰は細く、宝石が散りばめられたドレスを着ることになっているため、食欲が出ず、お昼を抜いて来ているというのに、目の前のテーブルの上に置いてあるケーキを口にする気が起きない。

と言っても、お団子やお饅頭《まんじゅう》を出してもらえても食欲は湧《わ》かないだろうな……。

「お気に召さなかった、と、ケーキを用意したご令嬢や御夫人に誤解されても良いのかしら？」

「はっ⁉ も、申し訳ありません」

ケーキを一口サイズにして口に運ぶ。申し訳ないが緊張からか、あまり味は分からない。

「大変、美味《おい》しいです。見た目も可愛《かわい》らしくて素晴らしいですね」

それでも、そんなことは絶対に口にしてはいけない。

「綺麗《きれい》だわ。素敵よナターシャ。王城でのお茶会の食事に何かを仕込まれる、ということは過去にもあるわ。けれど、それでも食べなければならない状況は来るかもしれない。異常、妙な味、おかしいと思ったら、口を拭《ぬぐ》うフリをして吐き出しなさいね？」

「はい」

ソウのお母様の件のことを、シャーリーさんは暗に言っているのだと察する。

お茶会のように、大勢の人との食事の際は、なるべく食べ物を小さくして口にし、信頼のおけるメイドを一人傍《そば》に置いておくことをシャーリーさんとも、そしてソウ達とも約束している。

今日はハーヴィ家からシアに付いてきてもらっていた。

目を向けると優しく笑みを返してくれて、少し安心出来る。

こういった信頼出来る相手が傍にいてくれるのは、とても意義があることなのだと理解出来た。

でも、大勢の人と食事をするのなら、自分で料理を振舞いたいし、好きな物を食べ易《やす》い服装で皆が気兼ねせずに食べられる方がいいのに。

ハーヴィ家の領内で毎年行われる収穫祭の方が、私にはどうしても魅力的に思えてしまう。

ソウの妻になり、王太子妃となるのなら、こちらに慣れていかなければならないのよね……。

「ナターシャ、実のところね、貴女《あなた》に私が指導することはないの。貴女が今以上に泣き虫だった頃から、私の知識を伝えてきたわ。先日、シャルロッティ学園主催で行われた夜会でも貴女は殿下と共にとても美しく素晴らしいダンスを踊っていたと教員達から報告が上がっています」

シャルロッティ学園の教職員方は、殆《ほとん》どがクライブ家の紹介か血縁者だと聞いている。

よっちゃんの首席入学が事前に試験内容を伝えられてたからじゃねーの？　と陰口を叩《たた》く連中もいたらしいが、ガチの天才であるよっちゃんは学園に入学して早々に彼等をその頭脳をもって黙らせている。

学園でのことは、シャーリーさんが知りたいと思えることは全《すべ》てお耳に入ってそう。

食堂でソウの前から走り去ってしまったことも絶対に知られているだろうと思える。

それを、未《いま》だお叱《しか》りになられないということは、他に注意されることがあるということだ。

ケーキを食べ終え、紅茶も飲み終えると、パシンッ！　と、音を立ててシャーリーさんが扇子《せんす》を開く。

するを、傍にいたメイドさん達が少し私達から距離を取る。シアも遠ざかってしまい、行かないでと心の中で願うが無駄だ。始まるわ。お説教タイムが。

「ねぇナターシャ？　ヨアニスから聞いたのだけどね？　貴女、ヨアニスがソウンディク殿下を暗殺するかもしれないと思ってヨアニスに直接問うたそうね？」

「いっ、いえそれは！」

「そんなことをヨアニスがするわけがないと思ってのことだったと、ヨアニスから報告が上がっています。うちの息子を信用してくれてありがとう」

シャーリーさん、ありがとうと言いつつ、一切目も口も笑っていらっしゃらない……。

よっちゃんはお父さん似だと思うけど、しっかりシャーリーさんとも似てる。

「よっちゃ、む、息子さんに大変失礼な疑いを抱いてしまったこと、謝罪致します」

「いいえナターシャ。私、そこを注意したいのではないのよ？」

「……え？」

扇子で口元を隠したシャーリーさんは、目を細めて私を見つめてくる。

このお顔をなさる時は注意点を自分で見つけなさいの時！

よっちゃんを疑ってしまったことでないのなら一体……。

「結論を導き出すのが遅い」

「うっ」

「いいですかナターシャ。お茶会においての令嬢同士の会話は腹の探り合いと教えたでしょう？　相手に何を指摘されるか、質問されるか、何にせよ、返しが遅いのは迷いが生じている証拠《しょうこ》。弱みを相手に見せてはいけない。貴女は王太子妃になり、未来には王妃になるのですよ？　分からないのなら分からないことを隠せる言葉を返しなさいとも、教えたはずですよ？」

「申し訳ありません」

お茶会は友人とばかり話すわけにはいかない。

みんながみんな悪巧みをしているなんて思いたくないし、違うのだろうけれど、王太子妃になりたいと望む女性が多いのは事実。私の粗を探したいと思っている人は少なからず存在する。

「素直なところが貴女の良いところです。しかし、素直さを見せるべきではない相手の対策は心得ておきなさい。私が貴女に注意したかったのは、事実か分からないことを鵜《う》呑《の》みにして、単独行動をしたこと。ヨアニスにもその部分を叱られたのではないの？」

「叱られました」

「そうでしょう？　貴女が行動を起こしたのはソウンディク殿下が関わっていたからなのでしょうけれどもね。いいですかナターシャ。覚えておきなさい。噂《うわさ》で人は殺せるのです」

「噂で？」

「そうよ。例えばね。ソウンディク殿下のことを好きな女性が、言い出すの。『ソウンディク殿下は本当は私を愛して下さっているの。ハーヴィ将軍の娘は我儘《わがまま》で耐えられないと仰《おっしゃ》っていたわ』とね」

たとえ話と前置きして下さっているというのに、胃が、キュウッと痛くなる。

公式の私は実際そう言われて当然のことをしていたんだろうな……。

「運悪く、ソウンディク殿下は他国に赴いていたとするわ」

「はい」

「そうなったら貴女、その噂を流した女性に会いに行こうとしない？」

「し、しそうです」

「絶対ダメよ。殿下がお戻りになるまで待つのが最善。次点でハーヴィ将軍に相談なさい。そして、一番最悪の事態は、その噂を流した女性がそれなりに身分の高い女性だと、余計に面倒なことが起こるわ。国内の高位貴族の令嬢とか、もっと言えばどこかの国の王女様だったりすると……」

「すると？」

「貴女は話を聞くために会うつもりでしょうけれどね。相手の方はこれ幸いと貴女を処分する理由が出来上がるの。貴女のことだから、一人か、良くて貴女のところの優秀な執事さんが付いてきてくれそうね。相手は後に言うわ。父親であるハーヴィ将軍の力を使って、大勢の騎士達を連れてナターシャ・ハーヴィが乗り込んできたと。その家のお嬢様、もしくは姫を守るために仕方なく護衛の者が刃《やいば》を抜き、ナターシャ嬢と貴女の執事を切り殺してしまった……というお話が出来上がり。他国から帰国した殿下が目にしたのは、動かなくなった貴女の死体。貴女を大切に思う殿下は後を追って死んでしまったという最悪なお話の終わりよ」

　とても納得出来る上に、有り得る話に食べたケーキを吐きそうになるほど気持ちが悪くなる。

信頼出来る人達の顔を思い浮かべ、報告・連絡・相談はきちんとしようと改めて決意した。

「うふふ。ナーちゃんにしっかり伝わったようで何よりだわ」

「シャーリーさん、あの、今後ともご指導、宜《よろ》しくお願い致します」

「もちろんよ。ナーちゃんにはヨアニスのお嫁さんになってもらって、私の娘になって欲しかったわ」

「えっ⁉」

「うふふふ。冗談よ。ナーちゃんにその気はないようだし、それに……ソウンディク殿下を悲しませてしまうわね。愛されているわねナーちゃん。貴女が心配で仕方ないみたいよ？」

「あ……」

厳しい顔から笑顔となったシャーリーさんが見る方を私も振り返ってみると、ソウがいて、こちらを見てくれていた。

「本日の授業はここまで。王子様の元へお戻りなさいな」

「は、はいっ。ありがとうございました」

椅子《いす》から腰を上げ、ドレスの裾《すそ》を摘《つま》み、令嬢らしく挨拶《あいさつ》をすると、満足そうにシャーリーさんが笑みを深める。

ソウの元へ走って駆け寄りたい気持ちを抑え、微笑《ほほえ》みを向けるだけにし、最後まで淑《しと》やかな振舞いを心掛け、よっちゃんの課した特別訓練を終えたのだった。

・ソウとデートの約束をしました

「ナターシャ。今日は一段と美しいね」

「まぁ、ソウンディク殿下。そのように褒めて頂けると、私、照れてしまいますわ」

はにかんだ笑みを向けると、ソウからは王子スマイルを返される。

付き合わせてごめんね。まだ距離は遠いけれど、シャーリーさんがこちらを見ていると思うの。

咄嗟《とっさ》の判断で合わせてくれたソウに感謝しよう。

「ナターシャに話したいことがあるんだ。私に付いてきてくれるかい？」

「もちろんですわ」

話ってなに⁉　お願いソウ！　私着替えたい！　せめてもう少しコルセットの紐《ひも》緩めて欲しい！

念を送りながら、ソウの腕に手を絡める。

「……胸」

「え？」

「いつも以上に強調されていて、いいな」

「っ⁉」

わざわざ言わなくていいのに！　しかも小声で！

身長差から絶対にソウの目線からは胸の谷間が見えているのだろう。

そんな風に言われてしまうとくっついているのが恥ずかしいじゃない。

「エッチ……」

視線を逸《そ》らしながら私も小声で文句を言うと、何故《なぜ》かソウは口を手で塞《ふさ》いだ。

「ど、どうしたの？」

「今のはキュンときた」

どの辺りが!?　私自身の自覚はないから分からない。分かることが出来たら、ソウが喜んでくれる仕草を意識して実践してみたい。……それはそれで私らしくない小悪魔みたいになって変かな。

ソウの部屋に到着すると、ソウは少し外すと言い、部屋から離れていく。

首を傾《かし》げる私の背中を、後ろから付いてきてくれていたシアが笑顔で押してくれて、ソウの部屋の中ではリリィさんが待ち構えていてくれて、二人掛かりで手早く着替えさせてくれた。

私の念をしっかり受け取ってくれたのね！　さすがねソウ！

王城内のためにドレスのままではあるけれど、レースが多く使われていて、スカートの裾《すそ》にはリボンが何個も付けられているドレスはとても可愛《かわい》らしくふんわりしたデザインで着心地が良い。

ドレスはまたもソウが用意してくれたらしく、コスモスのピンク色に似た色だった。

お返しに何か贈りたいなぁ。

王子が望めば基本的には手に入らない物などないだろうから、ソウへの贈り物は悩ましい。

「着替え終わったか？」

「ソウ！　終わったわ。リリィさん、シア、ありがとう」

ソウが自室に戻ってくると、リリィさんとシアは頭を下げて退室していく。

二人にお礼を言い、ソウに駆け寄る。

「構わない。似合ってるぞ」

「本気で照れるわね。でも、ありがとう」

「本心だよ。お疲れさん」

ティアラに代わってリボンをつけた頭の上をぽんぽん軽く叩《たた》かれながら労《ねぎら》いの言葉を掛けてもらえて、嬉《うれ》しい。ソウに褒めてもらえて、こんなに嬉しくなるのは疲れているからかな。

もう少し、甘えさせてもらっちゃおうかしら……。

「私、頑張ったわ」

「そうだな」

「試験もね？　地理を赤点取らなかったこともう少し褒めてくれてもいいと思うの。他《ほか》の試験だって、平均点以上で、学年順位も入学の時より上がったの。その、ちょっと甘やかしてもらいたいんだけど……ダメ？」

知らない物語の悪役令嬢に転生していることが分かり、ヒロインと出会い、ソウやらよっちゃんの不穏な噂《うわさ》に惑わされて不安になって。なかなか忙《せわ》しない中挑んだ試験だったのだ。

それでも結果を出したのだから、褒めて欲しいと思うのは……我儘《わがまま》だろうか？

我儘な悪役令嬢みたいになってしまったかと不安になったら、ソウの部屋にあるふかふかのソファにソウは腰掛けると両手を広げる。

「来い。ナターシャ」

「い、犬じゃないんだから」

そう言いつつも、両手を広げてくれているソウの膝《ひざ》の上に座ると、ぎゅぅっと抱き締めてくれた。

「ナターシャは頑張った。すげー良くやったと思う」

「う、うんっ」

人変だわ、泣きそうっ。かなり嬉しい。

「お前が甘やかしてくれって頼んでこなくても、実は、試験を終えたらお前に礼をしたいと思ってた」

「お礼？　いや、私こそ、ソウにドレスやアクセサリーをもらってばっかりだから、何かお返しをしたいと思っていたの。何か欲しいものない？」

「俺《おれ》が欲しいのはナターシャそのもの」

「えぇっ!?」

ソウとくっついているのは癒《いや》されるけれど、エッチは今日はやめて欲しい。心は満たされるだろうけど、疲れて途中で力尽きそうだもの……。

「安心しろ。本気だけど今はしねぇよ。ドレスとアクセサリーは俺がお前に贈りたいから贈ってる。気にする必要はねぇし、マフラーとセーターくれるんだろ？」

「値段が違い過ぎるわ」

「贈り物は気持ちの問題だろ？　気にすんな。これからも弁当を作ってくれればいい。そんで、俺達は恋人同士だ。試験も終わった。当分やるべきことはない。だから、デートしねぇ？」

デート？　でーとって、デート!!

「したいっ！　凄《すご》くしたい!!」

記憶にある人生トータル三十年以上。一度もデートってしたことない！

悪役令嬢なのだろうけど、少し幸せ頂いていいですかっ!?

「お忍び？　どこ行くソウ？？」

城から抜け出すのも子供の時以来でワクワクしてしまう。

「あ～、俺も出来ればお忍びデートの方がいいんだが、悪い。今回は護衛がしっかり付いたデートだ」

「護衛付きデート？」

「騎士が何人か付いてくる。っつっても、距離は取ってくれるから気にしなければ気にならねぇよ。学校帰りにそのまま行こうと思ってっから、制服でデートになる」

学校帰りに制服デート！　青春だ！　誰《だれ》が何と言おうと私にとっては青春だ！

部活も入らず真っ直《す》ぐにじぃちゃんとばぁちゃんの食堂へ駆けて帰り、手伝っていた学生時代。楽しかったけれど、『彼氏とデートなの』と可愛らしくはしゃぐ友達が羨《うらや》ましかったこともあった。

「楽しみだわ」

「そりゃ何よりだ。……ナターシャ。デート、行くってことでいいんだな？　制服で」

「もちろんよ！　え？　何で？　何で確認してくるの？」

私行かない！　って言いそうだったかしら？

「デートには馬で行く」

「馬！　わぁっ！　嬉しい！　じゃあ私も自分の愛馬で……ハッ⁉」

制服じゃ、スカートだから乗れない。ハーヴィ家の屋敷にいる仔《こ》馬の時から育てている愛馬であるタナロアこと、愛称タロ助《すけ》が脳内で寂しげな顔になる。

「ソウ。デート前に下だけ穿《は》き替えちゃ、ダメ？」

「だーめー。デートなら二人乗りもしてぇし。ナターシャは馬に自分で乗れるからな。乗馬服に着替えられちまったら絶対タナロアに乗るって言い出すと思った。デートの時は俺のキュアンに乗れ」

「キュン吉《きち》も好きなんだけどね。タロ助は大好きなの！」

「お前よく、馬の中でも勇ましい見た目のあいつらにそんなあだ名付けられたよな」

キュン吉は白馬で、タロ助は黒馬。

二頭とも軍馬にもなれる立派な体格の馬なのだけれど、仔馬の時から一緒だから、あだ名だって付けたいじゃない。

「ソウ。また今度、一緒に乗馬デートしてくれる？」

「分かったよ。約束だ」

「うん！　約束ね！」

お弁当はいつも以上に気合いを入れよう！

・ソウとナターシャの初デート（ソウ視点）

「だらしない顔しているねぇソウンディク」

「うっせぇ」

　本日の授業が終了し、ナターシャとのデートの時間を想像して、つい頬《ほお》を緩めてしまったところをヨアニスに見られてしまった。

『ジャックから伝言。『お嬢から目を離さないで下さい』ってさ」

「言われなくてもそうする」

「私からは忠告。羽目を外し過ぎないようにね」

「……それは気を付ける」

　ナターシャとのデートは子供の頃《ころ》からの念願だった。

　今まで出掛ける時はヨアニスかジャックが同行することが多く、二人きりで出掛けたことはなかった。

　騎士達が付いてはくるが、離れた位置で待機してもらうのでナターシャを俺《おれ》が独占出来る。

「ヤベェ、ニヤける」

　手の甲で口元を隠すが、知らず笑みを零《こぼ》してしまう。

「気も抜かないようにね。一国の王子様とその婚約者なんだから。君達は子供の頃から城下町に出ているから、多くの人に顔が知れ渡ってる。ソウンディクもはしゃいでいるんだろうけど、ナーさんはもっとはしゃぐだろうから町を歩く時は手を繋《つな》ぐんだよ？　迷子にならないようにね」

「子供か俺らは」

騎士が付いているのだから迷子になんてなりようがない。

「朝から浮足立つ君達二人の様子を見てれば言いたくもなるよ。ナーさんなんて、『聞いてよっちゃん！　今日ね、ソウとデートなの！　制服でデートなの！』って休み時間の度に私とメアリアン嬢に興奮した様子で報告してきたからね」

「……悪かったな」

ナターシャが喜んでくれているのは嬉《うれ》しいが、周囲に迷惑を掛けてはいけない。

ちらりとメアリアン嬢の方を見遣《みや》れば、くすくす笑われてしまう。

「それで、どうしてナーさんは先に教室を出たんだい？　一緒に学校から出ればいいのに」

既に帰り支度を済ませ、教材をジャックに渡したナターシャは教室を出ているのだ。何でも……。

「デートで待ち合わせがしてみたかったんだと。だからナターシャは学校からは出てない。門の辺りで騎士達と待ってるってよ」

「何だいそれ？　意味あるのかい？」

「可愛《かわい》いよな」

恋人関係になり、ナターシャが可愛い過ぎて困る。

まずい。またニヤけてくる口元を隠すと、呆《あき》れた顔をヨアニスに向けられる。

「ソウンディクは、ナーさんのこととなると残念になるよねぇ」

「ほっとけ。悪いなヨアニス。まだそっちは調査中だろ？」

「まぁね。ただ、先は見えてはきたよ。だから気にせず楽しんでおいで」

「ああ」

ヨアニスに軽く手を振られて教室を後にし、門の方へ向かうと……。

「ソウ……ぁ、ソウンディク様、こちらですわっ」

はしゃぎ過ぎて外面《そとづら》を作るのも忘れて今日は教室ではしゃいでいたのに……。

今更周囲の目を気にするナターシャに苦笑する。

門を通り過ぎていく生徒達も、微笑《ほほえ》ましい目で俺に向かって手を振るナターシャを見ていた。

その中にはどこか羨《うらや》ましそうに俺を見てくる男もいるのが分かる。

逆に女の中にはナターシャを羨ましく見ている者もいるのだろうけれど、俺はナターシャ以外有り得ないし、ナターシャにも、俺だけだと思っていて欲しい。

「待たせたかな？　ナターシャ嬢」

「いいえ。ちっとも……ふふっ、やってみたかったのっ！　この遣《や》り取り！　ありがとねソウ！」

グッと拳《こぶし》を握り締めて、ナターシャを抱き締めたい衝動を堪《こら》える。

えへへと照れ臭そうに笑うナターシャが可愛くて辛《つら》い。

すると、タイミング良く、馬のヒンといななく声が届き、視線を向けると愛馬のキュアンが騎士に連れられて近付いてくる。

「キュン吉《きち》！」

いやだからそのネーミングセンスどうなんだ。

白毛の美しい毛並みに淡い金色の鬣《たてがみ》を持つキュアンには馬具が付けられていて、大人《おとな》の男を三人乗せても走れるであろう体格が一層勇ましく見えていた。

そんな馬にキュン吉。しかし、キュアンは嬉しそうに頭をナターシャに擦り寄せている。

懐いている証拠《しょうこ》だ。俺の方にも頭を擦り寄せてくるキュアンの顔を撫《な》で、先に俺がキュアンの背に乗り、ナターシャへと手を差し出す。

すぐに手を握り返されるかと思いきや、ナターシャは胸の前で手を組んで頬を赤らめて見上げてくる。

「どうした？」

「その、白馬に乗った王子様だなって思ったの」

その通りだが？　それがどうしたのかと思えば……なんとなく思い当たる。

幼い頃は外で駆け回って遊ぶことが多いナターシャだったが、雨の日などはお姫様と王子様が出てくる絵本を読んでいた。

目を輝かせて絵本を見ていたナターシャはとても可愛くて、俺は本を読むフリをしつつ、ナターシャを見ていた。

「たっぷりお姫様扱いしてやるよ。ほら来い」

「う、うんっ」

グイッとナターシャを引っ張り上げ、横向きにして馬に乗せ、腰に手を回して抱き寄せる。

ナターシャの甘い香りと柔らかな感触が心地良く、抱き締める力を強めると、腕の中で身じろぎされる。

「ソウっ、恥ずかしい。まだ学校前なのに」

「仲が良いとこを見られても何も問題ねぇだろ。けどまぁ行くか。日が暮れる前には帰らねぇといけねーし」

手綱を引いてキュアンを促すと、ゆっくりと進み出してくれる。

賢い愛馬にはデートを終えたらたっぷり好物を用意しようと決めた。

「今日は、どこへ行くの？」

「あんまり遠くには行けねぇからな。国立公園で弁当食った後は、城下町で買い物とお茶だ。サプライズ感がなくて悪ぃな」

国立公園も城下町も、俺とナターシャにとっては勝手知ったる場所だ。

残念な気持ちにさせてしまうかと思いきや、ナターシャは首を横に振る。

「そんなこと全然気にならない！　初デートは知ってる場所の方が楽しめるもの。それに、二人きりで行くのは初めてだわ」

「そうだな」

二人揃《そろ》って顔を赤くしてしまう。

こんなところをヨアニスに見られていたら、また呆れられてしまうだろう。

国立公園に到着し、公園内にある東屋《あずまや》にある椅子《いす》にナターシャと二人で腰掛ける。

キュアンと騎士達も、少し離れた場所で待機しつつ、休憩してくれているので、弁当を食べることになったのだが……。

「弁当作り、失敗したのか？」

ナターシャがなかなか弁当箱の蓋《ふた》を開けないので、玉子焼きでも焦がしてしまったのかと思ったが、

「失敗はしなかったの」と小さな声で教えてくれる。

「なら、どうした？」

「ソウ、私ね。本当にデートって初めてで、嬉しいの。デートで食べるお弁当だから、張り切っちゃって……ちょっと恥ずかしいお弁当が出来上がっちゃったの。けどねっ！　満足はしてるのっ！　味も保証するわっ！　だから、引かずに食べてくれると嬉しいわ」

「お前が作った飯《めし》なら俺は何でも食う。つまりは力作ってことだろ？　見せてくれよ」

「……うん」

木で編み込まれた弁当箱の蓋をナターシャが開ける。

美味《うま》そうな匂《にお》いが広がると同時、弁当箱の中身を思わず見つめてしまった。

いつもの弁当とは確かに違ったのだ。

大体の場合弁当の主役は握り飯か、箱に敷き詰められたご飯に梅干しが入っていたり、炊き込みご飯にされていたり、醤油《しょうゆ》が染み込んだ海苔《のり》が載っかっていたりして、いつも通りも美味いのだが……。

今日の弁当の主役はパンだった。

そのパンが……ハート型に切られていて、間に挟まっているハムやチーズ、トマトもハート型、レタスはさすがにそのままだったが、サンドイッチを固定するために刺されている串《くし》もピンク色で持つ部分はハートになっていた。

サンドイッチの一番上にはどうやって作ったのか二頭身のウサギがいてハートを手に持っていた。

おかずの方もまた、玉子焼きもハートの形だった。紅ショウガを混ぜ込んでいるのか、黄色にピンクが混ざっている。

そら豆とさやえんどうと共に蒸された人参は可愛らしい花の形。

ウィンナーは四葉のクローバーのように切られ、葉部分がハートに見える。

ミニトマトも入っているのだが、ここまで来ると、なんとなくトマトもハートに近いものを選んだらしいことが分かった。

「ナターシャ」

「ひ、引いた!?　やっぱり引いた!?　安心して！　ハートにするために切り落とした色々な食材の部分はちゃんと再利用したから！」

「引いてねぇよ。いただきます。美味いし。良く出来てる」

食べるのが勿体《もったい》ないほど可愛らしい弁当を記憶しつつ、サンドイッチを手に取り口にすれば、とても美味い。

「本当⁉　良かった。あのね、ソウ。あともう一個作ってみたいお弁当もあるの。またデートしてくれる時は桜でんぶでお米の上にハート作ってもいい？　あと大好きって文字もやってみたいの！」

「……次のデートでな」

「うんっ！　いただきます」

ナターシャ自身もいただきますをして食べ始める。

つーかヤベェ。弁当食ってるだけなのに、すげぇナターシャが愛《いと》おしい。

可愛過ぎるだろ⁉　なんだこの弁当⁉

俺とのデートを楽しみにして作ったのだと思うと、より美味く感じた。

「ご馳走《ちそう》さん。ありがとな」

「どういたしまして」

国立公園内であれば、騎士達は付いてこず、離れて待機していることになり、ナターシャと散歩をすることに決めた。

「子供の頃なら、公園で遊ぶって言ったら追い掛けっこか、かくれんぼをして遊んだわよね！」

「そうだな。だが今日はデートっつーことで」

「え？」

左手を差し出すと、ナターシャが不思議そうに首を傾《かし》げる。

その仕草すら愛おしく感じるのだから、デート中というのは、随分と浮かれさせてくれるものだと思う。

「走って逃げられても、隠れられても困る。手、繋ぐぞ」

「うんっ！」

ナターシャの手が俺の手に重ねられ、手を繋ぐ。

白く、すべすべで柔らかなナターシャの手の感触に胸が高鳴る。

大人になっているとは言い切れないのかもしれないが、今よりずっと子供だった時とは確かに違う。

ナターシャと手を繋ぐ時も、お互いが転ばないよう支え合うために手を繋ぎ走っていた。

公園内に咲き誇る季節の花達も、子供の頃から綺麗《きれい》だとは思っていた。

だが、もっと夢中になっていたのは、花を支える太く背の高い茎が何本も生える小さな林に姿を隠したり、大きな葉を取って面を作って被《かぶ》ったり、折って小川に流して遊ぶことだった。

遊び方を提案してくれたのはナターシャだった覚えがある。

秋の終わり頃に出来るとある木の実を投げて飛ばすと、クルクルと風車のように回って落ちてくるのを何故《なぜ》かナターシャは知っていて、物知りのヨアニスを驚かせていた。

「……楽しかったな」

「そうね。けど、今も楽しいわ」

遊んだ時の記憶を思い出していると、ナターシャも同意してくれた。

そして、今も楽しいと言ってくれている。

この手を、俺は一生放すつもりはない。

十五歳を過ぎてくると、ドレスグローブを身につける令嬢が多いが、ナターシャは装身具もつけておらず、ネイルもしていないのに、ピンク色の爪《つめ》が美しい手はとても好ましい。

このままでいて欲しい、いさせたい思いが強いが、そうさせてはやれない……。

「ナターシャと、ヨアニスと、ジャックと四人で遊んでるとよ」

「うん」

「国立公園の中は貴族じゃない子供も入れるだろ？　身分なんて関係なく遊んだ時もあって、本当は国立公園内は釣りは禁止されてっけど、公園の中にある池の魚の釣り方を、俺達より少し年上の兄ちゃんが教えてくれてデケェ鯉《こい》を釣り上げてくれたの、覚えてるか？」

「覚えてるわ！　その後、別の日に、釣り名人の男の子の家にこっそり皆で遊びに行ったのよね。城を抜け出してきていて、騎士の一人も連れていなかったソウのことを王子様だと思いもしなかったその男の子のお父さんが、釣りの名所に連れていって下さって、たっくさん釣り上げて、男の子のお母さんに食べ方を教わって皆で焼いて食べてる時に血相変えた騎士の集団が物凄《ものすご》い勢いで駆けてきて。その時、王子様だと気付いた男の子とご両親を青褪《あおざ》めさせちゃったのよね。申し訳なかったわ……ふふっ、でも、やっぱり楽しかったわ！」

ナターシャはしっかり魚の捌《さば》き方を男の子の母親から習い覚えて帰り、次の日から少しずつ弁当のおかずに魚が増えていった。

肉と魚、野菜もバランス良く入っているナターシャの弁当は未《いま》だにレベルアップを続けていると思う。

ナターシャには苦手な分野も確かにあるが、得意で好きだと思えることの吸収率は早い。

何より、人と分け隔てなく話せて、接することが出来るのは才能だ。

「ナターシャ」

「何？」

「お前なら俺じゃない奴《やつ》の嫁にもなれちまえると思う」

「……え」

「ああ、違ぇよ。お前が俺の嫁に相応《ふさわ》しくないって言いたいわけじゃない」

不安そうな顔を見せてくれるナターシャを見て、意地が悪いが内心嬉しく思う。

「クライブ夫人とのお茶会をちらっとだが見て、令嬢らしく着飾るナターシャをとても綺麗だと思った。だが、同時にお前のことを知ってる俺からすれば窮屈《きゅうくつ》そうにも見えた」

「そ、そっか。ごめんなさい。隙《すき》がないように見せなきゃダメよね」

「ダメ出ししたいわけでもねぇよ。このまま、学園を卒業すれば、俺達は結婚する。そうなったら、今よりもっと窮屈な思いをさせちまう。それでも俺は、お前を放してやれない。俺の妻になって欲しい。我ながらヤベエくらい、ナターシャが好きなんだ」

俺のことを、ヨアニス達とは違う好きだと思い始めているとナターシャは教えてくれている。

それならば、ナターシャが同じ想いを返してくれるまで、俺は気持ちを伝えよう。

好きだと告げれば、頬を赤らめてくれるくらいには意識してくれているのだから……。

「あ、あのね、ソウ」

「ん？」

「ユリアちゃんのことなんだけどね」

「お前、まだあの女のことを気にしてたのか」

ヨアニスはナターシャがユリア・クライブを気に掛けるのをやめさせたい様子だった。

俺もあまり関わって欲しくないと思う。

もう関わるなと、言おうとしたのだが……。

「ユリアちゃんは、ソウのこと、知ってる男性の中では五位なんだって」

予想外の報告をされてしまう。

別に何とも思わないし、俺以外の男をユリア・クライブが好いているのは、かなり好都合だ。

「私ね、それを聞いて、凄く嬉しかったの」

「そうなのか？」

「うん。だってね、私の中ではソウは一位だし、誰《だれ》より素敵だもの」

「……」

何だそれは。俺をキュン死させるつもりなのか。

今すぐ押し倒したい衝動を気合いで堪《こら》える。

ナターシャに距離を置かれるという俺にとっては何より恐ろしいことがなければ、順を追ってナターシャと愛を深めていきたかったのだ。

想いを伝え、デートをして、その後、身体《からだ》を重ねるといった具合に。

この後はナターシャに贈り物をするために店に寄りたいし、ナターシャが喜びそうなケーキ屋に連れていきたいというのに、立てていた計画が崩れそうだ。

「俺に襲い掛かられたくなければ、飯の話をしとけ」

「どういうこと⁉　私を殺す気⁉」

「お前なんって最近物騒なこと時折言うんだよ⁉　殺すわけねぇだろう⁉　好きなんだっつーの！　愛してるよ！　訳分かんねぇくらい！　襲い掛かるってのはその辺の東屋でエロいことされたくなかったらって意味だよ！」

「っ⁉　……あ、明日のお弁当のおかずなんだけどねっ。何か食べたいものある？」

「唐揚げ」

　ハッキリ言ったお陰でこちらの意図が伝わったらしい。

　慌てて弁当のおかずの話題を出すナターシャに返事を返しつつ、騎士達の待つ場所まで戻り、再びキュアンに乗る。

　ほどなくして城下町の店が立ち並ぶ通りに到着する。

　広い道は馬が歩いていても、歩行者を気遣う必要なく、それでも速度が出ないようキュアンは歩いてくれている。

　俺達を見て笑顔で頭を下げてくれる者が多いのは、王子として誇らしい。こちらも軽く手を振り返しながら、目当ての店を目指す。

「昨日も言ったが、お前に何か贈りたい。欲しいものあったら言って欲しいんだが……」

「聞いてもらっていたから、お弁当を作りながら考えていたんだけど……ないの。日用品で欲しいものは沢山あるのよ？　そろそろ包丁も新調したいし、お弁当箱も季節によって使い替えてるけど、最近竹で作ったお弁当箱が作られたらしくて、すっごく欲しいの！　竹は匂いも防ぐし、食中毒対策にもなるって言うから、もうね？　それは予約しちゃったの！　届いたら稲荷《いなり》寿司とかちまきを作って入れようと思っているから楽しみにしていてね！」

「楽しみにはしてるけどよ。つまりは恋人から欲しいものは……」

「ごめんなさい。思い付かなかったの」

「俺はお前のそういうとこも好きだから気にすんな」

　王子に欲しいものがないかと聞かれたら、多くの女達はかなり高額の品々を口にするだろうに。

「つーわけで、お前が嫌がりさえしなければ、俺が勝手に選んだ物を贈ることに決めた」

「ソウは、私に必要ないものは贈らないでしょう？　それに、ソウがくれるものなら大切にするわ」

「そうか。それなら安心して贈れるな」

店の前に到着し、馬から先に降り、ナターシャに手を貸して降ろして店内に入る。

「お待ちしておりました。ソウンディク王子殿下。ナターシャお嬢様」

頭を下げてくる店主に俺とナターシャは笑みを返す。

幾度か来店したことがある店なのだ。ナターシャも知っている店でホッとしたらしいが、この店は装身具を多く取り扱っていて、王子と公爵令嬢が訪れる店なので、それなりに値が張る品が多い。

ナターシャは何を買うつもりなのかと、不安そうにこちらを見てくる。

「安心しろよ。贈りたいのはベルベットリボンだ」

注文していたアザリア色のリボンをナターシャの髪に、店員の女性がつけてくれる。

青色に映える少し桃色に近い紫色のリボンは白いレースで縁どられ、ナターシャに良く似合っていた。

「可愛いぞ」

「あ、ありがとう」

真っ赤になって俯《うつむ》くナターシャに満足し、店の店主と店員に礼を言い、店を後にした。

「マフラーとセーター、頑張るわ！」

「ああ、無理はすんなよ」

お茶を飲んだら、城に泊まってくれるようナターシャを説得しよう。

もうかなり限界だ。試験期間中は共には寝られたが身体を重ね合わせることはしなかった。

ジャックにも事前に今日はナターシャを帰さないつもりだと伝えてある。

伝えた時、ジャックに遠い目をさせてしまったが、上手《うま》くハーヴィ将軍には言い訳をしてくれるだろう。

「あっ！」

「どうした？」

突然驚きの声を上げたナターシャが見ている先を俺も見るが……何も驚くようなことは確認出来ない。気になる店でも見つけたのか？

「えっと、何でもないの。ごめんなさい。突然声を出しちゃって」

「別に気にすんな。寄りたい店があったら言えよ？」

「うん。そうする」

俺に笑顔を返しつつも、ナターシャは、今さっき見ていた方をもう一度振り返っていた。

やはり、何か気になる物を見たらしい。今度改めて聞いてみよう。

・ソウとナターシャの初デートの夜（ソウ視点）
「一緒に風呂《ふろ》に入りたい」

「お先にお入り下さいって言ってるじゃない！」

この攻防を続けて一時間は経過している。

デートを終え、親父が会いたがっていると言ってナターシャを城に連れてきた。

ナターシャと食事をすることを楽しみにしていたらしい親父は、夕食を共にしようとナイスな提案をナターシャにしてくれた。

国王であり、子供の頃《ころ》から知っている間柄でもある親父との晩餐《ばんさん》会をナターシャが断れるわけもなく。

アークライトも交え、王族と、そして第一王子の婚約者であるハーヴィ家の公爵令嬢という少人数ではあるが、ナターシャにとっては十二分に緊張する面子《めんつ》だったらしく、あまり食が進んでいなかった。

夜も遅くなり、ごく自然な流れで俺《おれ》の部屋へと招き、軽食を部屋に運んでもらうよう頼むとナターシャは喜んでくれた。

俺の前では緊張せず、可愛《かわい》らしく食べる姿を見せてくれて優越感に浸った。

だからこそ、身体《からだ》を重ね合わせてからしたかったことを提案したのだ。

ナターシャと風呂に入りたいと。

そう言うと、ニコニコ可愛らしい笑顔を見せてくれていたナターシャの表情が青褪《あおざ》めたと思ったら赤くなり、ワタワタと慌てふためき出す。

メイド達には自分達で着替えが出来ると言い、下がってもらっている。

「俺以外誰《だれ》もいないから、問題ないだろ」

「ソウがいることが何より問題あるでしょう!?」

「抱き合った仲で、恋人同士なのにか？」

「ぐぅっ……それを言われると言い返せないじゃないっ……エッチなこともするんでしょう!?」

「もちろんだ」

そう言うと、サッとソファの後ろにナターシャは身を隠す。

「いつもソウはハッキリ意志を伝えてくれるけどね！　そういうところ素敵だと思うけどね！　こういう時はそんなこと考えてないって言ってくれても良くない!?」

「俺がそんなことするつもりねぇって言ってエロいことしたら怒るだろ」

「怒るわよ！」

「だから正直に言ってんじゃねぇか。観念しろ」

「うぅうう」

唸《うな》り出すナターシャを見て、あと一押しと確信する。

「そう言えば、ナターシャは俺に甘やかして欲しいって言ってきたよな」

「え？　ああ、そうね、うん。ありがとう。癒《いや》されたわ」

「俺も甘やかして欲しい」

「……へ？」

「俺も試験は入学の時より順位は上だった。ヨアニスには及ばなかったがベスト3に入った。褒美が欲しい……くれねぇか？　ナターシャ」

ソファの裏に身を屈めて隠れるナターシャと目を合わせ、少し弱った顔をして頼み込む。

こう言えば、お人好《よ》しで優《かが》しいナターシャが断れるはずもなく。

「うぅっ……もうっ！　分かった！」

よっしゃぁっ！　と、心の中でガッツポーズをし、王族専用の入浴場へとナターシャを誘った。

エロいことをすると通告したのに、ナターシャはタオルで前を隠している。

十人は入っても余裕な大きさの王族のみが利用出来る風呂の隅っこにナターシャは座って石鹸《せっけん》を手に持つが、泡立てたいタオルは身を隠すために使用しているので、どうするか悩んでいるのが伝わってくる。

堂々とした方が恥ずかしくないと思うんだがなぁ。

そんなに照れ臭そうにしてくれると可愛くて、下半身に熱がこもる。

「そんなに隠してぇなら、タオル持ってろ。俺が洗ってやるよ」

「えぇっ!?　何言ってるの!?」

背後からナターシャの腰を両手で掴《つか》み、風呂椅子《いす》に座らせる。

石鹸をナターシャから奪い取り、手の中で石鹸を泡立たせ、泡を纏《まと》った手でナターシャに触れていく。

「そ、ソウっ……タオル、使って……んっ」

「隠しておかないでいいのか？　俺に全部見せていいと思ったらタオル寄越せよ。タオルで洗ってやるからさ」

「そんなっ……あんっ！」

初めは背中を背骨に沿って洗っていたのだが、ナターシャの腕の下から手を滑り込ませ、大きくて、柔らかなナターシャの胸を揉《も》む。

胸の先を指先で突き、時折撫《な》でてやると硬さを増していく。

「やっ……ぁぁんっ……ぅうっ」

ナターシャが自分の手で口を塞《ふさ》いだため、パサリとタオルが床に落ちる。

入浴場では声が反響するので、恥ずかしいのだろうが、俺達しかいない場所なのだから、甘く可愛い声を聞かせて欲しい。

手から零《こぼ》れそうなほど豊かな胸の感触を楽しみながら、片方の手でナターシャの太腿《ふともも》を撫で、足の付け根へとゆっくり指を移動させていく。

「きゃぅっ！　ダメッ……やぁっ……ソウっ……ふぁぁっ！」

「全身洗わなきゃダメだろ」

ちゅぅっと、ナターシャの耳たぶに口付け、軽く吸う。

耳の形をなぞるように舌を這《は》わせ、水音を立てながら耳の愛撫《あいぶ》を続けていると、ナターシャの身体が震えた。

尖《とが》り始めていた陰核を指の腹で撫でていくと、透明の愛液が溢《あふ》れてくる。

耳も感じてくれているようだ。可愛らしい反応に自分自身の熱が高まり、ナターシャを引き寄せ肌を触れ合わせる。

湯と泡で濡《ぬ》れたお互いの肌はぬるぬると厭《いや》らしく滑り、肌を重ね合わせているだけで興奮してくる。

胸と陰核への愛撫も続けながら、ナターシャの尻《しり》に腰を当て、脈打つ陰茎を擦《こす》り付けていく。

「ああんっ！　あぅ……やぁっ！　……ソウっ！　ダメっ！　いっぱい触っちゃダメ！」

「俺は洗ってるつもりなんですけどねぇ……あぁ、そういやまだここを洗ってなかったな……」

「やぁあんっ！」

既に蜜を垂らしていた秘部の入口に指で触れると、クチュっと厭らしい水音が耳に届く。

指先を入れるとキュウキュウ締め付けてきて、お返しに内壁を擦ってやると、一層締め付けてきた。

甘い締め付けに誘われるように指を根本まで挿入し、出し入れを繰り返す。

指を引き抜こうとする度に、名残《なごり》惜しいようにキュウッ！　と一際甘く締め付けてきて、指を三本入れてやると、とろとろと愛液が膣《ちつ》から溢れ、ナターシャの太腿を濡らした。

「エロイな……」

「やぁっ……言わないでぇっ！　……あんっ……んんっ、恥ずかしい！」

「可愛いぜ？　もう指だけじゃ足りなそうだな……」

「あっ！」

風呂椅子からナターシャを立たせ、壁に手をつかせる。

ナターシャの白い尻を掴み、膣口に陰茎を宛《あて》がう。

指で触れた時と同様、陰茎の先で触れると先ほど以上に濡れたその場がクチュリと水音を聞かせてくれる。

「挿れるぞ？」

「うっ……んっ……やぁ……あんっ……やぁあっ！　あんっ！」

膣の一番奥まで一気に挿入すると、ナターシャが甘い声を上げる。

片手でナターシャの腰を支えてやりながら、片方の手で胸を掴む。

腰を打ちつける度に揺れる胸の感触を楽しみながら、ナターシャの項《うなじ》に口付けた。

「あぁっ！　あんっ！　ソウっ！　あぅっイッちゃうっ……私、お風呂で、あん！　イッちゃうよぉ！」

「いいぞ。俺も一度、出したい」

「あああんっ!!」

膣から溢れた愛液をかき混ぜるように腰を打ちつける度に、グチュッグチュッと厭らしい音が鳴る。

ナターシャの肩口に顔を埋めると、石鹸の匂《にお》いに混じって、ナターシャの甘い香りがした。

少し前まではさほど変わらなかった背丈も、すっかり俺の方が高くなり、抱き込むとすっぽり腕の中に閉じ込めておけるほど差が出来た。

ナターシャの白くすべすべで小さな背中にも幾度も口付けを落としながら、グリグリ子宮の奥を突き上げてやる。

「あぁっ！　もっ……あんっ！　ダメっ……やぁあああんっ!!」

「くっ」

甘く膣を収縮させ、ナターシャは達する。

危うく膣内に射精するところで、陰茎を引き抜き、ナターシャの太腿に精液を射精した。

はぁはぁと荒い呼吸を互いに繰り返しながら、ずるずると壁に体重を預けながら床に座り込もうとするナターシャの腰を支えてやり、湯船へと向かう。

「え？　……え？　まだする？」

「どーだろうなぁ？」

「そんな……大人《おとな》しくお風呂入らせて……んぅっ」

笑みを向けてやりながら、湯船の中の段差が出来ている部分に腰を下ろし、ナターシャは俺の足を跨《また》らせるように座らせ、向かい合わせになる。

真っ赤で美味《うま》そうなナターシャの唇に自分の唇を寄せて口付ける。

はふっと息を吐くナターシャの呼吸に合わせて舌を差し入れ、啄《ついば》むように幾度か口付けていくと、ナターシャも舌を俺の舌に絡ませ応《こた》えてくれる。

「んっ……ぁむっ……」

「は……お前、キスは積極的だよなぁ……」

「ぁ……んっ……だって、あんっ……ソウとのキス、好きなんだもんっ……んぅっ……」

「……マジかよ。可愛過ぎるだろ」

「へ？　や……だめっ……あぁあ!!」

ナターシャの柔らかな尻に触れて少し浮かせて、再び勃起《ぼっき》した陰茎を咥《くわ》え込ませる。

逃《のが》れようとするナターシャを、キスと身体を密着させることで動きを封じ、下から突き上げていく。

パシャッと腰を揺する度に湯が波打ち、お湯がお互いの結合部に触れる。

「あんっ！　お湯っ……んっ……変な感じするからっ……ダメぇっ！」

「変な感じって……気持ちいぃんだろ？　俺も気持ちいいから、安心して気持ち良くなってろ」

「んぅっ！　あぅっ！　きゃあぁんっ！」

「リターシャっ、ナターシャっ……愛してるっ……一生放さねぇからなっ」

ナターシャの豊満な胸の谷間に顔を埋め、甘い匂いと感触を堪能《たんのう》し、乳房を舐《な》め、先端を口に咥え、吸い上げる。

「あぁっ！　あんっ！　舐めちゃダメっ、吸うのもっ……あんっ！　またイッちゃうっ」

胸への愛撫を続け、激しく腰を揺さぶりながら、グリュッグチュ、グチュっとお湯と愛液が混ざり合う。

お互いの絶頂が近いことが分かる。

「ナターシャっ……好きだっ……」

「んんっ！　あんっ！　ソウっ！　……はぁっ……あんっ！　……やぁあんっ!!」

湯船から出て、二度目の絶頂を迎えるナターシャの膣から陰茎を引き抜く。

膣内で射精したかったが、精液の飛沫《しぶき》は、ナターシャの顔に掛かった。

ドロリとした白濁がナターシャの顔を汚す様を見て、これはこれで興奮するかもしれないと、新たな発見をすることが出来た。

・推理してみました

「じゃあ、俺《おれ》は仕事してくるから。無理すんなよ」

「……うん。行ってらっしゃい」

無理させたのはソウ本人なのに……。

複雑な気持ちになりながら、だらしないことに、ソウの寝台から寝そべりながらソウを見送った。

パタンと扉が閉められて、ソウの部屋に一人になり、やっっっと!!

「うぅうぅっ！　恥ずかしかったぁあぁっ!!」

デート開始から、終わりまでの恥ずかしさを吐き出すことが出来た。

いや、途中エッチなことをしてしまった時に恥ずかしいとは訴えたけどね!?

自分自身信じられないほどはしゃぎ、とんでもなく早起きしてハートいっぱいのお弁当を作り上げ、学校でも浮かれまくってしまった。

今日はお休みなのだけど、明日学校に行った時、よっちゃんとメアリアン、それにジャックから生温かい目を向けられるのは確実だろう。

お風呂《ふろ》場でエッチなことをした後、結局寝台でもエッチなことをしてしまい、早起きをして少々寝不足だった私は気を失ってしまったらしい。

目が覚めたら、朝。そして爽《さわ》やか笑顔のソウがいて……反射的に布団の中に隠れてしまったというのに、布団の上からキスをされてしまい……もう何だか本当甘い朝を迎えてしまった。

ソウはとても嬉《うれ》しそうだったから、良かったけどね。

デートに失敗があるのかは分からないが、少なくともソウを残念がらせることなく初デートを終えることが出来たみたい。

「よ、よし。お昼前までにはリリィさんを呼んで、着替えを手伝ってもらって、お弁当を作るわよ！」

悲鳴を上げる腰を労《いたわ》りつつ、もう少しだけと、ソウの香りが残る枕《まくら》に顔を埋めて……昨日のデート中のことを思い出す。

とても楽しくて、嬉しかった。ソウに好きだと言われる度に心が温かくなって幸せになった。

だからこそ……思う。こんなに幸せで、私大丈夫？　だって……悪役令嬢よね？

昨日のデート中、城下町のお店から出た時に声を上げてしまったのは、町中にユリアちゃんの姿を見つけたからだった。

ユリアちゃんは……路地裏を覗《のぞ》き込んでいた。

美少女だからこそ怪しまれずに済んでいるのかもしれないが、あれを繰り返していたら、その内警備隊に突き出されてしまいそうだ。

まず間違いなく、町中の路地裏での出会いイベントがあるんだろうなぁ……。

枕を抱き締め、仰向けになってソウの部屋の天井を見上げながら考える。

悪役令嬢の私が、もう大丈夫と、安心することが出来る条件は……、ヒロインであるユリアちゃんがソウじゃない誰《だれ》かと結ばれたその時なんじゃないだろうか？

だって、ヒロインが幸せになったら、悪役令嬢はもういらないわよね!?

とっても納得出来る導き出せた結論にガバリと身を起こす。

「……ユリアちゃんは、誰が好きなんだろう？」

学園が舞台の乙女《おとめ》ゲーム。

ゆっくりと三年を掛けて、自分が恋したヒーローと愛を深めていきたいと、ユリアちゃんは思っているだろう。

でも、ユリアちゃんは遅れを取り戻したいと必死になってヒーローと出会うのを求めているのだから、誰だか分かれば、私もほんの少しユリアちゃんや、その相手の男性の背を押したい。

だから……推理してみよう。

ユリアちゃんの好きな相手が誰なのかを。

「ソウではないことは、ユリアちゃんが教えてくれてるものね」

一〇〇％信じ切ることは出来ていない。

でも、良い子だと思える子を信じたいと思うし、何よりユリアちゃんの行動が好きな相手はソウじゃないことを証明してくれている。

だから、まだ少し不安だけど、ソウは外そう。

次によっちゃんだ。

結婚エンドがあることまで、ユリアちゃんが教えてくれているので、攻略対象者なのは分かっている。

そしてよっちゃんも外せるだろう。何せユリアちゃんは既に、よっちゃんと出会っている。

ユリアちゃんを食堂に連れてきたのはよっちゃんだもの。

よっちゃんと親密な仲になりたいのであれば、学校にいればいい。

だが、ユリアちゃんがいるのは、薔薇《ばら》園と城下町。どちらもよっちゃんが好む場所じゃない。

同じ理由でジャックも外せる。

ユリアちゃんとジャックはクラスが同じだから、ジャックに会いたければ学校に来れば簡単。

つまり、今現在学校にいる人の中には、ユリアちゃんが好きな人はいないと思っていいわよね……。

「あっ!? もしかして!!」

見知らぬ攻略対象者を除き、後一人、攻略対象者だと思える人物がいる。

現在学校に通っておらず、会うことが難しい存在、アークライト・セフォルズ。

第二王子の入学は二年目！ そしてユリアちゃんが二年目から挽回《ばんかい》出来るイベントもいっぱいあると言っていた！

あ、有り得なくないんじゃないだろうか？

ユリアちゃんは、アークのことが好きなのかもしれない！

「……アーク、薔薇、好きだったっけ？」

聞いたことないなぁ。赤い薔薇は、赤髪のアークによく似合うとは思うけど、自分から薔薇園に行くようなイメージはアークにはない。

ソウの方がまだ行きそうなものだが、私の悪影響で、ソウが好きな花は『食べられる花』という残念なことになってしまっている。

腰の痛みが引いてきたので、リリィさんに手を借りて、王城内を歩いていても問題ないドレスを着て、髪を整えてもらい、厨房《ちゅうぼう》へと向かっていると。

「あ……」

思い浮かべていた人物が前から歩いてくる。

その表情は不機嫌だ。

アークってば、またお腹空《なかす》かしているのかしら。

育ち盛りだからだろうが、それならば朝ご飯を多めに食べなさいと注意したい。

「ご機嫌麗しく、アークライト殿下」

また、「お前なんぞに会っても嬉しくもなんともない」とか可愛《かわい》くないことを言われてしまうかと思いきや……。

目の前にいるアークは腕を組み、無言で私を睨《にら》み付けてきている。

反抗期、ってやつかもしれないわね。

ソウには懐いているようだから、お兄ちゃんを取ろうとしている私を気に喰《く》わないのは仕方ない。

頭を下げて、アークの横を通り過ぎようとしたら、腕を掴《つか》まれてしまう。

「ちょっとアーク。女の子の扱いはもっと……」

優しくしないとダメよ！　と言おうと思ったのだけど。

アークは睨み付けると言うよりは、真剣な眼差《まなざ》しで私を見つめてきていた。

一体どうしたのだろう？　と首を傾《かし》げると、アークが口を開く。

「鎖骨、キスマークが見えてるぞ」

「えっ⁉」

ソウってば、前は見えるところには付けないでくれたのにぃい！

アークは王子の婚約者として良くないと注意してくれたらしい。

後でリリィさんにお願いして鎖骨を隠せるショールを用意してもらおう。

「あ、ありがとうアーク。気を付けるわ」

お礼を言ったのだが、アークは私の腕を掴んだまま放さない。

まだ何か言い足りないことがあるのだろうか？

「ナターシャは……」

「うん」

「俺のこと、どう思ってる？」

「え……」

アークのことをどう思ってるか？

質問された内容を反芻《はんすう》する。

弟、なのよねぇ。初めて会った時から、アークはソウの弟であり、私にとっても弟のような存在だ。

私には兄弟がいないので、今では多少憎たらしさもあるが、アークは可愛い弟。お腹を空かしているのを見ると、お弁当をすぐに分け与えたくなってくる。

だが思う。アークにとって兄の婚約者の立場の私が弟みたいに思っていると言ったら、絶対嫌よね。

馴《な》れ馴《な》れしい上に図々しい女だなと思われる。

次によっちゃんとジャックの顔を思い浮かべて彼等とも少し違うと思え、友達カテゴリーでもないと判断する。

「もし。俺が王太子だったら、ナターシャは俺の婚約者になったのかな……」

答えを出せないでいるとアークが別の質問をしてくれる。

こちらの方ならば、すぐに答えられるわ！

「安心してアーク！　それはないわ！」

「……何で？」

「だって、別にソウが王太子だから婚約者になったわけじゃないもの。私はまだ婚約者になるってことが、どういう意味だか分からなかったくらい、小さい頃《ころ》にソウの婚約者になったじゃない？　その時にね？　お父様と国王陛下が婚約者について説明して下さったの。『ずっと仲良しで、誰より一緒にいましょう』って約束しておくんだよって。ソウが王太子じゃなくて、例えば反対にアークの弟だったとしても、私はソウと一番仲良しでいたいわ！　今でもその気持ちは変わらないのよ！」

これは堂々と言えることだ。

アークも私の答えに満足したのか、パッと私の腕を放す。

何も言わずに歩き去ろうとするアークの背中を見て、ハッ！　とする。

気になることを、本人に確かめればいいんだわ！

「アーク！　待って!!」

今度は逆にアークの腕を私が掴む。

すると、振り払うことこそしてこないが、アークは私の方を見もせずに「何だよ」と問い返してくる。

人と話す時は目を合わせなきゃダメなのよ！　と言いたいのを我慢し聞いてみる。

「アークって、薔薇好き？　それと、最近城下町で自分で買い物したい衝動に襲われることない⁇」

「……意味が分かんねぇ。薔薇なんて好きじゃねぇしっ、買い物なんて面倒で行かねぇよっ！」

怒りながらも答えてくれたアークは、私の手を振りほどいて早足で去っていってしまう。

うーん。嘘《うそ》を吐《つ》いているようには見えなかったわ。

薔薇好きじゃなくても薔薇園には気晴らしに行くかもしれないし、ヒロインの魔力だが魅力だかに誘われて、買い物中にバッタリ遭遇もなくはない。

それにしたって、ユリアちゃんの方がアークと比べ、かなり恋愛に前向きだ。

ちょっと意地悪な、まだまだ中学生男子のようなアークと恋がしたいユリアちゃんがお似合いなのかは……私には分からなかった。

・ヒーローは何人いるのか分かりません

試験期間を終えた学園には、穏やかな時間が流れていた。

今日は食堂にソウとよっちゃんとお弁当を食べに来ていて、デザートは何を注文しようか考えるのが楽しい。

しかしジャックは生徒会の仕事があるため、この場にはいない。

実はジャックは生徒会の書記を任されていて友人として大変誇らしい！

二年目には副会長、三年目には生徒会長になるんじゃないかとも噂《うわさ》されている。

シャルロッティ学園の生徒会は成績順で任命されるわけじゃない。

今回の試験結果通りの順番だったら、よっちゃんが生徒会長で……なんと二位はユリアちゃんなので、ユリアちゃんが副会長。

そして三位がソウなので、書記か会計になるのだろう。

ユリアちゃんてば、殆《ほとん》ど学校に来ていないのに、さらっと二位なのだから凄《すご》いとしか言いようがない。

けれど、ソウもよっちゃんも、そしてユリアちゃんも生徒会には所属していない。

王族や、親族が高い身分の場合、生徒会に任命されないことになっている。

何でも十年以上前に、成績は良かったが生徒会長になった王族がとんでもなく我儘《わがまま》で横暴で大変なことが数多く起こったらしく、それ以来、前任の生徒会役員が後任に相応《ふさわ》しいか見極めて任命することになっている。

「今度は学園祭があるのよね。ジャックはとても忙しそうだわ」

「生徒会役員は当日の警備についても考えなくてはならないからね。忙しいのも頷《うなず》けるよ。ご馳走《ちそう》様、ナーさん。美味《おい》しかったよ」

よっちゃんの分のお弁当も作ったので、綺麗《きれい》に食べ切ってくれたよっちゃんはお弁当箱を包み直して返してくれる。

「デザートは何にすっかなぁ？　ご馳走さん。ナターシャ、明日はパンがいい」

「どういたしまして。パンで了解よ。学園祭には王子様であるソウと、次期宰相って噂されてるよっちゃんとお話したいって人が大勢いらっしゃるだろうから、二人も大変ね」

ソウも同じく食べ終えて、私にお弁当箱を返してくれながら、デザートのメニューを眺め出す。

シャルロッティ学園の学園祭は、私が良く知る学校の文化祭とは全く違い、生徒達は特にすることがない。

ならば何をするのかと言えば、シャルロッティ学園内でマルシェのようなものが開催されるのだ。

学園に通う生徒の多くが貴族。そして貴族でない生徒も親族は大変お金持ちだったりするパターンも多く、彼等に品物を見てもらい、購入に繋《つな》げていきたい商人達が大勢やってくる。

ジャックのように公爵家で働く執事や他《ほか》にもメイド達と人脈を繋げたいと思う商人さんも多い。

主人と信頼関係が結ばれていれば、執事やメイドが推薦する品々をその主《あるじ》へと紹介してもらえるかもしれないからね。

そして、今年はいつも以上の盛り上がりを見せると断言されている理由は……隣で注文して運ばれてきた食後のデザートを食べている王子様であるソウの存在と、現宰相の息子のよっちゃんだ。

よっちゃんもかなりレアな存在だと思うが、一番はソウ。王子様に直接商品を見てもらうことは大変名誉であり、貴重な機会なのだ。

学園祭は三日間に渡って開催されるのだけれど、ソウに会うための行列が出来上がるのが今から目に浮かぶ……。

来年はアークも入学してくるからもっと大変なことになりそうだ。

「ナターシャ。何他人事《ひとごと》みてぇに言ってんだ。お前も大変だぞ」

「え？　どうして⁇」

「私とソウンディクに負けないくらい、ナーさんも大忙しってことだよ。ナーさんは王子の婚約者であり、国内外に豪傑として名を轟《とどろ》かすハーヴィ将軍の一人娘。これだけでも十分過ぎるほど人が寄って来るだろうけど、ソウンディクと仲睦《むつ》まじいことも、結構有名になってきているようだからねぇ。王太子妃になるのはほぼ確実だと思われて、将来結婚式で使ってもらいたいって高価な宝飾品を売り込んでくる連中には特に注意だよ？　メアリアン嬢に共に行動してもらえるよう相談しておくといいんじゃないかな？」

「……メアリアンに相談してみる」

よっちゃんが大変分かり易《やす》く説明してくれて自覚した。

まだ結婚もしていないのに、王子の婚約者という立場を利用し、買う物全《すべ》てを王族に支払わせる強欲悪役令嬢な自分が思い浮かぶ……。

悪党商人達が、愚かで金遣いの荒い悪役令嬢をカモにしようと集まってきて……、

「ど、どんなに商品をお勧めされてもソウに取り次ぐことは絶対《あおざ》にしないわ‼」

強引なキャッチセールスに押し負けてしまう自分を想像して青褪《あおざ》める。

「いや、相談しに来いよ俺《おれ》んとこに」

「そうだよナーさん。自分が気に入った品ならいいけどね。どうしようか迷いが生じたらソウンディクに相談しなさい。どんなに忙しくしていても、ナーさんをソウンディクは優先するよ。ね？」

力強くソウが頷いてくれる。

「ソウっ……うん、相談しに行くわね！　うぅ、それにしても！　私、学園祭は他国からも多くの人々や商人達がやってくるから、一人まったりと他国の料理を食べて使われている野菜や果物《くだもの》を買おうと計画していたのに！」

「ぜってぇ無理」

「学園祭で一人行動なんて有り得ないよナーさん。誘拐でもされたらどうするんだい？」

「その通りですよお嬢。当日は少なくとも三名以上の騎士が護衛に付くことになっていますからね」

「ジャック!?　え？　そうなの??」

生徒会の昼の会議は終わったらしく、コーヒーを頼んだジャックはよっちゃんの隣に座り頷いて、お父様が騎士の手配をして下さっていることを教えてくれた。

本日の授業を終えたのだが、ソウとよっちゃんは今日は学園に招かれた来賓客のリスト確認をするために学園に残るらしく、ジャックも放課後は再び生徒会の仕事だと言うので……これはチャンス！

馬車に乗り大人《おとな》しく屋敷へと帰宅した私に使用人達は油断してくれている！　まさかこの後、屋敷を抜け出すなんて思いもしないだろう！

出掛ける支度を整え……一応帰宅が夜遅くなるつもりがないことを書き置いて屋敷を抜け出し、目指すは城下町！

目的はユリアちゃんに会って話すこと。

私からの接触は控えて欲しいと言っていたから、偶然を装ってお茶に誘い、私の推理をユリアちゃんに聞いてもらいたいのだ。

そして私の推理通り、アークがユリアちゃんの好きな人だとしたら協力させて欲しいと申し出てみようと思う。

深めに帽子を被《かぶ》り、黒ぶちの眼鏡《めがね》を掛け、水色のワンピースを着てその上に白いエプロンを身につけ籠《かご》バッグを手に持ち町をぶらつく。

ふふふ。どう見ても買い物に来た町娘に見えるわよね！

『あら、ナターシャお嬢さん!?　ナターシャちゃん!?　今日は一人なの!?』

「ナターシャお嬢さん!?　ちょっ!?　お一人なんですか!?」

「ナターシャ様、もうすぐ暗くなりますよ？　ソウンディク様はご一緒ではないのですか？」

「ひ、人違いです!!」

何故《なぜ》か道行く人が次々と私の顔を見てぎょっとした顔になり、慌てふためきながら周囲を見渡す。

そんなっ!?　私の完璧《かんぺき》な変装がどうしてこんなに早くバレてしまうの!?

このままじゃ屋敷に連絡が行き、生徒会の仕事を放《ほう》り出したジャックがやってきてしまうかもしれない！

最悪ソウとよっちゃんの耳にまで屋敷を抜け出して城下町に来ていることが伝わり、大激怒されちゃうかも!?

ひとまず路地裏に身を隠すことにしよう！

あわよくば、身を潜めた路地裏でユリアちゃんと会えたらと思ったけれど……、昼間でも薄暗い路地裏に、ユリアちゃんの姿はない。

「うぅ、ユリアちゃん……」

学園にいなかったから、今日は薔薇園《ばら》にいる日なのだろうか？

また大通りに出れば、私を良く知る人に正体を見破られてしまうかもしれない。

……帰った方がいいわね。収穫なしを残念に思い蹲《うずくま》って溜息《ためいき》を吐《つ》く。

ユリアちゃんは大きなイベントである学園祭には参加するかな？

夜会をすっぽかしたユリアちゃんだから、目当ての男性がいないと分かっていたら、出ないかもしれない。

「また甘い物食べたいって思って会いに来てくれないかなぁ……」

今度はクリームあんみつを一緒に食べたいなぁと思いながら立ち上がろうとした時、ぽんっと軽く肩を叩《たた》かれる。

ま、まさか血相変えたジャックがもう私を見つけたの⁉

青褪めながら振り返ると、私の顔色とは正反対であろう、真紅《しんく》の薔薇が目の前に差し出される。

「暗い路地裏で身を縮めていらっしゃったので具合が悪いのかと思いお声をお掛けしようとしたのですが。いやはや、大変お美しいお嬢さんで驚きました。このような影の道よりも、陽光に照らされた道の方が青空色の髪を持つ貴女《あなた》にはお似合いですよ。宜《よろ》しければ、ご一緒にお茶でもいかがですか？」

差し出された薔薇の向こう側にサラサラの紫の髪を肩まで伸ばした美形のお兄さんがいらっしゃる。

そして、その脇《わき》に立つのは銀縁のスクエア型の眼鏡を掛けた男前の青年。

仏頂面の男前は濃い緑色の髪でかなり筋肉質、腰には剣を下げているので騎士なのかもしれない。

大変だわナターシャ。分かるわよね⁉　自問し、結論に達する！

この二名は絶対に攻略対象者‼

きっとこのどちらかがユリアちゃんの好きな人なのねっ!?

だって路地裏で遭遇したもの！　そして恐らく紫の髪の私よりも少しばかり年上のお兄さんの方だと思う！　薔薇持ってるもんね！

ごめんユリアちゃん！　イベント横取りしちゃったっぽいぃぃいっ!!

「ナターシャさんったら酷《ひど》いですー！」と可愛《かわい》らしく頬《ほお》を膨らませて怒るユリアちゃんを想像し、心の中で土下座した。

「あの私、帰ろうと思っていたところなんです」

あれよあれよと言う間に大通り沿いにあるカフェへと誘われ、対面に座ってしまっている。

向かいにいる紫の髪のお兄さんは優雅にティーカップを手に持ち、紅茶を口に含むと綺麗な笑みを浮かべる。

「お迎えがいらっしゃるまでの間、ご一緒しましょう」

「む、迎え？」

「ええ。城下町に住むお嬢さんのような服を着ていらっしゃいますが、育ちというのは仕草に出るものです。お嬢さんは貴族でしょう？　ご様子から察するに、こっそり屋敷から抜け出していらっしゃったのではありませんか？　このような大きな通りに面した場所にいれば、貴女を知る誰かが、貴女を心配する誰かに連絡を入れてくれますよ。今も、カフェの店員ですら、貴女を気遣わしげに見ている。なかなか有名人のようですね？　お嬢さん」

ず、鋭過ぎる。そして計算高い。

こういうお兄さんと話す時はよっちゃんが傍《そば》にいてくれると心強いんだけどなぁ。

しかし、ジャックまでならまだいいが、やはり、ソウとよっちゃんに知られるのは怖い。

暗くなる前に帰るためにも、席を立ち上がりたいのだけど……。

テーブルの横に立ち、無言で見下ろしてきている眼鏡を掛けた男前の威圧が凄くて立ち上がれない。

席に案内された時に、座ろうとしない彼に着席を促したのだが、「俺はいい」と言ってずっと立ったままなのだ。

「彼なりに、貴女を心配しているんですよ」

「そ、そうなのですか？」

チラリと見上げて視線を合わせると、確かに睨《にら》み付けられてはいなくて、深く頷かれた。

無口なだけで、悪い人じゃないみたい。

だが逃がしてはくれなさそうだ。剣を持つ騎士から逃げるのはやろうと思えば不可能じゃないが、今はする必要はない。

何せ、目の前に座るお兄さんはユリアちゃんの好きな人の可能性が極めて高いのだからっ！

「あの！」

「はい。なんですか？」

「お名前とご年齢とご趣味をお聞きしても宜しいですか？　出来ればそちらの騎士風の貴方《あなた》様も！」

追加でご職業と好みのタイプの女性もお聞きしたい。

顔はバッチリ攻略対象者なので、ステータスを確認させて頂きたいのだ。

ソウとアークは王子様。よっちゃんは次期宰相で、ジャックは悪役令嬢に仕える執事で生徒会所属。

この四名に顔以外で目の前の彼等が対抗出来るポイントを知っておきたい！

持っていたペンとメモを取り出して一言も聞き逃《のが》さないように書き取るぞと意気込む。

「ははっ、あははは！　面白いお嬢さんですね。そんなにストレートに質問されてしまったら答えないわけにはいきませんかねぇ？」

美形お兄さんは男前さんを見上げて同意を求めてくれる。

「俺は言うほどの身分ではないぞ？」

「身分なんてお気になさらず！　もしや凄腕《すごうで》の剣士様だったりします？」

貴族でなくこれほどの男前で攻略対象者かもしれないのなら、とんでもない鬼才の持ち主かもしれない。

私の問い掛けに、無表情だった男前が少し驚いた表情になった。ビンゴか？　ビンゴなのね!?

学園が主な舞台ではあるけれど、ファンタジーな世界なら天才剣士は攻略対象者でいて欲しい！

「素晴らしいですね。お名前をお聞きしても宜しいですか？」

「……サイダーハウド」

「私はコーラル。ファミリーネームは、申し訳ありませんが今は言えません。年は私が二十五歳で彼は二十三歳。趣味は、私は花を愛《め》でることですかね」

「俺は剣の鍛錬くらいだ」

サイダーさんとコーラさんなのね！　心の中で炭酸飲料コンビと命名させて頂く。

コーラルさんの方がサイダーさんより年上なことに驚く。

まだまだ学生に見える見た目をしてらっしゃるのになぁ。そして趣味は花の鑑賞。

ユリアちゃんの思い人だとほぼ確定と思える決め手だけども……。

もし炭酸飲料コンビさんが行動を共にすることが多いのであれば、薔薇園へとサイダーさんも連れていかれてそこでユリアちゃんと出会うってこともなくはない。

「お二人とも素敵なお名前ですね」

個人的に覚え易い名前で有難い。

「さて、ではお嬢さんのお名前をお聞きしても？」

「はい。私はナターシャ・ハーヴィと申します」

私には隠す理由もないので正直に告げる。

「ハーヴィ!?　まさかハーヴィ将軍のご息女でいらっしゃるのか!?」

無口なサイダーさんが驚きの声を上げる。

「そ、そうですが、それが何か？」

「これは申し訳ない。各国に名を轟かせる英雄の愛娘《まなむすめ》様に対し、不遜《ふそん》な振舞いをお見せしてしまいました。どうかお許し下さい」

膝を床について頭を下げてくるサイダーさんに慌てる。

「えっ!?　い、いやあの！　困ります。私も今、お忍び中というかこっそり屋敷を出てきているので頭下げられちゃうと目立っちゃうのでやめて下さい」

「ハーヴィ将軍はサイダーハウドにとって憧《あこが》れの存在なのですよ。憧れの相手の娘さんとは知らずぶっきらぼうな口調で話してしまっていたのは、感情が見えにくいけど、相当内心今焦っていると思います。許してやって下さい」

「はぁ……」

お父様ってば、騎士や剣を使う人からすれば大人気《だいにんき》なのね。

私にとってはちょっと親バカな気質で、私を甘やかして下さる大好きなお父様だ。

「それにしても、ハーヴィ家はこの国で有数の公爵家ですよね？　その家のお嬢様が、お一人で町中にいらっしゃるとは……平和な証拠《しょうこ》だとは思いますが、危険過ぎます」

「俺も同感です。何故護衛をお連れになっておられないのですか？」

無口だったサイダーさんにまで心配をさせてしまい、縮こまる。

まさか、ゲームのヒロインを探していたとは言えない。

そのヒロインは貴方方を探しているかもしれなくて、お二人のどちらかがヒロインのお好きな相手かもしれないので、一緒に会いに行って欲しいなんて、もっと言えない。

ユリアちゃんを探しながらも、実は目的はもう一つあったので、そちらをお二人にお伝えする。

「ソウンディク殿下への贈り物を選びたかったんです」

「この国の第一王子殿下に？　……ああ、そう言えば、貴女は第一王子殿下の婚約者殿でしたね」

「っ!?　そ、そうなのか」

どうやらサイダーさんは知らなかったみたいだけど、コーラルさんは納得してくれる。

「今髪につけているリボンは、ソウンディク殿下から先日頂いたものなのです。私も、殿下に何かお返しの贈り物をしたいと思って」

「それは殿下もお喜びになられますね。お噂にお聞きする通りですね」

「え？」

「ソウンディク殿下とお相手の婚約者の令嬢は大変仲が良いとお聞きしたことがありましたのでね。貴女のようなお美しいご令嬢に慕われて、ソウンディク殿下は幸せ者ですね」

コーラルさんほど素敵な人であれば、私なんぞより綺麗な女の人を見慣れているだろうから社交辞《しゃこうじ》令《れい》なのが分かる。

まだまだ小娘の私を彼等が歯牙《しが》にも掛けないのは気付けますとも。

「親同士が決めた縁談ではないのですか？　この国の王子に無理強いはされていらっしゃいません

か？」

　気遣わしげに聞いてくれるサイダーさんに笑顔を向けて、首を横に振る。

「無理なんてとんでもございません。仰《おっしゃ》る通り婚約を決めて下さったのは私のお父様と国王陛下ですが、私自身、大変光栄な縁談に感謝しております。ソウンディク殿下は素晴らしいお方です。殿下の妃《きさき》に相応しくなれるよう、日々精進して参りたいと思っております。……ですが、今現在の行動は矛盾しておりますよね。軽率な行動をしてしまい、大変お恥ずかしいです」

　ユリアちゃんとの接触が目的だったとは言え、ジャックには初めてユリアちゃんに会いに行った時も付いてきてもらったのだから、生徒会で忙しい彼に手助けを求めるのは申し訳ないが、付いてきてもらえる日に会いに来れば良かった。

　よっちゃんママの特別授業で報告・連絡・相談は絶対に！　単独行動控え目に！　と言われたばかりなのに……またやってしまった。

「ソウンディク殿下に、呆《あき》れられてしまったら大変です」

　それどころか嫌われてしまったらどうしよう。

　怒りを通り越して、ソウから冷たい視線を向けられたらショックで島流しに遭う前に自分で国を出てしまうかもしれない。

「ソウンディク殿下のことを、本当に好いていらっしゃるのですね」

「はい、大好きなんです」

「残念ですねぇ。貴女に特別想う相手がいらっしゃらなければ、私の恋人になって頂きたかったのに」

　ウィンクをされながら恋人になって欲しいと言われて驚く。

これはときめいてしまう女の子が多いだろうな。女性を口説き慣れていらっしゃる大人《おとな》の男性のお誘いにどきまぎしてしまうが、私の気持ちは変わらない。

「ソウンディク殿下だけ、特別なんです。だから、嫌われちゃったらと思うと泣きそうです」

「ふふっ。大丈夫ですよナターシャ嬢。ソウンディク殿下は貴女を大切に想っておられますよ」

涙ぐむ私を見て、コーラルさんが笑みを浮かべて否定する。

どうして言い切れるのかと聞いてみようと思ったら、

「ナターシャ!!」

「わっ!?　ソウ!?」

背後から汗だくのソウに肩を掴《つか》まれて驚いた。

私と目が合うと、ソウは「はぁあああ」と長い溜息を吐きながらも、私を抱き締めてくる。

「心配したぞ!」

「こ、ごめんなさ」

「焦った!　何もねぇな!?」

「何もない!　……学園から走ってきたの??」

「……途中までキュアンに乗ってきた。ヨアニスとジャックも一緒だから、ガッツリ怒られろ」

あぁ……マズイ。特別訓練リターンズになりそうだ。

息を整えたソウは私を放すと、コーラルさんの前に立ち、軽く会釈する。

「コーラル皇子。私の婚約者を保護して下さりありがとうございました」

皇子?　えっ!?　王子様じゃなくて皇子様ってことはっ!!?

試験で出たばかりのこの世界で一番の大国であるディルティニア帝国の名前が私でも思い浮かぶ。

「いいのですよ、ソウンディク王子。私も極秘で視察に訪れているのです。それに私は第三皇子。帝国を継ぐことはないでしょう。お美しいお嬢さんとお茶が出来て幸せな時を過ごさせて頂きました。ぜひまた、ご一緒しましょうね？」

否定なさらねぇってことは真実かい！

じゃあサイダーさんは皇子様の近衛《このえ》騎士さんなのね⁉　そして凄腕の剣士様なのね⁉　帝国一どころか世界一だったりするんだろうか？

とんでもないステータスをお持ちの二人だった！

攻略対象者であることの文句の付けどころがない。

なんとしてもユリアちゃんに彼等のことを報告しなければと決意した。城下町での単独行動はしないと誓います。学園で、会えたらいいな……。

・ヒロインはヒーロー達を総ざらいしてくれました

「いいなー！　ナターシャさんいいなー!!」

「ごめんねユリアちゃん！」

学園の人のいない裏庭でこっそりユリアちゃんとお菓子を食べているのだけれど、コーラルさんとサイダーハウドさんのことを報告したら予想通り羨《うらや》ましがられてしまった。

新たな攻略対象者の二名と会えたあの後。

恐ろしいほど綺麗《きれい》な笑顔を浮かべたよっちゃんと、よほど心配してくれていたらしく憔悴《しょうすい》し切った様子のジャックにかなり怒られた。

そしてそのまま城へ連れていかれ、驚くことに大広間へと連行された。

まさか断罪されるの!?　と思わず身構えてしまったのだけれど、国王陛下の傍らにはお父様がいて、セフォルズ王国の王と将軍に、王子の婚約者の立場がどういったものかの説明を受けながら、今後はこのようなことがないように懇願《こんがん》された、陛下とお父様に申し訳ないことをさせてしまった。

当然の如く、よっちゃんママからのお叱《しか》りも受け、フルコースのお説教だった。

反省しつつも私は水羊羹《ようかん》を作り上げ、人目のないところでユリアちゃんに声を掛けようと思ったのだけれど、今回もユリアちゃんの方から声を掛けてきてくれたのだ。

甘い餡子《あんこ》を食べたい何かがあったらしい。

「ユリアちゃんの好きな人って、コーラル様？」

「お会いになられちゃったなら隠しても意味ないですねっ。その通りです、正解ですー！　コーラル様が私の好きなお方です!!　素敵だったでしょう!?」

「う、うん」

「紫の髪がミステリアスさを醸し出していて、けれど、女性には甘く優しく接して下さり、エスコートも完璧《かんぺき》！　そして薔薇《ばら》を差し出して下さるスチルが堪《たま》らないんですぅう!!　その場面を切り取ったグッズ大量に購入しましたもん！　あぁ、コーラル様！　私もお近付きになりたいですぅ！」

確かに素敵な方だと思ったけど、何と言うか、大変女性慣れしておられるご様子から察するに、あの人の恋人になるのはかなりの努力が必要だと思う。

「コーラル様とサイダーハウドさんは学園祭にいらっしゃるって仰《おっしゃ》っていたわ。学園祭で会えるんじゃない？」

「はい！　それは公式通りです！　けど私、学園祭参加するのはやめようかなって思ってるんです」

「えっ!?　どうして!?　コーラル様に会う別の方法とかあるの？」

「いえ、一年目は学園祭が最《もっと》も確実な方法なんですが。うぅっ、聞いて下さいナターシャさん！　私、七人目のヒーローに遭遇してしまい、一目惚《ぼ》れされちゃったんですぅうう!!　七人目のヒーローも学園祭にやってくるんです！　これ以上接触しないためにも学園祭は休もうかなって……」

七人目の、ヒーロー？　……えっ!?

「ヒーローって七人もいるのっ!?」

「あれ？　お伝えしてなかったですっけ??」

「伝えてもらってないわよユリアちゃん！　もうもうっ、ぶっちゃけ、ヒーローって何人いるの？」

「通常は七人までなんですけれども、ファンディスクを含めると十人です！」

「じゅっ!?　ファンディスクも出ているのこの話!?」

「大人気《だいにんき》って言ったじゃないですかぁ！　まぁ私はファンディスクもプレイしているんですけどね。ファンディスクの方はさすがにファンディスクなだけあって、なかなかぶっ飛んだ攻略対象者ばかりですし、一応本編後って設定なので、今は気にする必要ないかと思います」

ユリアちゃんがぶっ飛んでるって言うほどの人が三人もいることが恐怖だわ。

さて。ナターシャさんは会ってないようですが、私が七人目の攻略対象者と会ってしまったことで、私達二人合わせて攻略対象者全員と出会えたわけです。ですから良ければここで、私の知る公式の皆さんの軽～いプロフィール的な物を総ざらいしようと思うんですが、いかがですか？」

「凄《すご》く助かるわユリアちゃん！　お願いしてもいい!?」

「はいっ！　では始めますよナターシャ君！」

「宜《よろ》しくお願いしますユリア先生！」

雰囲気を出すためなのだが、ユリアちゃんはどこからか取り出した眼鏡《めがね》を掛けて教鞭《きょうべん》を握り、私は紙とペンを取り出した。

「まずは一人目！　ナターシャさんが誰《だれ》よりご存知、誰より仲良しなソウンディク・セフォルズ様！主役キャラであり、セフォルズ王国第一王子であり王太子殿下！　金髪碧眼《へきがん》、王道王子様のご容姿！公式では幼い頃《ころ》にお母様を毒殺された影響で食が大変細く儚《はかな》げな王子様であらせられます！　しかしっ！　現状ナターシャさんの支えもあり、健康的！　元気いっぱい！　素晴らしいと思います！」

「うんうん」

「次に二人目！　ヨアニス・クライブ様！　現宰相のご子息！　銀髪に紫紺の瞳《ひとみ》。細身で一見すると頼りない印象を与えそうですが、実は運動神経もそれなりにある万能様！　類稀《たぐいまれ》なる頭脳をもって、人を手の平で転がす天才様！　公式では邪魔だと判断した相手を部下に暗殺させることもある腹黒美形様です！」

「……頷《うなず》くのがちょっと難しいわ」

「お気になさらず！　三人目！　ジャック・ニコルソー君！　学園に入学するヒロインに公式だと一番近い存在のジャック君！　同じクラス、身分も高くなく、人懐っこく話し易《やす》い攻略対象者の中で一番親しめるキャラクター！　とは言え、その頭脳は優秀！　意地悪な悪役令嬢からいびられつつも、勉学に励み、学園では生徒会に所属！　将来は生徒会長にもなります！　黒髪で赤目な引きつけられるご容姿も好感度高いです！」

「うぅっ、ごめんねジャック、やっぱり公式の私は虐《いじ》めているのね」

「本物のナターシャさんは全然違うじゃないですか！　ここも気にしちゃいけません！　四人目！　アークライト・セフォルズ様！　ナターシャさんはきっと絶対お知り合いでしょう！　ソウンディク様の腹違いの弟君！　公式では不健康でお優しい兄君とは対照的な健康的で、俺様《おれさま》で意地悪な御方！　しかし、内心は兄君のことを心配している節もあり！　時折見せるデレと優しさに絆《ほだ》される人多数だったらしい赤髪に碧眼を持つワイルド系の王子様です！」

「うんうん。アークは確かに捻《ひね》くれている部分もあるけど、良い子だわ」

「やっぱりお知り合いなんですね！　いつか私もお会いしたい！　どんどん行きます五人目！　私の大本命でいらっしゃるコーラル様！　ディルティニア帝国の第三皇子様です！　コーラル・ディルティニアってお名前になるんですが、帝国の場合、皇帝を継ぐと歴代の皇帝のお名前を継承することになるのでコーラル・〇〇～〇〇・ディルティニアとなるパターンもありです」

「ご本人も公式も第三皇子様ってことになってるから、皇帝陛下にはなられないんじゃないの？」

「ふふふ。それがですね。コーラル様が皇帝陛下になられるルートも存在するんです！　まぁナターシャさんにはそちらのルートは関係ないかなぁ。なので省略しますが、ナターシャさんにも関係あるのは、なんとっ！　コーラル様は二年目からシャルロッティ学園の教員になられるんです！」

「……は？　えぇえっ⁉　なんでっ⁉　皇子様なのにっ⁉」

「理由としては次期皇帝の座を巡る争いにお疲れになって、皇位継承権を放棄するために、他国で教師になることにしたとなっておりますが。実際は一旦《いったん》帝国から身を隠すためにセフォルズ王国で教員となり、離れた位置から帝国の現状を確認するためなんですぅっ！　コーラル様の右腕でいらっしゃる近衛《このえ》騎士のサイダーハウドさんも共にセフォルズ王国に滞在することになるんです！　学園物のゲームなら教師の攻略キャラはやっぱり外せないですからね！」

「うんうん。いろいろ気になる点はあるけど、コーラル様なら先生って職業も合ってるわね」

男女問わず、生徒に大変人気な先生に絶対なれると思う。

ほんの少ししか接してない私にも、そう思わせる魅力がコーラル様にはある気がした。

「そして六人目はさらっとご紹介しちゃいましたが、コーラル様の右腕でいらっしゃるサイダーハウドさん。爵位をお持ちではないですが、世界一の剣士として名を馳《は》せていく天才剣士様です」

「やっぱりお強い方だったのねぇ」

「それに男前だったでしょう⁉　綺麗系の攻略対象者が多い中で、男前系で筋肉質な方なので、そういった方がお好みの女性からの支持率は凄いんです！」

うん、そうだろうなぁ。メアリアンが好きそうだと思ったもの。

「そして、ねぇナターシャさん？　美形の王子様、綺麗系の次期宰相さん。ワイルド系の一つ年下王子様、人懐っこい整った顔の執事さん。年上ミステリアス美形の教師に、男前の天才剣士ときて、残る一人はどんなキャラクターだと思います？」

「……可愛《かわい》い系美少年キャラ？」

「大正解ですぅうううっ!!　すんごい美少年なんですけどもぉおおっ！　私の好みじゃないんですぅうっ！　嫌いじゃないだけに断り辛《づら》いぃいいっ!!　どうしよぉおおっ！　ちなみに天才音楽家ですぅううっ！　二個下ですぅううっ！　私年上が好きなんですぅううっ!!」

最後の七人目は、美少年の音楽家で二つ年下なのかぁ。うんうん。確かに乙女《おとめ》ゲームなら外せないキャラクターだと思う。

嘆くユリアちゃんの背中を撫《な》でてあげながら、第三者の視点から考えると、非常にバランスの良い乙女ゲームだ。

七人もいるのかと思ってしまったが、乙女ゲームに欠かせないキャラをしっかり全《すべ》て網羅している。ファンディスクの追加キャラが隠れキャラのようなもので、ぶっ飛んだ設定なのだろう。

「今、私は非常に、この世界が現実なんだと実感してるんです」

「と言うと？」

「画面上だったらですよ!?　意中の相手じゃないキャラクターに誘われても、『ごめん。予定があるの』って選択肢をピコッと選択して押せるんですけどもぉおっ！　実際に本人を目の前にして予定もないのに予定があるって嘘吐《うそつ》けないんですよぉおおっ！　もう既に何回かデートしちゃってるんですぅ」

「美少年君と？」

ユリアちゃんは深刻な顔で頷く。

それはまずいんじゃなかろうか？　何せユリアちゃんは可愛い。ステータスも抜群だ。

私の経験では二歳年下のキャラクターは攻略に必要な能力値はさほど必要ない。

出会いイベントを重ね、デートを規定の回数こなせば攻略条件が満たされる……いや、この場合満たされてしまう。

「コーラル様と出会ってすらいないから、学園祭には出席した方がいいんじゃない？」

「コーラル様とは出会いたいですけど、彼とは……」

「あっ！　ユリア先輩だぁっ！」

男の子にしては甘い声色。ユリアちゃんの名前を呼んだ方に目を向ける。

そこにいたのは、ユリアちゃんと同じかヘタをすればユリアちゃんより背の低い、大変可愛らしいピンク色の髪に金色の目の美少年！

彼はとびきりの笑顔を浮かべて、ユリアちゃんに抱きついた。

「どうしてシャルロッティ学園にいるのかなぁ？　ライクレン・オークス君」

「ライって呼んで下さいユリアせんぱーい！」

ユリアちゃんが縋《すが》るような眼《め》を向けてきて、心の声が聞こえてしまう。

――助けて下さいっ――

いやしかし、どう助ければいいのか困る。

「彼は天才音楽家として有名でね。学園祭で記念演奏をしてくれるんだよ」

「よっち……ヨアニス様！」

よっちゃんは小声で、ライクレン君がどういった立場の人なのかを教えてくれる。

「よっちゃんが学園を案内してあげてるの？」

私も同じく小声で問うと、よっちゃんは頷いてくれた。

「オークス家はそれなりに力のある侯爵家ってこともあってね。彼の父は、私の父上との繋《つな》がりもあるんだよ。……それにしてもナーさん？　ユリアとの付き合いは控えてもらいたいんだけどね？」

「たまたま、バッタリ裏庭で会っただけなのよ？」

「……ふーん」

ちっとも信じてくれてないわね⁉

ユリアちゃんと仲良くしちゃいけない理由も分からない。

私が初め、ユリアちゃんと会った時に走って逃げちゃったから気に掛けてくれているのかな？

「そ、そうだライ君。紹介するね。こちらはナターシャ・ハーヴィさん。ソウンディク王子殿下の婚約者さんなんだよ」

抱きついたままのライクレン君を何とか引き離し、ユリアちゃんが私の紹介をしてくれる。

「これは失礼致しました。ナターシャ様。私はライクレン・オークスと申します。以後お見知りおき頂ければ幸いです」

「初めましてオークス様。天才音楽家であると、ユリアさんとヨアニス様からお伺いしておりますわ。学園祭当日の演奏を楽しみにしておりますわ」

「皆様にご満足頂けるよう、頑張ります」

ライクレン君の微笑《ほほえ》む顔が可愛い！

貴族同士の挨拶《あいさつ》を交わしながらも、その癒《いや》しスマイルで胸を打ち抜かれるご令嬢やご夫人がいることは容易に想像出来る。

よっちゃんも認めるほどのようだから、音楽家としての腕前もかなりのものなのだろうけど、ライクレン君の容姿も相まって、ファンになってる人は大勢いそうだ。

こっそりライクレン君に聞いてみる。

「ユリアちゃんが好きなのね？」

「っ!!　……はいっ」

素直に答えてくれるこの美少年は本当のことを言っているのだろう。

これは強敵だ。彼からのアプローチを回避出来るか否かは……ユリアちゃん次第です。

「それでは、私はお先に失礼致しますね」

――ユリアちゃん超頑張って！　私、先帰る！――

――そんなぁっ!?　ナターシャさぁあんっ!!　置いてかないでぇっ！――

目と目でユリアちゃんと会話をし、冷たいと思うがユリアちゃんを置き去りにさせてもらう。

ごめんね。これ以上ユリアちゃんと話しているとよっちゃんに睨《にら》まれちゃうから!!

中庭を後にし、教室に向かおうと思ったが、足を止めてこっそり回廊の物陰から裏庭の様子を窺《うかが》う。

ユリアちゃんの腕にしがみ付いているライクレン君が何かを言っている。

恐らく、ユリアちゃんも一緒に学園を案内して欲しいとお願いしてるんじゃないだろうか？

案の定、どこか力ない様子でユリアちゃんはベンチから立ち上がり、その腕にライクレン君がしがみ付いたまま歩き出す。

よっちゃんは構わず案内を続けるらしい。我関せずなのね。どんな時でも冷静なところを本当に見習いたい！

それにしても可愛い顔してなかなか押しが強いなライクレン君。

「基本的に押しの強い男性って素敵だものね」

コーラル様と親しくなるまで、ユリアちゃんがライクレン君から逃げ切るのはかなり難しそう。

「おや、そうですか？　では、ナターシャさんも押しの強い男性に惹《ひ》かれるということですかね」

「ええ。私もやはり男性から好意を伝えてもらえると嬉《うれ》しい……え？」

ソウのことを思い浮かべて答えたんだけど⁉　耳の傍《そば》で聞こえた声はソウじゃない！

振り返ると紫色の髪と白い薔薇。薔薇いつも持ってんの⁉　コーラル様ってばどうしてここに⁉

周囲を見渡すが、回廊には私とコーラル様しかいない。

今日はサイダーハウドさんはいらっしゃらないの⁉　コーラル様と二人でお話しするの緊張するんだけど⁉

「ま、まだ学園祭まで日にちがあります。何故《なぜ》、コーラル様が学園内にいらっしゃるのですか？」

ライクレン君はよっちゃんが連れてきたみたいだけどね！　学園の生徒じゃない人が入り込み過ぎじゃないですか⁉

「私は少し無理を言うと願いを叶《かな》えることが出来る立場でしてね。お美しい貴女《あなた》に会いたくて、こうして参りました。純白の薔薇は貴女にとても相応《ふさわ》しい。受け取って頂けますか？」

ご遠慮させて下さい。

そう言いたいが、皇子殿下から差し出された花を拒否したらダメよね。

「……ありがとうございます」

大輪の真っ白の薔薇を受け取ると、薔薇を持っていない方の手の甲にキスを落とされる。

ひぃっ！　こういうところが好きなのユリアちゃん⁉　私は苦手よ！　だって絶対この人百戦錬磨《ひゃくせんれんま》よね⁉　ソウの方が何万倍もいい！　安心させてくれる男性の方が絶対良い！

手から唇は離れたが、その手をコーラル様は放してくれない！

どうやって離れようかと思っていると、両肩を掴《つか》まれ、後ろに引っ張られる。

「お忍びでいらっしゃっているのですから、目立つ行動は自粛《じしゅく》なされた方が宜しいのではないですか？　コーラル皇子」

ソウ！　引き寄せてくれたのはソウで、すぐに抱きつきたい衝動に駆られるが、何故かまだコーラル様は私の手を放してくれていない。

「お美しい姫君とお近付きになりたいと思うのは何者であろうと男なら当然だと思いませんか？」

「婚約者のいる令嬢に声を掛けるのはどうかと思いますよ」

「まだ婚約者でしょう？　ご結婚されているのであれば私も控えますがね。ご結婚まで、まだ二年以上おありなのではないですか？」

どうしてだ？　二人とも顔が笑顔なのに……見えるはずがない火花が見える気がする。

ソウは私に好意を伝えてくれてるから分かるが、コーラル様は何故？

私にちょっかいを出してもコーラル様に利点があるとは思えない……。

「ふふふ。ナターシャさんをこれ以上困らせるのは良くないですね。サイダーハウドも来たようですし。今日のところは引きましょう。学園祭でお会いするのを楽しみにしておりますよナターシャさん」

コーラル様は再び私の手の甲にキスを落とし、やっと手を放してくれた。

回廊の奥から現れたサイダーハウドさんは、私と目が合うと頭を下げて下さり、私も頭を下げた。

もしやお二人は、学園祭当日の警備状況を確認にいらっしゃったのかもしれない。

王子が学園に在籍しているから、国から騎士団が派遣されてくることになっているけど、加えて皇子様もいらっしゃるんだもんね。

コーラル様の近衛騎士のサイダーハウドさんは気が気じゃないのではないだろうか？

去っていくお二人の背中を見送りながら思う。

私なんぞに騎士三人付けるよりソウとコーラル様をお守りしなければならないんじゃないかしら。

「……ナターシャ」

「ソウ、助けてくれてありが、んッ……!?」

身体《からだ》を抱き寄せられ、唇がソウの唇で塞《ふさ》がれる。学園内よ!?　誰が通るか分からない回廊よ!?

人目が多くある場所でキスをするのは恥ずかしい！

唇同士が触れ合うキスではなく、下唇を甘噛《あまが》みされ、隙間《すきま》から舌を差し込まれお互いの舌を絡ませ合う濃厚なキスが繰り返される。

「あっ……んっ……ソウ……まっ……んぅっ……」

ソウの肩を押しても、一層身体を密着され、キスから逃《のが》れられない。

今日はもう授業は終わっているけれど、学園内に残っている生徒も多いのに。

手に持つ薔薇の茎の部分を握り締め、ふと気付く。棘《とげ》は抜かれ、茎には青色のリボンが巻かれどこに触れても怪我《けが》をしないようになっていた。

なるほど、女性に優しい気遣いの出来る大人《おとな》の男性か……あの人はモテるに決まっている。

帝国で大勢の選《え》りすぐりの美女に囲まれるコーラル様の姿が思い浮かんだ。似合い過ぎる。絶対ハーレムがある。

ソウの肩越しに白薔薇を見ていると、ソウが唇を解放してくれるが、鼻と鼻が触れ合うほどの距離で見つめられる。

「今、俺じゃない男のこと考えただろ？」

「えっ!?」

エスパーなのっ!?　他《ほか》の男と言っても、その人が他の女性と共にいる場面を想像してたのよ!?

「ナターシャ。コーラルが気になるか？」

「いや全く」

「……ホントかよ。それにしちゃ、その薔薇捨てねぇじゃねぇか」

「皇子殿下から頂いたものを捨てられないでしょう？　薔薇に罪はないもの」

綺麗に咲き誇る白い薔薇を傷付けないように持ち帰ろう。

そしてハッ!?　と気付いた。

「ソウ！」

「なんだよ……」

「きっとコーラル様は私を後宮に入れたいんじゃないかしらっ!?　自分自身、ちょっと他の女性とは毛色が違うって自覚はあるもの!!」

私と同じ髪の色の女性って見たことないのよね。

コレクターな感覚で、帝国に連れ去ろうとなさっているんじゃないかしら？　……絶対嫌だ。

「……確かにお前は他の女と毛色が違うな」

「そうよね！　気を付けるわ。後宮に入れられないようにっ」

「お前の毛色と俺の言うところの毛色は違う意味だと思うがな。まぁ、いいや。気を付けることには大賛成だ。コーラルと二人きりにはなるなよ？」

「うんっ！　任せておいて！」

学園祭はメアリアンと一緒にいる約束をしているし、騎士の方が三名も付いていて下さるんだもの！　そもそもコーラル様にはユリアちゃんがアプローチをするだろうから、私がコーラル様と二人きりになることは有り得ない。

「ソウは？　学園祭の時は、どうしてるの？」

「俺は来賓のもてなしだ」

「三日間ずっと？」

「悪ぃ。多分ずっとだ。ヨアニスも一緒にな」

そっかぁ。いや、分かっていますよ。ソウは王子様だもの。

夜会の時もダンス以外は忙しそうにしていた。

夜会は学園所属の生徒のみの参加だったけれど、学園祭はさらに多くの人が王子様と会えるのを楽しみにやってくる。

ソウをこういったイベントの時ほど、私が独占していることは出来ない。分かってるけど。

「一緒に見て回りたかったな」

思わず本音を漏らしてしまうと、再び抱き締められてしまう。

「お前はほんっっと可愛いなっ！　三日目の夜はまた夜会がある。その時は踊れると思うから、待っててくれ」

「うん」

ソウ、私は可愛くないわよ。

我慢しようと思ったのに、結局ソウに我儘《わがまま》を言ってしまったことを申し訳なく思う。

本当は三日目の夜も、ダンスを踊っている時間はないいんじゃないの？

ソウが無理をして時間を作らないよう、よっちゃんにお願いしておこう。

・ソウとヨアニス（ソウ視点）

「帝国に強制送還してやりてぇ……クソ野郎め」

執務室で仕事をしながら、怒りしか込み上げてこない帝国の第三皇子の顔を思い出してしまい拳《こぶし》を握り締める。

城下町でナターシャとお茶を飲んでいただけでも気に喰《く》わないというのに、奴《やつ》はナターシャに薔薇《ばら》を贈り、手に触れ、その手にキスまでしやがったのだ！

怒りのために積み重ねられた書類に次々と乱暴にサインをしてしまう。

ヤベェ。ナターシャに嫌われそうな行動を取っちまった。

丁寧に書き直そうと思ったら、書類を取り上げられてしまう。

「ソウンディク。気持ちは分かるけど我慢してね。学園祭が終わるまでの辛抱だよ」

「ヨアニスか。学園祭が終わったらあの野郎、大人《おとな》しく帰ると思うか？」

少し皺《しわ》も出来てしまっていた書類を伸ばしつつ、ヨアニスが目を細めて首を振る。

「あはは。帰らなそうだよね」

「笑い事じゃねぇぞ！　コーラル皇子はナターシャを本気で嫁にしたいと考えてると思うか？」

「ナーさんは結婚相手として最上級だからねぇ。身分、教育、容姿全《すべ》て問題なし。例えばの話、ソウンディクとナーさんが幼馴染《おさななじみ》じゃなかったとしても、私がソウンディクにお見合いさせるならナーさんを連れてくるよ。他国から王女を嫁入りさせるより、国内の安定を図るためにも、国民の信頼も厚い将軍の愛娘《まなむすめ》との婚姻は最良の選択だからね。コーラル皇子がナーさんに目を付けた理由もなんとなくは分かる。ハーヴィ将軍は帝国でも有名人のようだし……確か、ナーさんの母君は帝国の出身だったらしいからね」

「そうなのか⁉」

「ソウンディクも初耳か」

「ああ。俺《おれ》も母上の話をするのは辛《つら》い時があったし、ナターシャは赤ん坊の時から母親がいなかったから、わざわざその話をするのは気が引けてな」

ナターシャの母君は、帝国出身者だったのか。

別にそのことは俺の嫁になることには全く何の問題もない。

問題なのは……。

「まさか、ナターシャの母君と、コーラルは何か繋《つな》がりがあったってのか？」

「そこまでは分からないね。……調べてみるかい？」

「調べて欲しいけどよ、ヨアニス、お前まだ忙しいままなんだろ？」

「一つ調べるのも二つ調べるのも変わらないよ。ただ一つ気になることがあってね。あの女が、学園祭で何かを仕掛けてくるかもしれないんだ」

「何だと⁉」

「警備は万全。これ以上ない布陣だよ。ジャックにも知らせてある。ただソウンディク、念のため、学園祭中はナーさんが作ってくれるお弁当以外は食べないように」

「ナターシャは？　あの女が動くなら、ナターシャも危険なんじゃねぇの？」

「ナーさんが命を狙《ねら》われることはないと思う」

「何故《なぜ》言い切れる？」

「ソウンディク。もう一度言うけどね。ナーさんは、結婚相手として最良の存在なんだよ。本人にその自覚は皆無だけどね。ソウンディクが命を落とすようなことがあったら、我先にと、ナーさんにお見合いを申し込む貴族は後を絶たないだろう。ただし、それ以前にあの女が自分の息子と結婚させようと動くってことさ」

ナターシャが俺ではない男に組み敷かれている姿を想像してしまう。

「ナターシャは、俺のだ」

「はいはい。分かってるよ。だから騎士を三名、学園祭中は護衛に付けるんだろ？　メアリアン嬢も一緒だから大丈夫さ。変な男が近付いてきても、メアリアン嬢が追い払ってくれるよ。私があと気になるのはユリア・クライブだなぁ。もう少し早く排除するつもりだったのに」

「排除しねぇといけねぇのか？」

「ナーさんが一時とは言え離れる原因になった女だよ？　邪魔だと思わないのかい？」

「ナターシャが、仲良くしてるっぽいんだよ」

「ああ、そのようだねぇ。ほんっとナーさんらしいよね。初めはあんなに警戒してたのに、仲良くなるのが早いよね、全く。はぁ」

溜息《ためいき》を吐《つ》くヨアニスを見て、少しはユリア・クライブの排除を考え直していそうだと分かる。

まず間違いなく友人関係になっちまってるっぽいんだもんなぁ。ユリア・クライブがいなくなったら、ナターシャが悲しむ。

俺の嫁にユリア・クライブがなることを嫌がってたクセに、今ではナターシャの手作り菓子を二人で食うほど仲良くなっちまってるようだ。

ナターシャ本人は俺達に隠れて会っているつもりのようだが、そこはジャックがしっかり目を光らせている。

生徒会役員でもあるジャックは俺達の誰《だれ》より長く学園にいることになっていて、ジャックにナターシャがどこにいたのか報告する生徒も多い。

「どうしようかと悩みましたが俺、生徒会入りますー。殿下とヨアニス坊ちゃんは立場上なれないっすもんね？　お嬢を守れるカードは多い方がいいですもんねぇ」

と、言っていたのを思い出す。

へらへら緩い笑みを浮かべつつも、しっかりとナターシャを守るために出来ることをしているジャックには頭が下がる。

「ただ、ユリア・クライブがあの女と繋がりがあるのは間違いない。だからいざって時にユリア・クライブがナーさんよりあの女を優先するなら、私の考えは変わらないよ」

「一人で背負うなよ？　お前には俺とナターシャが爺さん婆さんになるまで面倒見てもらわねぇといけねぇんだからな」

「そこまで私に世話を焼かせるつもりなのかい？　勘弁してくれ。私だってメアリアン嬢と学園祭を楽しみたい気持ちくらいあるんだからさ」

「気持ちは分かる。俺だって、ナターシャと三日間祭りを楽しみたい。ああ、そうだヨアニス。三日目の夜会でのダンスは……」

「ナーさんと踊りたいんだろ？　多分大丈夫だと思うよ……他国からの姫君方が出席しなければいいけどね。セフォルズでは婚約者以外とのダンスはマナー違反のようなものだけど、他国では違うからねぇ。ソウンディクのお嫁さんになりたい姫は多いよ？　大変だね。頑張って」

「お前だって他人事《ひとごと》じゃねぇだろ」

「まぁ、ね」

美貌《びぼう》の天才として世に知られるヨアニスの嫁になりたい女だって数知れずだ。

だが俺もヨアニスも、不特定多数の女と関係を持つどころか、知り合いになることすら面倒だと思っている。

俺はナターシャがいてくれるからいいが、ヨアニスの婚約者探しをあの宰相ですら慎重に検討せざるを得ないほど縁談が持ち込まれているのは有名な話だ。

クライブ夫人も聡明《そうめい》な女性であることから、宰相とクライブ夫人の審査を通過した令嬢はかなり良い縁談相手なのだろうが。

ヨアニスは、メアリアン嬢に恋をしている。

「爺さん婆さんになっても面倒見てくれってのは冗談だからな？　お前はお前の幸せを掴《つか》んで欲しいって、俺は思ってるし、ナターシャもぜってぇ思ってる」

「分かってるよ。ただそう思ってくれてるなら今のうちから、面倒ごとは少しでも起こさないように心掛けて欲しいね。特にナーさんに言い聞かせておいておくれよソウンディク。城下町に一人で買い物に行って帝国の皇子にバッタリ遭遇するような行動は二度とさせないように、ね？」

「……」

ヨアニスは笑顔だが、目は笑っていない。

メアリアン嬢と全く進展ないもんな。

少しでもヨアニスの負担を減らせるように努力しよう。

・学園祭一日目から大忙しです

「元気がないわねナターシャ。ソウンディク王子殿下と共にいられないから寂しい気持ちは分かるわ。けれど、私達貴族の令嬢には優雅で穏やかな笑みを浮かべていなければならない義務もあるのよ？　とても煩《わずら》わしいですけどね」

「綺麗《きれい》な笑顔で煩わしいと言い切る貴女《あなた》は素敵過ぎよメアリアン」

学園祭が始まった。

想像以上の人の数に圧倒されながらも、私はメアリアンと並び、前と後ろには騎士の方が付いて下さっているので、人が溢《あふ》れる道も難なく歩くことが出来ている。

ありがとうございます騎士の皆さん！　宜《よろ》しければ後で甘い物でも差し入れさせて頂きます！

ソウ本人から言われていた通り、ソウは一緒にいない。確かにこのことも元気が出ない理由の一つではある。

でも学園に来て一番にしょんぼりすることになった理由は……ユリアちゃんからのお手紙だった。

私の机に入れられていた手紙には、

『ごめんなさいナターシャさん！　ライ君からのアタックを無視するの無理なんで、私、学園祭バックれます！　素敵な学園祭をお過ごしください！　私は三日間旅に出て参ります！』

ハートが大量に印刷された便箋《びんせん》に書かれている内容に頭が痛くなった！

コーラル様とはどうすんのユリアちゃん！！？

物語を知る先生として学園祭で何が起こるのかも教えて欲しかったよぉっ!!

あとねぇ、ユリアちゃん！　ライクレン君は恐ろしい子だよ！

だってさっき会ったら。

「ユリア先輩、体調を崩されて、療養のために学園祭はお休みになるんだそうです。僕の演奏を聞いてもらえなくて残念で、悲しいです。けれど聞いて下さいナターシャ様！　ヨアニス様からお聞きしたのですが、ユリア先輩はクライブ家が所有する湖沿いの別荘に滞在なさってるんだそうです！　音楽とは、時に人の心も、そして身体《からだ》も癒《いや》します。本当は僕、最終日の夜会のダンスの時も演奏予定だったんですが、ヨアニス様から演奏は学園祭一日目だけで良いとの許可を頂けたんです！　別荘まではヨアニス様が馬車も手配して下さってるんです。早くユリア先輩に会いに行きたいです。僕だけの音を、ユリア先輩だけに聞いて頂きたい。ユリア先輩、喜んでくれるかな」

お見舞いイベントが発生したよユリアちゃん。

そしてよっちゃん、絶対わざとユリアちゃんがどこにいるのかライクレン君に言ったでしょ？

クライブ家所有の別荘だもんね。全《すべ》てを把握した上で、ライクレン君に馬車まで用意してあげてるんだよね？

「ねぇナターシャ、聞きたいのだけれど、護衛の騎士様方を選んだのは貴女？」

「え？　ううん。確かよっちゃんが選んでくれたのよ」

大変優秀で見た目も良い騎士を用意してくれたらしく、安心安全に学園祭を見て回れている。

しかし、メアリアンは騎士の皆さんを見回して、扇子《せんす》で口元を隠し、顔を顰《しか》める。笑顔が大切って言ったのメアリアンなのに。

「ヨアニス様は、私のことがお嫌いなのかしら？　それとも憎いのかしら？」

「えっ!?　そんなわけないわよ！」

寧《むし》ろ好かれてるんだよメアリアン！　よっちゃんに好意抱かれるって相当凄《すご》いことだと思う！

「そうかしら？　だとしたら何故《なぜ》、一人も素敵な体格の方がいないの!?　皆様細身の方ばかり！　鎧《よろい》の良さを少しも出せていらっしゃらないわっ！　鎧が軋《きし》むほどに溢れる胸板、そして窮屈《きゅうくつ》そうな二の腕を見せて頂きたい！　あぁっ、ハーヴィ将軍にお会いしたい！　騎士なのですからどうしてもっと鍛えてらっしゃらないのかしら!?　嘆かわしいですわ！」

大変小さな声ですけれど、隣を歩く私には丸聞こえですよメアリアン。

よっちゃん、絶対にメアリアンの好きな男性のタイプを知った上で今日の騎士さん達を選んだね？　複雑な男心は私には理解出来るけれど、メアリアンに誤解されちゃってるよ、よっちゃん。

「護衛に騎士様が三名付いて下さると聞いて、私、学園祭以上に楽しみにしていましたのに」

「ごめんねメアリアン。明日は別の騎士の方に交代してもらう？」

「ナターシャが謝る必要はないですわ。騎士様方の交代も必要ありません。私とそして貴女が交代して欲しいと殿下やヨアニス様に申し出てご覧なさいな。騎士様方が私達に何か仕出かしたのではないかと疑われ、彼等は騎士ではいられなくなりかねませんわよ？」

「そ、そっか。それは申し訳なさ過ぎるわね」

「ええ。もしかしたら将来は三名とも素敵な筋肉に包まれて下さるかもしれませんもの。護衛の腕前は素晴らしいですし、後は数年後の身体に期待させて頂きましょうね？」

……メアリアンさん？　輝かんばかりの笑顔でとんでもないこと言ってるからね!?

「それにしてもお誘いが絶えることがありませんわね。ソウンディク殿下やヨアニス様ほどではないにしても、ナターシャったら、すっかり人気者《にんきもの》ね」

「ご迷惑お掛けしますメアリアン」

これはかりはよっちゃんの予測が当たってしまった。

私が楽観視し過ぎていたようで、少し歩くだけで多くの人から声を掛けられているのだ。

宝飾品を取り扱う商人の方が一番多く声を掛けてきていると思う。

次点で食品関係の方。私がお弁当を作ることを知っている方も多く、細工が美しいお弁当箱を薦《すす》められた時はかなり心が揺らいだ。

でもね？　宝石や鮮やかな細工が施されているお弁当箱って、洗いにくい。

頻繁に使用するお弁当箱なので、華美な装飾は必要ない。

洗い易《やす》さや、おかずの詰め易さ、衛生面の強さなどが重要なのだ。

けれど全てをお断りするのは申し訳なくて、ソウとお揃《そろ》いの箸《はし》を購入することになってしまった。

とんでもなく高価ではないけれど、私が思う一般的な箸よりは数倍の値段がした。

買わない方が良かったかもしれない……デザインは気に入っているが、ソウは見ていないので、気に入るか分からない。

相談してから買うようによっちゃんに助言されていたにもかかわらず、お金の無駄遣いをしてしまったことに凹《へこ》む。

二膳の箸が入った小箱を胸に抱き締めて落ち込む私を見かねて途中からメアリアンがやんわりと商人からのセールスを断ってくれているのだ。

だが商人さん達よりも、もっと厄介なのが男性からのお誘いだ。

「ナターシャ様、メアリアン様、学園祭をご一緒に見て回りませんか？」

「お美しいお二人のエスコートをさせて下さい」

「最終日の夜会のダンスのお相手は決まっていらっしゃいますか？」

私にはソウがいるので他《ほか》の男性には興味ありません！

きっぱり言ってやりたいが、マナーとしてはニコッと笑顔でやんわりとお断りが正しい。ハッキリ断った方がお互いのためになると思うのに……。

「男性のお誘いが多いのは、私が共にいることもありますわ。ナターシャにはソウンディク様がいらっしゃいますけれど、私には決まったお相手がおりませんもの。けれど、学園に所属している生徒はナターシャとソウンディク様の関係を分かっているから声を掛けるのを控えているのに……気付いていてナターシャ？　私達に声を掛けてくるのは他国の方が多くてよ」

「そう言えばそうね」

「鬱陶《うっとう》しいこと。どいつもこいつもひょろ過ぎて話になりませんわ。どうしたら蹴散《けち》らすことが出来るのかしら」

隣を歩く美しい友人の本音が漏れ出し過ぎていて恐い！

どうしてそんな恐ろしいこと言いながら顔は優しい笑みを浮かべていられるの⁉

私はソウのお嫁さんになるのだから、メアリアンのように顔は笑顔で心で鬼になる術《すべ》を身につけなければならないのだろうか。

「お美しい方のご友人もまたお美しいですね。けれど、私にはナターシャさんが誰《だれ》よりも美しく輝いて見えます。本日のご機嫌はいかがですか？　察するにお疲れのご様子。宜しければ私にエスコートをさせて頂けませんか？」

「っ！！？　コーラル様……」

今日の薔薇《ばら》は桃色ですか！

差し出された薔薇を無碍《むげ》にすることは出来ずまたも受け取ってしまう。

笑顔のコーラル様にどう言ってお断りしようか悩む。

「ナターシャ」

「な、なに？　メアリアン？　……あっ」

そ、そうか。察しの良いメアリアンだもの。

コーラル様が放つ帝国の第三皇子殿下の雰囲気を感じ取り、緊張しているのね。

ここは一応、王族慣れしている私が責任を持ってコーラル様にお引き取り願おうと思ったのに……。

ガシッと肩を掴《つか》まれ真顔で詰め寄られる。

「紹介して」

「……え？」

予想外のメアリアンの反応に戸惑う。

コーラル様みたいな人は貴女の好みの範疇《はんちゅう》外よね？

「あちらの素敵な剣士の方！　私に紹介して下さいな！」

……あ、そっちか。まぁメアリアンならそうですよね。

メアリアンはコーラル様の後ろに控えているサイダーハウドさんへと視線を送っていた。

普通のご令嬢はコーラル様の方を紹介してって言うんじゃないんですかねメアリアンさん、ブレがなくて何よりです。

「こちらの方はコーラル様で……えっと」

帝国の皇子殿下と紹介していいものか言い淀《よど》むと、コーラル様が私に代わってメアリアンに自己紹介をしてくれる。

「貴族ではあるとご認識下されば十分ですよメアリアン嬢。貴女の興味は私よりも私の護衛のようです。宜しければ私から彼の紹介を。彼の名はサイダーハウド。世界一の剣士なのですよ」

「おいコーラル。俺《おれ》はまだ世界一を名乗れるほどではっ……」

「まぁっ！　素敵！　素晴らしいですわね！　サイダーハウド様はどのような女性がお好みでいらっしゃるのかしら？　私のことは？　どう見えていらっしゃいます？」

「た、大変お美しいと思います……あ、あのですが、あまりくっつかれるとその……」

「お困りになられてしまいますの？　可愛《かわい》らしい。逞《たくま》しい体躯《たいく》をお持ちなのに、お心はとても愛らしいのね」

メアリアンはサイダーハウドさんの腕に手を絡め、身を寄せている。グイグイ行くなぁ、メアリアン。お好みの逞しい二の腕ですもんね……。

メアリアンとは長い付き合いなので、間違いなくサイダーハウドさんの腕を撫《な》でたいのを一応は我慢しているのが分かる。

「お美しく大変ユニークなご友人をお持ちですねナターシャさん」

「ええ、まぁ」

……困ったわ。メアリアンがある意味コーラル様に奪われてしまった。

コーラル様の計算なのかは分からないが、サイダーハウドさんがいることで、メアリアンが私の傍《そば》にいてくれない。

付いてきてくれている騎士の方々は恐らくコーラル様が何者であるかを知っているようで、大変戸惑っているのが伝わってくる。

「安心していいですよナターシャさん。こう見えて、私も武芸を嗜《たしな》みます。サイダーハウドと共に鍛錬することもあるので、腕は確かですよ？　貴女は私がお守りします」

コーラル様から私を守って下さる人が欲しいんですが。

抱き締めるように持っていたソウとお揃いの箸の入った小箱はコーラル様が受け取ると騎士の方へと手渡してしまった。

空いた私の手はコーラル様の指が絡められ、解くことが出来ないうえに、もう片方の手にはまたも薔薇を持たされてしまっているので離れられない。

……もしかしてコーラル様は、相手の片手を塞《ふさ》ぐために薔薇をお持ちになっているのだろうか？

「コーラル様、手を放して頂きたいんですが」

恋人繋《つな》ぎで手を繋いでしまっている状況が辛《つら》い。

「遠慮なさらず、ナターシャさんもメアリアン嬢のように私に凭《もた》れ掛かって下さっていいんですよ？」

「サイダーハウドさんがとっても困っているじゃないですか。やりませんよ」

私とコーラル様の前を歩くのはサイダーハウドさんとメアリアンなのだけれど……。

メアリアンってば、初めは手を絡めていただけだったのに、サイダーハウドさんの腕に自分の腕を絡めて抱きついているような状態で歩いている。

女性慣れしていないのか、サイダーハウドさんは耳まで真っ赤になってしまっていた。

サイダーハウドさんには申し訳ないけれど、メアリアンは見たことないほど嬉《うれ》しそうだから、いいのかな。

あぁでも、よっちゃんの顔を思い浮かべてしまうと今のこの状況を何とかしてあげた方がいい気もするっ！

「どうしよう……」

「困っているナターシャさんは可愛いですねぇ」

「私が困っているって分かるのでしたら助けて頂けませんかっ⁉」

「ご友人はとても幸せそうではありませんか」

「彼女のことを好きな友人がいるんですよ……」

「そのご友人のために、サイダーハウドからメアリアン嬢を離してあげたいんですか？　ナターシャさんはお優しい。しかし、客観的に判断させて頂くと前を歩く二人の邪魔をする理由がありません。サイダーハウドには妻も恋人もおりません。あのご様子ではメアリアン嬢にもいらっしゃらないでしょう？　二人が恋人関係になることは、何の問題もないと思います」

「それはそうかもしれませんが……」

いつも何だかんだで困った時に助けてくれるよっちゃんの力になりたい。

「彼に、気持ちをメアリアンに伝えて欲しいんです」

よっちゃんの気持ちを知ったうえで、メアリアンがサイダーハウドさんを選ぶなら仕方ないと思うけど……。

「恋愛は恋敵《こいがたき》がいるのなら隙《すき》を見せた方が負けだと私は考えます」

「隙ですか」

今のこの状況が、よっちゃんが隙を作ってしまっているということなのだろうか……。

「ですから、ソウンディク殿下も大変な隙を作って下さっているので、こうして私はナターシャさんと二人きりになれているわけです」

「いやいや何を仰《おっしゃ》ってるんです。メアリアンもサイダーハウドさんも騎士の方々もいるじゃないですか……っ⁉」

前を歩いていたメアリアン達も後ろを歩いてくれていた騎士さん達もいない!?

あんなに多くの人や店が並ぶ場所にいたはずなのに、気付けば誰もいない校舎の裏側にやってきてしまっていた。

「ご友人ばかり心配していると、自分が危ない目に遭ってしまうのですよ？」

「わ、私を襲おうとなさってるんですかっ!?」

「さぁ？　どうでしょうかねぇ？」

くすくす楽しそうに笑うコーラル様とは反対に、私は焦りが増していく。

お、大きな声を出せば誰か駆けつけてくれるかしら？

「っ!?」

口を開けようとすると、コーラル様に人差し指を唇に当てられ「しーっ！」と静かにするよう指示を出されてしまう。

指示に従う必要なんてないのだけれど、ちらりとコーラル様の腰に下げられている短剣に目をやる。

私がコーラル様に殺害される可能性って、あるのだろうか？

ユリアちゃんに教えを請いたい！

何にせよ、私をどうにかしようと思えばコーラル様はどうにでも出来るのだ。

ならば、どういうおつもりなのか、聞いてみよう。

「……どうして、私と二人きりになられたんですか？」

「どうしてだと思います？」

質問返しは好きじゃないのに！

コーラル様は校舎の壁に背を預け、いつの間に購入したのか、氷の入ったジュースを差し出してくれる。

　変なものが入ってたら一巻の終わりだが、カラカラと涼しげな音を立てる氷と甘い果物《くだもの》の匂《にお》いに誘われて、受け取った。

「ありがとうございます」

「どういたしまして」

　コーラル様と並んで私も背中を壁に預ける。

　ジュースを受け取ったお陰で、自然とコーラル様の手を放すことが出来たのは良かった……。

　桃色の薔薇を持ちながらジュースを飲もうとしたら、コーラル様が薔薇に手を伸ばすと、長い茎の部分をポキッと軽く折って短くし、薔薇の花の部分を髪飾りのように私の耳元につけられる。

「大変良くお似合いです」

「ど、どうも」

　いちいちやることがカッコいいのは認めざるを得ない。

「コーラル様は、私をご自身の後宮に入れようとなさってるんですか？」

　だからこんなに優しくされるんだろうか？

　日本人の常識を思い出した私としては、一夫多妻制は辛い。

　一体何番目の妃《きさき》として迎えようと考えているのか分からないが、何番目でも私の場合はコーラル様より他のお妃様方が気になってしまうだろう。

　テレビで見た大奥のような雰囲気を想像してしまうと、恐怖心もある。

　恐る恐る質問したのだが、コーラル様は意外なことに少し驚いた顔をした。

「そういったご質問をなさるということは、私のことを異性として意識して下さっているということでしょうか？　ふふふ。恋愛ごとに疎《うと》そうなナターシャさんに意識して頂けているとは思わず、驚いてしまいました」

また笑われてしまった。

恥ずかしさを誤魔化すために、ジュースを口に含む。

冷たい林檎《りんご》ジュースの甘さに癒される。

「ナターシャさん。私は貴女に私の妃になって頂きたいと思っています」

「やっぱり、私の髪の色が変わった色だからですか？」

「空色の髪は大変お美しいと思いますが、それだけが理由ではありません。そして誤解は早い内に解きましょう。確かに帝国には後宮が存在しますが、後宮を持てるのは皇太子のみ。私は第三皇子ですので、私の後宮は存在しません。それに、たとえ私が後宮を持てる立場になれたとしても、私は妻は一人だけと決めています。そのたった一人に、ナターシャさんになって頂きたいのです」

「私はソウンディク王子殿下の婚約者です」

「ええ、そうですね。今はまだソウンディク王子殿下の婚約者でいらっしゃいますが、貴女が私の妻になる可能性はゼロではない」

いやいや可能性はゼロですよ。

ソウに想いを伝えてもらえるまで、私はコーラル様が言う通りで、恋愛ごとに疎かった。

今だって、ソウが真っ直《す》ぐに正直に気持ちを伝えてくれているから、ソウを見るとドキドキして、一緒にいると安心しつつももっとドキドキして、キスしたいなとか、して欲しいなと思えるのだ。

「コーラル様に初めてお会いした時にお伝えしたはずです。私は、ソウンディク王子殿下だけが特別なのです」

「ええ、きっとそうなのでしょう。しかし、ナターシャさん。ソウンディク王子殿下も貴女という大切な存在を私と二人きりにさせてしまっている隙を作ってしまっています。貴女もまた、隙が大変多い。私がお渡しした飲み物に、媚薬《びやく》でも入っていたらどうするおつもりですか？」

何かのお薬が入っているかもとは私も疑いましたがね！

「……皇子殿下から差し出された物をお断り出来ませんよ。薔薇も含めて。薔薇を贈るのも、本当はやめて頂きたいです」

「貴女に愛《いと》しい想いを伝えるための手段の一つなので、申し訳ないのですが、やめられそうもありませんね」

というかやめるつもりがないんですねっ⁉

しょうがない人だなと思いながらも、半分以上飲んでしまっている林檎ジュースのコップを見つめる。

身体に異常はない。即効性の薬かは分からないけど、変な味もしなかった。薬なんて入っていないのだと思う。

「私なんかより、コーラル様を好いている女の子がいるんですよ」

きっとユリアちゃんなら、コーラル様の好意を素直に受け止められるんだろうな。

「可愛くて、元気いっぱいで、頭も良くて運動神経も抜群の子なんです。どうですか？」

「ナターシャさんのご友人の女性を私に紹介しようとしているのでしょうが、紹介はご遠慮致します。大変申し訳ありませんが、直接お会いしたことがないので性格は存じ上げませんがユリア・クライブ嬢の容姿は私の好みの女性ではないのです」

「ユリアちゃんのこと知っているんですかっ⁉」

「ええ。ナターシャさんの交友関係を調べさせた時にね。ここ最近だけ言えば、メアリアン嬢に次いでご令嬢の中では親しくなされていらっしゃいますよね？　ナターシャさんの仰る通り、可愛らしく、元気もあり、成績も大変優秀のようですが、私の好みではありません」

てぇへんだ……コーラル様ってば、とんでもねぇ情報網をお持ちだ！

それにしてもユリアちゃん⁉　主役の王子様と大好きな皇子様両方に好みじゃないって言われてるよ⁉　大丈夫なのっ⁉

頭はいいけどどこかうっかりなユリアちゃんのことだから、転移する時に何か仕出かしたんじゃないかと疑っちゃうよ！

「ナターシャさんのように、美しく、性格が可愛らしい方が好ましい。二人きりですからね、ハッキリ申し上げれば、身体のバランスがユリア・クライブ嬢は少々子供っぽ過ぎます。それに比べて、貴女は本当に素晴らしい。身体を密着してダンスを踊れるソウンディク王子殿下が大変羨《うらや》ましいですね」

分かり易く胸に視線が注がれているのが分かる。

コーラル様も巨乳好きなのか。ソウといい、偉い人ってのはそういうもんなの？　アークはそうじゃないことを願いたい。

ん？　ちょっと待って？

「どうしてソウと密着してダンスを踊ったことご存知なんですかっ⁉」

驚き過ぎて思わずソウと口にしてしまったけれど、コーラル様に気にした様子はない。

「妻にと望む女性について調べるのは、私のような立場では当然です。セフォルズ王国に連れてきている部下はサイダーハウドだけではないのでね。この学園内にも何名かおりますよ？　私と貴女が二人きりになれたのも、彼等の尽力のお陰です」

　これは絶対よっちゃんやジャックとの関係も把握されてるな。

「ソウンディク殿下との仲睦《むつ》まじいご様子も耳にしております。貴女と彼の間に割って入るのは大変困難でしょう。しかし、ここでも隙は存在しているようですね？」

「え？」

「ナターシャさん。ソウンディク王子の前から走り去ったのは、何故ですか？」

「っ⁉」

　ユリアちゃんと出会った日からそれなりに時間が経《た》っている。

だと言うのに、そんな前のことまで調べているの？

「答えることは出来ませんか？　ならば、ソウンディク王子殿下に、理由は話せましたか？」

「り、理由は……」

　明確な理由は話せていない。

　ユリアちゃんのことを気にして私が走り去ったと、ソウもよっちゃんもジャックも、メアリアンも思っているだろう。

　けれど、それだけが理由じゃない。

　悪役令嬢だと、自分がそう呼ばれる存在に転生していることが恐ろしく、逃げ出したのだ。

「貴女を不安にさせた原因は、消えましたか？　私は貴女の不安の理由が知りたい」

「ど、どうしてですか？」

「それを知ることが出来れば、貴女をソウンディク王子殿下から奪い取れるのではないかと考えているからですよ。ソウンディク王子殿下との関係は良好のご様子。もしやセフォルズ王国にいることが、貴女の不安要素の一つでしょうか？」

ドクドクと、心臓が嫌な音を立てる。

初めて自分が悪役令嬢に転生していると分かった時と同じだ。

コーラル様の言葉の一つひとつが私にとって図星過ぎた。

ヒロインであるユリアちゃんが誰かと結ばれ幸せになったら、悪役令嬢も王子様と結ばれてもいいんじゃないかと考えていたけれど……本当に？

誰に聞いても、ユリアちゃんに聞いても答えは出ないだろう……。

帝国に行くことは、悪役令嬢としては有り得ないことだ。

その有り得ないことをすれば、私は悪役令嬢としての自分から解放されるのだろうか？

その方がソウも、幸せになれるんだろうか？

空っぽになったジュースのコップを握り締め、俯《うつむ》く私の隣で。

コーラル様は笑みを深めていた……。

・コーラルとサイダーハウド（コーラル視点）

物陰で蹲《うずくま》っている彼女に声を掛けたのは偶然だった。

女性には優しくと、誰《だれ》に言われるでもなく信条にしてきたので、体調を崩した女性に手を貸すことだけを考えていたのだが……。

振り向いた彼女の美しさに目を奪われた。

今まで美女と評される女性と多く接してきたというのに、胸が高鳴った。

見た目だけが美しい女性など大勢いる。

こちらの身分を明かしていないにもかかわらず、私やサイダーハウドを見て媚《こび》を売ってくる女性もいれば、身につけている物からそれなりに身分が高いと判断して私達に金品の支払いを求めてくる女性も悲しいことだが多かった。

だが、どちらも彼女はしなかった。

喫茶店に誘っても、その誘いすら困られて、向かい合わせに座ってもこちらが注文しなければお茶すら頼まずひたすら帰りたい気持ちを前面に出してきて……困らせていると分かっていても、その様が可愛《かわい》らしくて迎えが来るまではと、ついこの場に留めてしまった。

少しずつだが話をしていけば、なんと帝国でも名を知らない者はいないと言える英雄ガイディンリュー・ハーヴィの娘と知った。

その時のサイダーハウドの興奮ぶりは、見た目には分かり辛《づら》いが、長い付き合いの私には察することは簡単だった。

憧《あこが》れの英雄の娘。なんとしても守らなければと一瞬で気合いを入れ直していた。

既に決まった相手がいることを知った時、サイダーハウドはショックを受けた様子だった。

サイダーハウドの場合は恋心ではなく、忠誠心のようなものが数分で彼女に芽生えたのが理由だろう。

婚約の無理強いはなかったのかを彼女に聞いた時には、無口で他人に干渉しない男とは思えず笑いそうになってしまった。

だが、サイダーハウドですら心配させる輝きを彼女は持っている。

夜空に煌《こう》く星のように、人の心を惹《ひ》き付ける何かを彼女は持っているように思えた。

美しい夜空を見上げながら、ワインを一献《いっこん》傾ける。

「コーラル。ナターシャ・ハーヴィ嬢を困らせるのはやめてくれないか」

いつかナターシャさんとも酒を飲む日が来たらいい……。

アルコールによって仄《ほの》かに染まる頬《ほお》や手に触れるのをゆっくりと目を閉じて想像していたというのに……。

「せっかく良い気分で酒を飲んでいたのに不躾《ぶしつけ》ですねぇ、サイダーハウド」

「俺《おれ》に配慮が足りないことは自覚はしている」

「そんな無骨な男のことを大変美しいご令嬢はお気に召したようじゃないですか。今宵《こよい》は帰ってこなくても良かったのですよ？」

「なっ!?　ば、馬鹿《ばか》を言え!!　あのお方は侯爵家のご令嬢だと言うじゃないかっ！　俺は爵位はないんだぞっ!?　それをあのお方にもお伝えしたというのに一向に離れて下さらなかった」

「美しいご容姿をお持ちだというのに、身分を気にせずお前自身を見て好意を抱いて下さった証拠《しょうこ》ではないですか。セフォルズ王国にいる間に恋人が出来そうで良かったですね」

「そんなことにはならん。あのお方はナターシャ・ハーヴィ嬢の姿が見えなくなった途端、俺から離れ、俺を睨《にら》み付けてきたのだ。そして仰《おっしゃ》った、『貴方《あなた》のお連れ様の策略ですか？』とな」

……切り替えが早いな。さすがはナターシャさんのご友人。見た目だけでなく中身も優秀か。

「俺は素直に頷《うなず》いた。居場所は分からないが、コーラルはナターシャ・ハーヴィ嬢を傷付けることはしないと言ったが、信用出来ないと言われ騎士を伴ってどこかへ行ってしまったのだ。間違いなくソウンディク王子殿下に報告に向かわれたのだろう。お前が何者かをソウンディク王子殿下はご存知だ。お前の態度次第では国家間の問題になり兼ねんぞ。何を考えているんだコーラル」

「私はナターシャさんが欲しいのですよ」

「……本気なのか？」

「もちろん本気です。冗談で手を出すには私でも難しい相手ですからね。まだ彼女はソウンディク王子のものではない。間に合う時に出会えたことを幸運に思いますよ」

「ナターシャ嬢からすれば幸運かは分からんぞ」

「憧れの英雄の娘が困らせられるのがそんなに嫌ですか？　婚約者の王子と相思相愛《そうしそうあい》のようですが、突ける隙《すき》を見つけられたのでね」

「隙？　なんだそれは？」

「それはお前にも言えませんね」

シャルロッティ学園祭の一日目。

日論見通りナターシャさんと共に回ることが出来た。

ナターシャさんに戸惑われながらも、繋《つな》いだ手の柔らかさと触り心地の良い肌の滑らかさに引き寄せて抱き締めたくなった。

そういった行動を取ってもナターシャさんに受け入れられ、堂々と触れることが出来るソウンディク王子が本気で羨《うらや》ましい。

「ナターシャさんを手に入れる過程で、困らせ、悲しませてしまうこともあるかもしれませんがね。私の手を取って下さったら、二度と困らせることも悲しませることもしないと誓《あきら》いますよ」

「ソウンディク王子との結婚まで手を取られなかったらどうするんだ？　素直に諦《あきら》められるのか？」

「……さぁ？　その時はまた考えますよ。まだナターシャさんがソウンディク王子の妻になるまで時間はたっぷりありますからね。まぁ、結婚などさせるつもりはありませんが」

手を取られない時は、攫《さら》っていってしまおうか……。

そうならないよう、差し出した手を、ナターシャさんに取って欲しい。

ソウンディク王子自身に問題はないようだが、セフォルズ王国にいることにナターシャさんが不安を抱くのであれば帝国に連れ去ってしまおう。

「皇帝になる道も、考えておく必要が出てきましたかねぇ」

兄二人のどちらかに皇帝になってもらおうかと思っていたが、皇帝の座に就いた方が、今以上に力を使えて、ナターシャさんを手に入れる術《すべ》が増える。

私の皇妃となったナターシャさんを想像して笑みを浮かべ、また一口ワインを口に含む。

「サイダーハウド、睨まれてしまったのであれば、メアリアン嬢と学園祭を見て回る約束は出来なかったのですか？」

「出来ないに決まっているだろう。お前とて、ナターシャ嬢と約束など出来ていないのだろう？」

「ふふ。いいえ？　私はナターシャさんと二日目も過ごす約束が出来ましたよ？」

「なっ⁉　本当か⁉　一体どうやって……脅したのか？」

「脅してなんていませんよ。優しい彼女には脅すよりも、もっと有効な手段がある。お前には教えませんがね」

グラスに入ったワインを飲み干し、再び真紅《しんく》の液体をグラスに注いでいく。

「明日は初めからお前も私の傍《そば》にはいないようにして下さい。私はナターシャさんと二人だけで学園祭を楽しもうと思います」

「……影は連れていくのだろうな？」

「さすがにそれはね。大丈夫ですよ。ナターシャさんは私が守りますから」

「俺はお前の護衛だ。だが、ナターシャ嬢に怪我《けが》をさせたら絶対に許さん」

バタンッ！　と音を立てて部屋から出ていくサイダーハウドに苦笑する。

影と呼ばれる皇子を守る護衛の気配は常に数人付いているのだ。

プライバシーは皆無だが、お陰で命の心配は余程でない限り必要ない。

「私の部屋に来て下されば、本当の意味で二人きりになれるのですがね」

寝台までは影も見張らない。

だからこそ、皇子の妃《きさき》と定められる女性は唯一、皇子を殺せる暗殺者になり得る。

妃は慎重に選定されるが、ナターシャさんならば彼女にとっては皮肉な話かもしれないが、全く問題なく受け入れられるだろう。

満足するまで酒を嗜《たしな》み、寝台に横になり、目を閉じる。

リターシャさんが隣に並んで横になってくれる日を夢見ることを願おう。

・ソウとヨアニスとメアリアン（ソウ視点）

「大変申し訳御座いませんでした」

「メアリアン嬢。貴女《あなた》に非はない。頭を上げてくれ」

王城内の執務室にて、メアリアン嬢から深く頭を下げられ謝罪を受ける。

「ですが、ナターシャ嬢から私が目を離してしまったのは事実です」

「貴女にナターシャの護衛を頼んではいない。護衛を命じたのは騎士達だ。騎士三名からも既に謝罪と報告は受けている。彼等には多少罰則は科すが、減給程度だ。騎士からの報告で貴女は十分、ナターシャの力になってくれていたことも聞いている」

「……ナターシャは？　見つかったのですか？」

「ジャックがすぐに見つけたよ。適当なことを言ってコーラル殿からナターシャを引き離してくれた。既にハーヴィ家の屋敷にナターシャは戻っている。安心していい」

「良かった！」

胸を撫《な》で下ろすメアリアン嬢は、チラリと先ほどから一言も発さず窓の外を見つめているヨアニスを見て眉《まゆ》を寄せる。

怒っていると思われちまってるぞヨアニス。

長年の付き合いで、あれは深く考え込んでいる時の顔だと俺には分かるが、普段あまり接さないメアリアン嬢には『掛ける言葉などない』と思われていると誤解されてしまうだろう。

友が好意を寄せている令嬢に誤解をされてしまうのは見過ごせず、コホッと我ながらわざとらしいが咳《せき》払いをし、ヨアニスに声を掛ける。

「ヨアニス。お前からは何かあるか？」

「いいえ。何も」

そういう言葉を求めてるんじゃねぇ。

メアリアン嬢に気にするなと言ってやれと念を送るがまたもヨアニスは黙り込んでしまう。

「……ヨアニス様は、私と顔を合わせるのもお嫌なほど許せないということですね」

「いやっ、メアリアン嬢それは違うぞ。な？　そうだろヨアニス」

「ええ」

だぁかぁらぁよぉおっ!?　お前マジでメアリアン嬢のこと好きなのかっ!?

そう問い詰めてやりたくて堪《たま》らない。

ナターシャがこの場にいたら「よっちゃんたら信じられない！」と激怒していただろう。

「……失礼致します」

肩を落とし、もう一度深く頭を下げたメアリアン嬢は執務室から退室していってしまう。

扉が閉まったのを確認し、椅子《いす》から立ち上がり、ヨアニスの肩を掴《つか》む。

「おいこらっ！　何だ今の態度はよぉっ!?　優しい言葉を掛けてやれ！　そんで追い掛けろ！　メアリアン嬢が好きなんだろ!?　まさかお前緊張してたとかかっ!?」

「私が緊張？　そんなものするわけないだろ」

「だったら！」

「悪いけどねソウンディク。自分の色恋沙汰《ざた》について考えている余裕なんて私にはないよ。ソウンディクこそ冷静なのは結構だけれど、もっと焦ったらどうだい？　ナーさんが、攫《さら》われかねなかったんだよ？」

「っ、それは……」

「警備は万全だと、昨日私はソウンディクに報告してしまった。私は確かに万全だと判断して、王子である君に報告したんだ。ところがどうだい？　いざ学園祭が始まったら騎士を護衛に付けていたにもかかわらず王子の婚約者という大切な存在を見失ってしまったんだ。コーラル皇子がナーさんに好意を寄せていることはソウンディクも確認しているし、騎士達も言っていた。ナーさんをコーラル皇子がそのまま攫って帝国に戻ってしまう可能性は極めて高かったんだ。ジャックが早急に見つけてくれたから攫われなかったのかもしれない。何にせよ、誰《だれ》よりも君に罰されるべきは私だよ」

「護衛は騎士の役割だろ」

「三名という数字を出したのは私だ。メアリアン嬢は先ほど彼女のことを許せないと私が思っていると言っていたね。それは違う。私が誰より許せないのは自分自身だよ」

「……それはメアリアン嬢に言ってやれよ」

溜息《ためいき》を吐《つ》き、再び椅子に腰掛け、騎士達が報告の時に届けてくれたナターシャが購入した箸《はし》の小箱の蓋《ふた》を開ける。

お揃《そろ》いの二膳の箸は貴重な木材から作られていて、持ち手部分に細工も施されていた。

ナターシャらしくない高価な買い物だ。

商人に詰め寄られ、困った挙句購入してしまったであろうことが容易に想像出来る。

「ずーっと困ってたってさ」

「ん？」

ヨアニスが俺の方へと視線を向けてきたので、俺は自慢するように箸を見せてやりながら騎士達から聞いた話を思い出す。

「ナターシャが。コーラルに言い寄られてずっと困り顔だったって、騎士達が言っていた。一度も笑顔を見ることはありませんでしたって……コーラルはぜってぇ許さねぇが、ナターシャの反応はヤベェほど嬉《うれ》しいとも思っちまった」

「……ソウンディクはほんっとナーさんが関わるとダメだよね」

「しょうがねぇだろ。早くナターシャに会いてぇなぁ……」

ディルティニア帝国はセフォルズ王国より強大な国だ。

第三皇子とはいえ、皇帝になる可能性もある。

ナターシャと同じ立場でコーラルの誘いを笑顔で受ける女は多いだろう。

だがナターシャは絶対にそんなことをしないと俺《おれ》は信じられる。

宝石よりも旬の果物《くだもの》の輝きの方に心を惹《ひ》かれ、権力など気にせず、相手の人となりを判断して付き合いを深めていくナターシャを、コーラルも気に入ってしまったのだろう。

相手が誰であれ、ナターシャは俺のだ。ナターシャが一番笑顔を向けてくれるのは俺だと断言出来る。

「ソウンディク。私はメアリアン嬢に好意を抱いているけれどね。現状は彼女以上に、君とナーさんが私にとっては大切なんだ」

「……マジか？」

「マジだよ。君達が私が心配しなくてもいい立派な王太子と王太子妃になってくれればメアリアン嬢を一番に出来るけどね。私はねソウンディク、君とナーさんがいつかセフォルズの国王と王妃になるだろうから次期宰相と呼ばれることを受け入れているんだ。ソウンディクには悪いけど、現国王を補佐するのも嫌だし、万が一にもアークライトが国王になるなんてことになったら、私はすぐに国を出る」

てっきり宰相になるのは当然だと思っているのかと思っていたので驚くと、ヨアニスはやっと良く見る不敵な笑みを返してくる。

「君達は君達が思っている以上に私の世界を広げてくれたんだ。君達と出会うまでは、大陸の中央にある世界図書館で司書にでもなって一生本を読んで死にたいと思っていたんだ。人よりも本の方がよほど賢いとは未《いま》だに思っているけれど、君とナーさんほど力になりたいとは思わない」

「ヨアニス……」

「帝国は強大だ。万が一にも戦争になったらセフォルズが圧倒的に分が悪い。だからね、現状での最善策は、ソウンディクとナーさんが結婚するまでコーラル皇子の誘いを躱《かわ》し続けることだ。不幸中の幸いと言えるけれど、コーラル皇子はナーさんを無理やり攫う気は今のところはなさそうだからね」

「そうか……」

「コーラル皇子が連れているサイダーハウドとかいう男は爵位こそないが、相当腕の立つ剣士らしい。そして、ナーさんを騎士やメアリアン嬢の目を盗んで引き離されたのは帝国のネズミが学園内に入り込んでいる証拠《しょうこ》だ。私もソウンディクも帝国に集中していかなければならない。……だからね？　ソウンディク。一つ、懸念事項をこれを機に消しておくことに決めた。という訳で、三日目のナーさんとのダンスはキャンセルで頼むよ」

「……はっ!?　はぁっ!?　何でだよ!?　何がという訳なんだよ！　今日だって明日だって本当は俺だってナターシャと飯《めし》食って店回って学園祭満喫したかったんだぞ！　来賓相手に愛想笑い浮かべて我慢してんだ！　三日目の最後くらい楽しませてくれよ!!」

「ナーさんと結婚したら視察って名目のもと幾らでも祭りでも旅行でも出来るんだから我慢してくれ。まぁ、学園での思い出も大事だろ？　三日目はキャンセルだけど、二日目は昼くらいから何とかしてあげるからさ」

「二日目？　来賓の相手は一日目と変わらないだろ？」

「私が消したい懸念は元はと言えば私の父上、それにハーヴィ将軍、そしてソウンディクの父君である国王陛下が掃除し忘れたものだからね。先ほど父上に直談判《じかだんぱん》してきたから、明日の昼頃《ひるごろ》からソウンディクはフリーでいられるし、二日目の夜はナーさんを城に連れて帰ってきてもいいとハーヴィ将軍から許可も取ってあげたよ？　二日目で英気を養って、三日目は私に協力してくれ。それにどうせナーさんのことだからコーラル皇子に何か言われてそうだからね」

「どういうことだ？」

「一日目もまた一緒に回ろうってコーラル皇子に誘われているんじゃないかと思うんだ」

「……断れては、」

「いないだろう。ナーさんは令嬢らしくない行動を取るけど、常識はしっかり備わってしまっているからね。皇子の誘いは断れない。けれど、婚約者の王子の誘いは、もっと断れないだろう？　少し時間は掛かるだろうけど、しっかり邪魔してやりなね？」

「分かった！　……お前はいいのか？」

「メアリアン嬢かい？　言っただろ？　今、私は彼女より優先事項がある」

「三日目の夜会に誘うくらいしろよ」

「人の話を聞いていたかい？　君とナーさんが夜会に参加しないのに、私が夜会に参加するわけないだろう？　私は君達以上に三日目は忙しくなるから、ダンスなんて踊ってられないよ……確かに少しは残念だけどね」

やっとメアリアン嬢が消えていった扉へと視線を向けたヨアニスの背中を叩《たた》く。

「城は広いぞ」

「……だから何だい？」

「メアリアン嬢は一人でラーグ侯爵家の馬車が駐《と》まっている場所まで戻っている。元気がなかった。歩みは遅い。まだ間に合う。走っていけ」

「いや、私は確かにメアリアン嬢のことを好いているけどね。彼女はそのことを知らないから、ソウンディクから気にするなと言われたから安堵《あんど》して帰っているよ」

「メアリアン嬢の顔を見てねぇからそう言えるんだ。王子命令だ。走って追い掛けて見送ってこい！」

無理やり執務室からヨアニスを追い出し扉を閉める。

ドアに耳を当てると、溜息を吐く音も聞こえたが、カツカツと少しは早足でヨアニスの気配が遠ざかっていくのが分かる。

間に合えばいいと思いながら、扉に背を預け天を見上げる。

本当なら、俺も城を抜け出して今すぐナターシャの元へ走っていきたい。

コーラルの誘いを困り顔で断ってくれていたのは嬉しいが、ナターシャにはやはり笑っていて欲しい。

騎士達が、コーラルの野郎が薔薇《ばら》をナターシャにまた贈っていたとも言っていた。

「薔薇よりも、もっと似合う花があるよなぁ」

ナターシャの言っていた通り、薔薇に罪はないが、もっとナターシャには似合う花がある。

もっと言えば、花よりも喜んでもらえる物を俺は沢山知っている。

「明日、マジで見てろよ」

コーラルといる時のナターシャと、俺といる時のナターシャの違いをとくと見せつけてやろう。

・ヨアニスとメアリアン（ヨアニス視点）

ナーさんと同じくらいの背丈のメアリアン嬢は女性にしては背が高く、いつも凛《りん》とした佇《たたず》まいが印象的だ。

月明かりのような仄《ほの》かな金色の髪が夜風に舞う後姿も美しい。

「メアリアン嬢」

声を掛けても、立ち止まってくれないかもしれないと思ったが、メアリアン嬢は足を止め、ゆっくりとこちらを振り返る。

メアリアン嬢は扇子《せんす》で口元を隠してはいたが、その瞳《め》は少々悲しげに見えた。

ナーさんとは親しい友人同士。責任感の強いメアリアン嬢は自分を責めているのだろう。

「先ほどは声をお掛けせず、申し訳ありませんでした。私自身、自らの警備計画の甘さを恥じておりました。宜《よろ》しければラーグ侯爵家の馬車までお送りしましょう」

「……」

メアリアン嬢は無言で頷《うなず》いた。

断られなくて良かったと安堵《あんど》し、馬車のある場所へと向かっていく。

二人並びながら歩き、ふと気付く。

そう言えば、二人きりは初めてのことだと。

メアリアン嬢と会う時はいつもナーさんが一緒だったし、先ほどはソウンディクがいた。

意中の女性と共にいる時、何を話せばいいのだろう？

ナーさんと共にいるソウンディクの様子を思い浮かべ、ナーさんに薦《すす》められた民衆に人気《にんき》のある恋愛小説の内容を思い出す。

女性が話している時は話を聞き、話さない時はこちらから話題を振る。

そういった心遣いが女性は嬉《うれ》しいのだとか書いてあった気がする。

なので、警備計画においても選択ミスだったことをメアリアン嬢に謝罪することにした。

「メアリアン嬢、申し訳ありませんでした」

「ヨアニス様に、謝罪して頂く理由がありません。謝罪せねばならないのは私の方ですわ」

「先ほどソウンディク王子殿下も仰《おっしゃ》っていた通り、貴女《あなた》に非はありませんよ」

「……私が、とある剣士様に夢中になっていたことも、ヨアニス様ですもの、騎士様達から報告をお受けになってご存知なのでしょう？」

「ええ。しかしそれもまた、警備に付かせた騎士達の人選ミスでした。メアリアン嬢は体躯《たいく》の逞《たくま》しい男性を好まれる。そういった騎士達を避け、警備として任せたのが彼等でした。彼等が貴女好みの騎士であったのなら、剣士に見惚《みほ》れることも少なかったかもしれません。学園祭で、騎士達に護衛されるのを楽しみになされていたのではないですか？　貴女の楽しみを奪ってしまい、申し訳ありませんでしたね」

他《ほか》の男に胸を高鳴らせるメアリアン嬢を見るのは複雑で、ついつい人選に私情を挟んでしまった。

結果的に余計に最悪な相手にメアリアン嬢は目を奪われることになってしまっている。

我ながら、大失態だったなと反省するしかない。

「……ヨアニス様は、何故《なぜ》私が逞しい騎士様に夢中になるのか分かりますか？」

「さぁ？　申し訳ありませんが分かりかねます。こればかりは好みの問題なのではないのですか？」

　メアリアン嬢が好む男のタイプとは、自分が掛け離れていることは自覚している。まだ十五歳だが、今から剣士になれるよう身体《からだ》を鍛えようとは思えない。

　宰相になるために、知識をまだまだ蓄えなければならないのだから。

「……十の年を迎えた頃《ころ》。ナターシャのお屋敷で初恋をしたのです」

「ああ、ナーさんのお屋敷に初めて貴女が訪れたのはその頃でしたね。私もその場にいたので覚えています」

　メアリアン嬢の初恋相手は間違いなくハーヴィ将軍だろう。

　逞しく、勇ましい将軍に目を奪われたのではないだろうか？

　私は十歳の頃にはもう頻繁にソウンディクと共にハーヴィ家を訪れ、ナーさんとジャックと皆でその日は乗馬の訓練をしていた。

　ハーヴィ将軍の教えで、大分乗りこなせてきていた頃だった。

「私は、十歳を迎えた頃には美しい令嬢と噂《うわさ》され、会う人会う人皆が褒め称《たた》えてきていたのです。我ながら高慢なことに当然だとも思っていましたが、我が家に遊びに来てくれたナターシャと出会って初めてのお友達が出来て自分の小ささを知りました。他の令嬢達と違い、真っ直《す》ぐに私を見て、私を遊びに誘って下さったのです。ナターシャは可愛《かわい》くてお茶のマナーも完璧《かんぺき》で、振舞いも素晴らしかったのに、遊びとなったら靴を脱いで、私の手を引っ張って駆け出されて、大変焦りました……でも、とても楽しかったんです」

「ええ。分かります」

　私もナーさんと初めて遊んだ時はそのパワフルさに振り回されて、慣れるまではへとへとになって帰ったのを覚えている。

「ですから、ナターシャに初めて招かれた時はとても楽しみにしていたのです。他の子は呼んでいないから、良かったら周りの目を気にせず遊ばない？　と言われ、私は胸を躍らせました。令嬢達とすることと言ったらお茶会でお話しするくらいでしたけれど、ナターシャはお茶会に出すお菓子から一緒に作るんですもの。ケーキのスポンジが焼き上がって膨らんでいく様や、生クリームをふわふわにするにはどれほど力を込めてかき混ぜねばならないのかを知りました。自分の好きな果物《くだもの》をケーキに載せ、自分でトッピングする楽しさも知ることが出来ました。二人で初めて焼いてみたケーキは膨らみも足りず、少し固めでしたけど、とても美味《おい》しかったのを今でも覚えています。……その日も、ナターシャと会うことを本当に楽しみに遊びに行ったんです。それなのに私は……異性に胸をときめかせてしまったんです」

そこでソウンディクが王子であることを知ってもソウンディクに恋をしないのがメアリアン嬢の凄《すご》いところであり、ナーさんの友らしいと私は思う。

「十を迎えた年頃のご令嬢であれば当然ではないですか？」

「……友達が遊びに招いてくれたというのに、私ったら泣いたんですのよ？」

「……は？　泣いた？　貴女が？　それは初耳です」

メアリアン嬢がハーヴィ家に到着した際、確か挨拶《あいさつ》こそしたが、私はソウンディクとジャックと共に馬に乗って少し遠くへ走りに行ったんだったかな。少々記憶が曖昧《あいまい》だ。

ソウンディクが、「たまにはナターシャだって女だけで遊びたいだろう」と言って、私もジャックも頷いたことは記憶している。

「何故泣かれてしまわれたのか、差し障りなければお教え頂けませんか？」

ナーさんとメアリアン嬢が喧嘩《けんか》……は有り得ないか。

それなら間違いなくナーさんも泣くだろう。

そしてソウンディクが慌て出すだろうから私が忘れるわけがない。

少女の頃の話だ。お化けでも見間違えたか、大きな虫でもいたのだろうかと思い、ふと、隣から強い視線を感じて足を止めメアリアン嬢の方を見遣《みや》ると……何故か少し睨《にら》まれてしまっている。

「……覚えておられないのですね」

「そう仰るということは、私が何か貴女にしたのでしょうか？」

「……どうでしょうね？　私が泣いた理由は、とあるお方に一目惚れをして、その方に馬に乗せて欲しいとお願いしたのです。そうしたらそのお方は『それは出来ません』とハッキリ仰ったんです。何故？　と私は問いました。そうしたら『自分はまだ馬を乗りこなせていない。貴女に怪我《けが》をさせてしまうかもしれない』と仰いました。ならば、乗りこなせるようになったら一番に私を乗せて下さいますか？　と聞きました。するとそのお方は『一番はナターシャ嬢が乗っていて、他にも友人が二人乗ったことがあるから四番目になりますが宜しいですか？』と馬鹿《ばか》正直に答えて聞き返してこられたんですっ。他の誰《だれ》かを乗せたなんて私に教える必要はないのに！　乗り慣れてないと仰りつつ、私以外にそんなに一緒に乗っていることも知りたくなかったのに！　何も言えなくなってしまった私を置いて、その方はご友人方と馬に乗って遠くに走っていってしまったんです！　私は無意識に涙を流していました。ナターシャが慌ててハンカチを差し出してくれて、私自身泣いていることに気が付いたんです。なかなか泣きやまない私をご在宅だったハーヴィ将軍が逞しい腕で抱き上げ、肩車をして下さったんです」

「なるほど。それで貴女はハーヴィ将軍に二度目の恋をなされたのですね」

メアリアン嬢の初恋相手はハーヴィ家で修行する騎士見習いだったのか。

ナーさんは小さい頃は、自分で馬に乗れる訓練もしながらも他の馬にも乗ってみたいと言ってよく騎士が乗る馬に「乗せてー！」とお願いしていたからなぁ……。

メアリアン嬢に断りを入れた騎士の判断は正しい。見習いのうちに令嬢と共に乗馬して万が一怪我でもさせたら大変だ。

ナーさんの場合は父親がハーヴィ将軍なだけにその騎士も少しだけ乗せてあげたのだろうけど……。

「……ヨアニス様のバカ」

「え？」

バカとは言われたことがない。驚いてしまうが、いつの間にかラーグ侯爵家の馬車が目の前に駐《と》まる場所まで着いていて、メアリアン嬢は恭しく頭を下げるラーグ家の執事の手を取り馬車に乗り込んでしまう。

「お気を付けてお帰り下さい」

好意を伝えるタイミングすらなかったと思いながらメアリアン嬢に笑みを向けると、未《いま》だ、メアリアン嬢は私を睨み付けたままで残念に思う。

「私は一目惚れをしたお相手と正反対の殿方を好くようになりました」

「……そうですか」

「っ、先ほどは、ナターシャの真似《まね》をしてバカと言ってみました！　ソウンディク王子殿下に彼女も言うことがあるので！　私は一時、ヨアニス様はナターシャのことが好きなのではないかと悩んだこともありましたのよ！　それだけです！　ご機嫌よう！　お見送りありがとうございましたわっ!!」

バタンッ！　とメアリアン嬢らしくなく、音を立てて馬車の扉が閉められる。

申し訳ない様子で御者やラーグ家の執事に幾度も頭を下げられ、気にする必要はないと手を振ると、馬車はゆっくり出発していく。
馬車が遠ざかっていく様子を見ながら思う。
やはり、メアリアン嬢に好いてもらうのは難しい。
だがメアリアン嬢もまた、ナーさんを大切に想っているのが良く分かった。
私はナーさんと、そしてソウンディクのために知恵を絞ろう。

・学園祭二日目は波乱の幕開けです

＊＊＊＊＊＊＊

ユリアちゃんへ。

クライブ家の別荘にて、静養出来ていますか？　ごめんなさい。

ライクレン君がそちらに到着しているでしょうから全く静養なんて出来ていないでしょう。

ユリアちゃんに謝らなければならないことがもう一つあります。

学園祭一日目をコーラル様と回ってしまい、その際、妃《きさき》になって欲しいとまで言われてしまいました。

絶対ユリアちゃんが言われたかったよね？　本当にごめんなさいっ！

けれど安心してください。私はソウンディク王子以外の誰《だれ》とも結婚したくないですし考えられません。

コーラル様の妃になることは絶対にないと断言出来ます。

ですから、どうか早く帰って来てください。聞きたいことがまた増えてしまいました。

悪役令嬢のナターシャ・ハーヴィが罰せられた場合、何処《どこ》に島流しで送られるのでしょうか？　まさか帝国じゃないですよね？

そしてコーラル様もしくはサイダーハウドさんが悪役令嬢を始末するなんてシナリオは存在しますか？

サイダーハウドさんはともかく、コーラル様が常に腰に提げている剣が恐くて仕方ありません。

ソウンディク王子と共にいることが私は何より安心出来るのですが、ユリアちゃんにもとても会いたいです。

どうか一日も早くお戻りになられることを願っております。

ナターシャより。

＊＊＊＊＊＊＊＊

書き終えた手紙を封筒に入れ、封をする。

「手紙を出したいけど、出したらユリアちゃんを困らせちゃうかしら」

手紙を出すと私とユリアちゃんに関わりがあることが周囲により知られてしまうリスクが高まる。

届けてくれる人、そしてクライブ家の方々には特に知られてしまうだろう。

よっちゃんにはユリアちゃんに関わらないようにと言われてしまっているから、見つかったら捨てられてしまうかもしれない……。

「いけない。そろそろ時間ね」

手紙を鞄《かばん》に入れ、今日もソウのために作ったお弁当を持ち部屋を出ると……。

「お嬢。おはようございます。学園に向かいましょう」

「ジャックおはよう！　あら？　でもジャック、早くに学園に登校しなければいけないんじゃないの？」

頼れる執事と共に登校出来るのは嬉《うれ》しいが、生徒会の仕事は大丈夫なのだろうか？

共に馬車に乗り込みながら問うと「大丈夫です」とジャックは答えてくれる。

「事前に準備は整えておりますから、学園祭が始まってしまえば後は事後処理ばかりなんですよ。最終日は後片付けもありますから忙しくなりますがね」

「そっか！　お疲れ様！　学園祭が終わったら、ジャックの慰労会をしましょうねっ！」

「ありがとうございますお嬢、本日も帝国の皇子殿下とお会いになるんですか？」

「……えっと」

昨日、コーラル様から私を引き離してくれたのはジャックだった。

ハーヴィ家から至急の知らせがあったと嘘《うそ》を言って、コーラル様に失礼にならないように心掛けてくれながら生徒会室に連れていってくれて私を保護してくれたのだ。

それにもかかわらず、今日もまた私はコーラル様と会う約束をしてしまっている。

「ごめんなさいジャック。忙しい貴方《あなた》を煩《わずら》わせてしまって」

「何を言ってるんですか。俺《おれ》がお嬢以上に優先するものなんてありません。生徒会に入ったのも、お嬢を学園内で守るためなんですよ？」

「そうなの⁉」

「そうです。ソウンディク王子殿下とヨアニス坊ちゃんにも俺の意志は伝えてあります。そうじゃなければ、お嬢のお傍《そば》を離れる機会が増えてしまう生徒会の仕事なんて引き受けません。けれど皆さんの中で唯一俺が生徒会に入れる資格があるので、入ることに決めたんです。お陰で昨日もコーラル皇子とお嬢の居場所を殿下達より早く俺は知ることが出来、駆けつけられました」

「ジャック……ありがとうっ。いつもいつも心配させてごめんね？」

「いいえ。お嬢の力になれるなら何でもします。ですが、俺に出来ることは限られています。帝国の皇子に対抗出来る力が俺にはありません」

「そんなことないわ。ジャックはとても頼りになるものっ！」

「お嬢のサポートが出来るように努力しておりますがね。お嬢。貴女《あなた》は俺を頼りになると言って下さっておりますが、お嬢から助けを求めてはくれませんよね？」

「そうかしら？」

「ええ。こちらからお手伝いしますと申し出ればお嬢は俺の手を取ってくれますがね。今お嬢が困らされている相手はお嬢お一人では太刀《たち》打ち出来ないと、執事の立場からも断言出来ます。ですからどうか、助けを求めて下さい。俺ではない。誰よりお嬢が頼りになるお方に『助けて』とどうか仰《おっしゃ》って下さい」

　私が誰に困らされているか、そして、誰に助けを求めるべきかを的確にジャックは理解してくれている。

「……ソウはね、三日間忙しいんだって。でもね？　三日目の夜会には一緒にダンスを踊れるって約束してくれたの。待ってて欲しいとも言われたわ」

「待てない状況です。本日すぐにソウンディク王子にお会いになるべきです」

「あと一日だけだもの。なんとかするわ」

「あぁもうお嬢！　コーラル皇子に何を言われたんです⁉　どうして二日目もお会いすることになっちまってるんですか⁉　そんでどうして真っ正面から向き合おうとするんですっ！　どっかのお嬢が気にしてる変な令嬢を真似《まね》して体調でも崩したフリをして下さればいいのに！　それか熱でも出してもらえませんかね⁉」

「私が体調を崩したら誰がソウのお弁当を作るの⁉　風邪《かぜ》を引いたらソウに移しちゃうかもしれないし！　体調管理は万全だわ！」

「ご自分の心配をして下さいよぉおお‼」

目の前で頭を抱えるジャックには申し訳ないが、ソウに会えるまであと一日っ。私は耐え抜いてみせるわっ！

コーラル様にお会いして、もう私に関わらないようお願いをせねばならない日でもある。

そして、何故《なぜ》私が二日目もコーラル様と会うことになったかと言うと……。

私が学園祭をご一緒すれば、ユリアちゃんに会うことを約束するとコーラル様が仰ったからなのだ。

私は悪役令嬢で、コーラル様は攻略対象者。そしてヒロインであるユリアちゃんの好きな人はコーラル様！

ユリアちゃんと会えば、幾ら好みのタイプではないと言っていても可愛《かわい》い子だなって思って下さるかもしれないじゃない？

頭の片隅で、いやでもソウもよっちゃんもジャックも、それこそライクレン君以外の攻略対象者はユリアちゃんと会っても微塵《みじん》もときめいていない様子じゃない？　と、冷静な自分がツッコミを入れてきているけれども！　会わなきゃ何も始まらない！

何としてもコーラル様とユリアちゃんを引き合わせてみせると気合いを入れ直すと、丁度学園に到着する。

「お嬢だけ屋敷に引き返してもいいんですよ？」

「いいえ！　体調不良でもないのに学園をお休みするなんて良くないもの！」

「いいんですよ卒業さえ出来ればぁあ!!　もううちのお嬢は真面目《まじめ》なんだからぁあっ！　……ハッ!?」

「あ……」

馬車の扉が開かれると、日の光を浴びて輝く銀色の髪が目に入る。

美形で天才の友人は、今日もいつも通りの綺麗《きれい》な笑みを見せてくれた。

「おはようナーさん。ジャック。学園祭二日目も晴天に恵まれて何よりだよね」

「おはよ、よっちゃ」

「ヨアニス坊ちゃん！　おはようございます！　大変なんです！　今日もうちのお嬢は、あの皇子と会う約束しちまってるみてぇでっ！」

ああっジャック！　よっちゃんには特に言っちゃダメなのにっ！

私の朝の挨拶《あいさつ》を遮ってまでよっちゃんに告げ口をしてしまうジャックをさすがに恨めしく思う。

「大丈夫だよジャック。手は打ったから君は生徒会室へ行くといい」

「……どうにかなさったんですか？」

「当然だろ？　ご苦労だったね。少しずつ掃除をしていくからさ」

「出来れば早めの掃除をお願いします。お嬢！　ぜってぇ危ないことしねぇで下さいよっ！」

私より先に馬車を降り、生徒会室へ駆けていくジャックに力なく手を振って見送る。

「ナーさん。少し話そうか？」

「……うん」

馬車を降り、よっちゃんとゆっくり学園内を歩いていく。

あぁ、怒られる。絶対怒られる。

ソウの補佐役でもあるよっちゃんがわざわざソウから離れて私に会いに来ているということは絶対にお説教だ。

「ソウンディクへのお弁当、今日は私がソウンディクに届けるよ」

「あ、そうなんだ。分かった。お願いするわね」

昨日はソウと会えていない。騎士の方に頼んでお弁当を届けてもらったのだが、今日はよっちゃんなのね。

もしやよっちゃんはこのために私に会いに来てくれたのかと思ったら。

「帝国の第三皇子に求婚されたんだってね？　ナーさん」

ピシリと凍りつく。

お耳が早い。いやよっちゃんなら当然よね。

「ち、ちゃんとお断りしたのっ」

「うん。聞いてるよ。でも、今日も会うんだね？　ジャックが言ってたもんね？」

ずっと笑顔のよっちゃんが怖い。美形の笑顔、迫力あるんだもの。

そして怒っているのが隣を歩いていてヒシヒシと伝わってくる。

「困ったねぇ？」

「ご、ごめんなさいっ」

「ナーさんが反省してるのは分かってるよ。城下町に一人で買い物に行ったお説教は済んでるだろ？　その後のナーさんの行動を責めることはないよ。今日のコーラル皇子と会う約束をしてしまっていること以外はね」

まずい。何故会うことになってしまっているか問い詰められたら、よっちゃん相手に上手《うま》く誤魔化せるわけがない。

「ナーさん。今日は騎士も護衛に付けないし、メアリアン嬢も共にいないから、コーラル皇子とお会いするまで私が共にいることにするよ」

「えっ!?　よっちゃん、忙しいのに……」

「大丈夫だよ。私も学園祭の様子を直《じか》に見て確認したかったからね。コーラル皇子とお会いしたら私は仕事に戻るよ」

急に話題が変わって驚く。

そして、今日は騎士さん達もメアリアンも一緒じゃないのね。

実は少しの間でも二人だけでまた会いたいとコーラル様に言われていたのだ。

私は困るけど、あちらもサイダーハウドさんを連れてこないからと言われてしまって断れなかったのだ。

どうやってメアリアンと騎士さん達から少しだけ離れようかと悩んでいたので助かったかも。

コーラル様と会うまでよっちゃんが一緒にいてくれるのも心強い。

「それでねナーさん」

「何？　よっちゃん」

「私はユリアと関わるなって言ったけど、ナーさんてば、しっかり関わっているよね？」

「……う、ん」

ここで何故ユリアちゃんの名前が出るのか不思議だが、嘘が咄嗟《とっさ》に吐《つ》けず、頷《うなず》くことしか出来ない。

「ユリアはクライブ家の別荘にいる。学園祭の間は戻らない。そんなこともユリア本人からナーさんなら聞かされていそうだよね？　さて、ナーさんは何やらユリアと話すのを望んでいる様子がここ数日見える。そんなナーさんはどういった行動を取るか？　手紙でも書いているんじゃないのかな？」

「っ！！？」

よっちゃんってば名探偵！

思わずユリアちゃんへの手紙が入った鞄を抱き締めてしまうと、よっちゃんはニコッと笑みを深めてお弁当を持っていない方の手を差し出してくる。

「私が届けてあげるよ」

「……捨てない？」

「まさか。ナーさんの書いた手紙を私が捨てると思う？　思ってるなら悲しいな」

「お、思わないわっ！　ごめんね、よっちゃんっ！　手紙もお願いするわね？」

「うん。任せて」

手紙をよっちゃんに手渡した。何故だろう？　危険なことをしてしまった後悔が押し寄せてきてい
る。

「ああ、コーラル皇子がいらっしゃったね」

こちらの心の準備が整わない間にドキドキすることばかり起きる！

コーラル様の姿を確認したら城に戻るのかと思ったよっちゃんは私より先にコーラル様に近付いて
いく。

挨拶するのっ⁉　大丈夫⁉

帝国の皇帝になるかもしれない皇子様と、王国の宰相になるかもしれない友人が相対するのが不安
で仕方ない。

「ナターシャさん。おはようございます。そちらは」

「おはようございますコーラル様。こちらは友人のヨアニス・クライブ様です」

コーラル様から挨拶され、私も挨拶を返し、よっちゃんを紹介する。

「コーラル皇子殿下。お目に掛かれて光栄です。ヨアニス・クライブと申します」

恭しく礼をするよっちゃんにコーラル様は笑みを向ける。

「皇子として訪れているわけではありませんから、どうか頭を上げて下さい。ナターシャさんのご友人のお一人であり、将来を嘱望《しょくぼう》されている天才として貴方のお名前は私の耳にも入っていますよ」

「まだ何者でもない私などの名を帝国の皇子殿下にご存知頂いていたとは真《まこと》に光栄なことです。コーラル皇子殿下の見聞の広さこそ天才と呼ばれるに相応《ふさわ》しいでしょう。私などの名までご存知なのです。こちらのナターシャ・ハーヴィ嬢がどのような立場にあるご令嬢なのかも、もちろんご存知ということですよね？」

顔を上げたよっちゃんは、私の隣を歩いていた時と同じだった。

笑顔で、心と体から怒りを発している。

この場まで来てやっと分かった！　よっちゃんは、私よりコーラル様に怒っているのね⁉

「どういう意味でしょう？　ナターシャさんが大変お美しく愛らしいご令嬢であることはとても理解しているつもりですがね」

そして何故だかコーラル様の気配も少し変わった気がする。

どちらも笑顔だが、空気がどんどん張りつめていく……。

「ナターシャ・ハーヴィ嬢は我が国、セフォルズ王国の王太子殿下であらせられるソウンディク・セフォルズ王子の婚約者なのです。そういったことをご存知の上で、ナターシャ嬢と手を繋《つな》ぎ、薔薇《ばら》を贈る行為は、少々マナー違反ではないでしょうか？」

「帝国では婚姻を結んでいない異性に対してであれば、アプローチをしてもマナー違反にはなりませんがね？」

「これはおかしなことを仰る。帝国の皇子としてこの場にいらっしゃっているのではないのですよね？　郷に入っては郷に従え。このような言葉は世界の一般常識でもあります。もしや、セフォルズの常識を一つも身につけずに入国なされたのですか？　皇子以前の問題に思えますね」

よ、よっちゃんっ、大丈夫？　そんなに喧嘩腰《けんかごし》で大丈夫⁇

コーラル様は帝国の皇子様なのよ⁉　そんなこと私に言われずとも分かった上なんだろうけどね⁉

間に挟まれている私の心臓がもたない。

「確かに、今はいち旅行者のような立場ではありますが、帝国に戻れば私は第三皇子です。先ほど貴方自身が仰いましたね。貴方はまだ何者でもない。父君はセフォルズ王国の宰相のようですが、分を弁《わきま》えない言動は身を滅ぼしますよ？」

「コーラル様！　ヨアニス様は私を心配して言って下さっているのです！」

慌ててよっちゃんを背に隠し、コーラル様の前に出る。

本気でコーラル様がよっちゃんを消そうと動いたら、よっちゃんが殺されてしまう。

「ふふふ」

「え？」

私が必死でよっちゃんを守ろうとしているというのに‼　背後でよっちゃんが笑っているのが分かる！

なんでこの状況で笑えるのっ⁉　心臓に毛でも生えちゃってるんじゃないわよねっ⁉

殺されちゃうかもしれないのよ、よっちゃんっ⁉

「ナーさんは、私が心配だよね？」

「もちろん！」

「ソウンディクには敵《かな》わないにしても、コーラル皇子殿下より、私の方がナーさんと仲良しだよね？」

「そうね！」

　圧倒的によっちゃんの方がコーラル様より大好きだものっ！

　よっちゃんの言う通り、ソウが私の中で一番だけど、よっちゃんとジャックとメアリアンは親友と呼びたい存在だ！　……あと、いずれはユリアちゃんとも親友と呼べる関係になりたい。

「だそうですよ？　私は何者でもありませんが、ナターシャ・ハーヴィ嬢ととても仲の良い友ではあります。私を虐《いじ》めると、ナターシャ嬢に嫌われてしまうということを、どうぞご記憶下さい。じゃあね、ナーさん？　人の多い道にいるんだよ？」

「えっ⁉　もう行っちゃうのっ⁉　よっちゃ……ヨアニス様」

　慌てて名前を言い直すとよっちゃんに苦笑されぽすぽす頭を叩《たた》かれる。

　よっちゃん、この状況でコーラル様と二人きりにされてしまうと私結構辛《つら》いんだけど⁉

　軽く手を振り、颯爽《さっそう》と去っていくよっちゃんに「行かないでー！」と縋《すが》りつきたい思いで視線を送るが、一度も振り返ってくれなかった……。

「……いやいや驚きました」

「こ、コーラル様、友人が失礼を致しました。けれど！　先ほど申し上げた通り、彼は私を心配してくれただけなのです！」

「そうなのでしょうね。分かっていますよ。大変優秀な方がおいでセフォルズが羨《うらや》ましい。騎士を何名も連れ歩くよりもよほど、ナターシャさんの護衛には彼が最適ですね」

「どういう意味でしょうか？」

「真正面から私に釘《くぎ》を刺しにいらしたのでしょう。頼りになるご友人をお持ちなのですね」

「そうなんです！　よっちゃんは最高に頼りになります！　……ハッ⁉　い、いえヨアニス様は私だけでなく学園内では生徒にも教員にも頼りにされていて、王城においても、まだ若く、学生の立場ではありますが、意見を求められることも多いのです。自慢の友人です」

大好きな友人を帝国の皇子様に褒めてもらえて誇らしい！

コーラル様が隣を歩いているお陰なのか、昨日以上に学園内に騎士の方々が多く警備に付いて下さっているお陰か、商人達からの強引な売り込みがない。

ホッとしつつも、隣を歩くのはコーラル様なので気を抜かないようにしながらも……どうしても考えてしまう。

もう少しよっちゃんには傍にいて欲しかった。

メアリアンは今日どうして一緒じゃないのだろう？　昨日私が途中で逸《はぐ》れてしまったから怒ってしまったのかしら？

それなら謝りたいし、お詫《わ》びにお菓子も作りたい。

ジャックも生徒会の仕事がひと段落しているのであれば、少しは一緒に見て回ってくれても良くない？

ユリアちゃんも、明日には戻ってきて欲しいなぁ。ユリアちゃんからすれば私は関わりたくない相手かもしれないが、私はもう、彼女のことを友達だと思ってしまっている。

そして誰より一緒に学園祭を楽しみたいのはソウだ。分かっている。一番我儘《わがまま》を言ってはいけない相手だ。

にもかかわらず、結局ソウに我儘を言って、三日目の夜だけでも一緒にいられるように、きっと今頑張ってくれているのだろう。

「……ナターシャさんに好きになって頂くには、まずはご友人方と同じくらいには信頼を得ねばならないようですね」

「そんな。あのっ、コーラル様。改めて申し上げますが、私はソウンディク王子殿下の婚約者である ことをとても嬉しく、光栄に思っております。そして、婚約者の立場以前にソウンディク王子殿下を お慕いしております。……ソウンディク王子殿下から婚約を破棄されない限りは、彼の婚約者として 相応しくなれるよう研鑽《けんさん》を重ねて参りたいと思っているのです」

「そういうことらしいですよ。コーラル皇子」

背後から伸びてきた手に引き寄せられ、抱き締められる。

コーラル様なら振りほどくところだが、振り返って見れば悪戯《いたずら》っ子のような笑みに涙が出そうにな る。

「ソウ！　どうしたのっ⁉　抜け出してきたのっ⁉」

学園祭中は忙しいって言っていたのに！

ソウに抱きつき返しながら問うと、抱き締め返してくれる。

「ヨアニスが何とかしてくれたんだよ」

さすがよっちゃん！　けどじゃあソウの代わりによっちゃんがお仕事してるってことね⁉　……大 変申し訳ない。メアリアンに会ったらクライブ家に遊びに行こう！　って誘ってみようかしら。

「いやはや、やはりヨアニス君は優秀ですね。時間稼ぎの意味もありましたか」

「そういうことです。コーラル皇子。どうぞお引き取りを。私の愛《いと》しい婚約者を迎えに来る途中でお 見掛けした貴方の護衛の剣士殿もお連れしましたのでね。まさか、ナターシャ嬢と婚約者同士であり、 恋人関係でもある私が来た上で彼女と共にいようとはなさいませんよね？」

「リイダーハウドまで連れてきて下さいましたか。分かりました。引きましょう。ナターシャさん、またいずれ、ゆっくりお話し出来るといいですね」

「あっ、コーラル様、あの、私との約束は……」

ユリアちゃんと会って下さること、さすがにこの状況じゃあダメかと思ったが。

「ナターシャさんは私と二人きりになり、約束を守って下さいました。私も約束は守りましょう。彼女と会うのは少し先になりそうですがね。それでは」

コーラル様は私に笑みを向けた後、サイダーハウドさんを伴って離れていく。

うーん。ユリアちゃんと会って下さるのは少し先かぁ。

少しってどのくらい先だろう？　会う約束を取り付けられたことはユリアちゃんに報告したい！

「おいこら、約束って何のことだ？」

「心配しなくても大丈夫なことよ……わっ!?」

人通りの少ない道まで引っ張ってこられ、強く抱き締められる。

「学園祭が始まってから、お前の心配しかしてねぇよっ！　あー、やだやだ。マジあいつなんだよ！ナターシャは俺のだっつーのぉっ！」

「コーラル様のことあいつって言って大丈夫!?　あとね聞いてソウ！　よっちゃんがね、かなりド直球でコーラル様に喧嘩売っちゃったの！　私のためなのは間違いないの！　よっちゃん大丈夫よね!?」

「……ヨアニスなら大丈夫だろ。帝国と繋がりを持てそうだって言っていたからな」

学園内に設置されているベンチに腰掛けるが、未《いま》だ抱き締められたままで、通り過ぎていく人々に笑みを向けられてしまって恥ずかしい。

「帝国との、繋がりって？」

それでもよっちゃんの身の安全の方が気掛かりで質問するとソウは小声で教えてくれた。

「コーラル以外の皇族と連絡を取ったたってことだろう。クライブ家は他国にも顔が利くからな。帝国の現皇帝はかなりの高齢だ。だが皇妃は若い女ばかりだから子供は多い。コーラル皇子の上には男が二人と女が三人だったかな。弟と妹もかなりの人数がいる。そんで厄介なのが、帝国の皇帝に選ばれるのは上から順番じゃない。まだ誰も皇太子に選ばれてはいないらしいからコーラル皇子が皇太子になる可能性もある。だがセフォルズに忍んで訪れているということは、コーラル皇子に皇帝になる意志はなく、争いを避けるために身を隠しに来たんだろうってのがヨアニスの読みだ。こちらの対抗手段として帝国にコーラル皇子の存在をリークすることも出来るんだぞ？　本人を脅せる状況を作り上げたってことだろ」

「コーラル様がセフォルズにいることが帝国の方々に知られると、そんなにまずいの？」

「……ごく一部の噂《うわさ》だ。これは絶対に誰にも言うなよ？　皇帝の体調はかなり悪いらしい。本格的な皇位争いが始まって、内紛が起こるんじゃねぇかって帝国内じゃ囁《ささや》かれてる。皇帝が危篤《きとく》状態にも関わらずお忍びで他国を訪れているなんて知れてみろ。皇位争いから落としたい皇族連中がこぞってコーラルを貶《おとし》めるためのネタにする。セフォルズが正面から帝国と戦うより、内紛を引き起こさせた方が帝国を倒すことが出来るだろってさ……戦争になった場合の話だぞ？」

……よっちゃんを敵に回すのが一番怖いかもしれない。

明確な条約が存在しない国同士の国境では、勢力争いが続いていることはお父様が将軍である私は良く知っている。

セフォルズは隣国とは可能な限りの条約を結び、争いが起きないようにするのが国の方針だが全《すべ》ての国がそうは望んでおらず、領土を広げるために攻め込んでくる軍勢を、お父様達騎士団が防いでいるのが現状だ。

……争いの火種は、ないに越したことはないわよね。

私がコーラル様の申し出をお受けすれば、一つは火種を消すことが出来るのだろうか？

「悪いこと考えるの禁止ぃ」

「うぷっ」

鼻を軽く摘《つま》まれ、無意識に俯《うつむ》いていた顔を上に向かされた。

何するのっ!?　と怒る前に唇に柔らかいものが重ねられる。

重ねられたのはソウの唇で、人目の多くある場所でのキスに顔が熱くなる。

すぐに離れると思ったのに、ソウは幾度も角度を変えて口付けを繰り返す。

「んっ！　……んんっ！」

ソウとのキスは好きだけどっ、学園祭で賑《にぎ》わう学園内の、しかも真昼間に王子様が公衆の面前で口付けしているのは風紀上良くないと思う！

必死でソウの背中に手を回し、制服を引っ張る。

息苦しさから口を開いてしまい、舌を入れられてしまうかと思ったが、ソウはやっと離れてくれた。

抱き締められている様を見られた時と違い、通り過ぎる人がそそくさと顔を真っ赤にして走っていくのが視界の端で見えて、居《い》た堪《たま》れない。

「ソウっ！　今はダメ！」

「悪かった。俺も今するつもりはなかったが、つい」

「ついって！　もうっ！」

「嫌だったか？」

「私がソウとのキスが好きなの、前に教えちゃってるじゃない。嫌じゃない！　嬉しかった！　でもっ、恥ずかしかった！」

「そうか。悪かったな」

悪かったと言いつつもソウは嬉しそうに笑っている。

「折角ヨアニスが時間を作ってくれてナターシャと会えたのに、帝国の話なんてしたくねぇ。つーわけで、帝国の話はこれで終わりぃ。……弁当、今日もありがとな？」

ソウが持っていた紙袋の中には朝よっちゃんに渡したお弁当が入っていた。

よっちゃんてば、しっかり届けてくれたのね。

……ソウの言う通り、よっちゃんが一日早くソウとの時間を作ってくれたんだもの。

私も、今はソウと回れる学園祭を楽しませてもらおう。

「あっ、でもまだ食べてないのね？」

「昼頃《ひるごろ》には会えそうだったからな。一緒に食おうぜ。二人分じゃ少ねぇから何か追加で買おう」

「いいの!?　私ねっ、昨日から食べてみたかったものがあるの！　他国の料理だと思うんだけどね？　お弁当と一緒に食べても美味《おい》しいと思うの！」

ベンチから立ち上がり、ソウの手を握り、お店のある方へ引っ張っていく。

ソウと一緒にお昼を食べられると分かり、途端にお腹《なか》が減ってくる。

昨日は食欲が湧《わ》かず、お昼は食べなかったのに。

美味しそうだなと思うお店は沢山あったけど、コーラル様と一緒に食べる気はしなかった……。

日当てのお店で食べたかった商品を購入し、食事が出来るようテーブルと椅子《いす》が設置されている場所に移動した。

自分が作ったお弁当だけど、お店で購入した品と合わせて食べるとまた一味違って楽しめる。

何から食べようかと悩んでいると、目の前にジュースが入ったコップが二つ差し出される。

「ん。飲み物もいるだろ？　葡萄《ぶどう》と蜜柑《みかん》だってさ。好きな方取れ」

二種類のジュースを差し出してくれるソウを見つめる。

「どうした？　どっちも嫌だったか？」

「違うわ。どっちも好き。葡萄も蜜柑も大好き。けど、ソウが買ってくれたものなら何でも好きだなって思ったの」

コーラル様に頂いた林檎《りんご》ジュースを思い出す。

林檎も大好きなのに今は飲みたくない。

薬が入っているかもしれませんよ？　と、怖いもしもの可能性を言われてしまったから当然なのかもしれないけど。

ソウが買ってきてくれたのが葡萄と蜜柑で良かった。

「……お前はもしかして俺を試してんのか？」

「試してないわよ⁉　あっ！　どっちも飲みたいんじゃないからねっ⁉　ソウこそ好きな方取っていいからね？」

「好きな方ね……じゃあ、どっちもつーことで」

葡萄と蜜柑のコップ両方にストローを入れたソウは、テーブルの中央にジュースを置く。

「飲みたいと思った時、飲みたい方を飲め」

「……何かお行儀悪くない？」

「いいだろ別に。学園祭なんだし。それに間接キス出来るしー？」

間接キス⁉　それは前世も含めてしたことない‼

「俺は直接キスする方が好きなんだけどな」

「い、今さっきしたじゃない」

『ぜってぇ後でもっとする。……ナターシャ嬢、いちゃいちゃしたいのですが、宜《よろ》しいですか？』

なんで畏《かしこ》まって聞いてくるの⁉

一体何をしようとしてるのか分からないが、王子様に嫌ですと言えない。

「ど、どうぞ」

「ではお言葉に甘えよう。食べさせてくれ」

「……はい？」

「弁当。食べさせてくれっての。口開けて動かないでいるからさ」

それはつまり、「あーんっ」ってやつですか⁉

椅子を移動し、私の横にぴたりと身体《からだ》をくっつけたソウは、間近で期待する顔を向けてくる！

そんな、確かにいちゃいちゃの基本かもしれないけど、王子様に⁉　「あーんっ」なんてしていいの⁉

おろおろするが、ずっとソウに待たせるのは良くない。

意を決し、箸《はし》でお弁当から一口サイズの唐揚げを取り、ソウの口元へ運ぶ。

「あ、あーんっ？」

「あーん」

モグリと躊躇《ためら》うことなく差し出した唐揚げをソウは一口で口に含む。

い、言ってしまった！　恥ずかしいことを言って、やってしまった！

どんどん身体が熱くなっていくが、間近でモグモグ唐揚げを咀嚼《そしゃく》するソウを見て、訳が分からないが心臓が高鳴る！

なんで!?　ソウの食事している姿なんて数え切れないほど見てるのに!?

ドキドキドキドキ。痛いほどに鳴る心臓に収まれと念じる。

「美味《うま》いよな、ほんと、お前の作る飯《めし》は。つーわけでお返しに、あーん」

嘘でしょ!?　私にもするの!?

唐揚げを呑《の》み込んだソウは自らも箸を持ち、お弁当箱から玉子焼きを取って私に差し出してくる。

や、やるしかないわよね!?

「あーんっ」

下品でない程度に口を開けると、ソウが卵焼きを唇に優しく触れさせてくれて、パクッと食べることが出来た。

これは恥ずかしい。やるのもされるのも恥ずかしい！

目を瞑《つむ》って玉子焼きをモグモグして呑み込んで目を開けるとソウがジッと私を見つめていた。

「何？」

「食べさせ合うってエロいもんなんだなと認識した」

っ！！？　不埒《ふらち》な目で見てるからそう思うのよ！　……と、言い返せたら良かったのだけど。

私も同じように思ったからこそ、ソウに食べさせた時に心臓が高鳴ったのかもしれないと思えて何も言い返せなかった。

「そういや、コーラル皇子からまた薔薇を渡されてたんだって？」

「……うん」

ソウに情報が届かないわけがないわよね。

食事を終えて、ソウと手を繋いでお店を見て回っている。

不意に聞かれた質問に、嘘も吐けず素直に頷くと、「あの野郎」とぼそりとソウが呟《つぶや》いた。

「いらねぇってお前が言えねぇの分かってて渡してる節があるのがクソ腹立つ」

「口が悪いわ王子様」

頂いた白と桃色の薔薇は、自室に飾る気にはなれず、ハーヴィ家のリビングに飾られていて、ジャックが見る度に眉《まゆ》を寄せている。

「ムカつくんだからしょうがねぇだろ。それに、ナターシャには薔薇よりもっと似合う花がある」

「似合う花？」

自分で自分に似合う花というのは意識したことがない。

学園祭に出店している店の中にはもちろんお花屋さんもあって、綺麗に可愛らしく咲き誇る花々は見ていてとても楽しくて癒《いや》される。

……思えば、ソウにお花をもらったことはないなぁ。

売られている花を見ると、ブーケとして売られている物もあったり、透明な容器に瓶詰めされているハーバリウムと呼ばれる商品も並んでいて目移りしてしまう。

「どれが欲しいんだ？」

「えっ⁉　いや、違うの、余所見《よそみ》して歩いてごめんなさい」

足を止めたソウに少し身体をぶつけてしまい謝る。

真っ直《す》ぐ前を見て歩いていないからよね、反省しなきゃ。

「珍しく物欲しそうな顔見せてくれたじゃねぇか。どれでも言え。買ってやるよ」

「そんなっ、ソウ。無駄遣いダメよ」

「無駄？　婚約者であり恋人でもあるお前に物を贈るのは無駄じゃない。それに、俺とお前が商品を購入することはその商品の宣伝効果になるだろ？」

「……そうかな？」

「そうだろ？　で？　どれだ？」

「えっとね、お花屋さんの商品なんだけど」

お花屋さんの前にソウと共に来ると、お花屋さんのご主人と店員さんが色めき立つ。

そりゃそうよね。私はともかく王子様が足を止めて下さっているんですもの。あまり長いこと悩んではいられない。

ストックのブーケが一番可愛いと思うけど……ついつい想像してしまう。

いつ迎えられるか分からないが、ソウとの結婚式でもブーケは花嫁が持つ事が出来る。

その時まで、ブーケはお預けにしておくべきかな。あぁでも！　私本当にソウのお嫁さんになれるか分からないんじゃない？

ここは一生の思い出を頂くつもりで、今のうちにソウからもらっておいて後々に、婚約破棄になったら、ブーケを見ながら思い出に浸る老後を過ごすってのもありなんじゃ。

「ストックのブーケと、向日葵《ひまわり》のハーバリウム、あとはエディブルフラワーの詰め合わせ全種類をもらおう」

「ありがとうございますソウンディク王子殿下」

「えぇっ!?」

私がどれを欲しいか言う前にぽんぽん注文をしてしまうソウに驚く。

しかも、私が一番欲しいと思った品が入っているのは何故!?

「向日葵のハーバリウムとエディブルフラワーの詰め合わせはハーヴィ家へ届けてくれ」

「畏まりました」

幾つか作られているストックのブーケの中で一際可愛いなと思えた物をソウは選んでくれて、私に差し出してくれる。

「ほら、やるよ。これが欲しかったんだろ？」

「うんっ！　ソウ、ありがとう。でもどうして分かったの？」

手渡されたブーケとお花を傷つけないよう注意して持ちながら問う。

「そりゃあもう、いつだって俺はナターシャのことを考えてますんでね」

うくぅっ！　心臓が痛い。

「エディブルフラワーは殆《ほとん》ど俺自身のために買ったけどな。ナターシャなら分かってるだろ？　エディブルフラワーは……」

「食用花って意味だものね。任せて。美味しくて、見栄えもするお弁当を作るわね！」

「楽しみにしてる」

ソウと目を合わせて笑い合う。

私よりソウの方こそ薔薇のような華やかなお花が似合う。

なのに、食べられるお花の詰め合わせを全種類購入してしまう少し変わった王子様が大好きだ。

「さっき途中だったお前に似合う花だが、あれは向日葵だと俺は思ってる。ナターシャの髪は空色だが、もっといや夏の空の澄んだ青色だ。向日葵のブーケも捨てがたかったが、ハーバリウムの方が長く咲き誇るからな。部屋にでも飾ってくれ」

……どうしよう。ソウが素敵過ぎて辛い。

本当に困る。確実に好きな気持ちが大きくなっていっているのが恋愛経験ゼロの私でも分かってしまう。

「絶対飾るっ……けどっ、ソウ、もうちょっと手加減してくれない？」

「手加減？　どういう意味だ？」

「ソウがカッコよすぎて心臓がもたないの！　キスも抱き締められてもドキドキするし、贈り物も嬉しいし、手を繋ぐのもソウとならずっと繋いでたいもの」

「……お前こそ俺の心臓やら下半身どうしようとしてんだ」

まだ、学園一年目。未来が決まる三年目の卒業まで時間がある。

ソウや、みんなと過ごせる学園生活はとても楽しい。

けれど、卒業まで時間があることがとても不安だ。

悪役令嬢として転生しているのに、王子様と幸せになっていいの？

私は幸せになれても、ソウは、私と結婚して幸せになれるの？

ユリアちゃんに選ばれることはないかもしれないが、悪役令嬢と結ばれる必要もないんじゃないの？

島流しの行き先が帝国じゃないにしても、セフォルズを私が出ることが、ソウの幸せに繋がるのなら、考えておかなければならないんじゃないだろうか？

「……ナターシャは笑顔が一番可愛い」

「きゃあっ！」

グイッと引き寄せられ、ソウに抱き込まれる。

危うくブーケが潰《つぶ》れてしまうところだったわっ！

文句を言おうとしたが、真剣な眼差《まなざ》しで見つめてくるソウを見て言葉を呑み込んでしまう。

「さっきまで可愛く笑ってたのに、急に表情が曇《くも》ったな」

「ごめんなさい」

「謝るなよ。……ナターシャ。学園祭で買いたいものはもうねぇか？」

「え？　あ、うん。もう十分だけど、どうして？」

「城に戻る。お前を連れてな。今日は城に泊まらせることを、ハーヴィ将軍にも許可を取ってある」

耳元で囁かれ、夜の営みのお誘いを含まれてることを察してしまい、顔が熱くなる。

「ないんだな？　行くぞ」

「う、ん」

ソウに手を引かれ、王族専用の馬車が待つ場所まで連れてこられる。

護衛の騎士達が頭を下げ、馬車の扉が開かれる。

そして閉められた途端に唇が重ね合わされ、ソウの舌が唇の隙間《すきま》から入り込み、私の舌が絡め取られる。

息が出来ないほどの深いキスで、ソウの吐息が私の口内に流れ込み、その熱さに背筋が震えた。

「は……ナターシャ、愛してる。何が不安だ。俺には言えないことか？」

「んっ……ソウッ……」

「婚約破棄なんて、俺から言い出すわけねぇだろ。お前から言い出してきたとしても受け入れねぇからな。お前は俺のだ。今も。これからも。お前自身が嫌がっても嫁にする」

馬車の座席に押し倒され、ソウを見上げる状態でお嫁さんにすると言い切られてしまい、真っ赤になった顔を見られたくなくて持っていたブーケで顔を隠す。

「……なんで隠すんだよ」

「嬉しくてっ」

「なら、嬉しがってる顔を見せろよ」

ブーケを退《ど》かされてしまうが、目を瞑ってソウを見ないようにしながら訴える。

「ソウっ」

「何だよ」

「私はソウが私を望んでくれる限りは私から婚約破棄なんて絶対言い出さないと誓うわ！　けど、ソウの幸せのためなら身を引ける！　だから、ソウから婚約破棄を言い出す時はせめてもの情けで人が少ない場所で言って！　よっちゃんとジャック、それにメアリアンがいてくれると精神的に安定するから呼んでおいて欲しいわ！」

乙女《おとめ》ゲームによくある卒業パーティーでの衆人環視《しゅうじんかんし》状態での悪役令嬢断罪イベントは私の心臓では耐え切れない。

恐怖とソウから別れを切り出された悲しみで絶対泣き出す自信がある。

最悪気を失ってその場に倒れてしまったら、誰が回収してくれるだろう？　そのまま放置される可能性がとても高いんじゃない!?

「お願いソウ！　二年後まで覚えておいて！」

ブーケを抱き締めてソウに懇願するっ。

「……よーく分かった」

「分かってくれたのね!?」

パッと目を見開くと、珍しく怒ったソウの顔が間近にあった。

「ナターシャに俺の気持ちがまだまだまだまだ伝わってねぇことがよっく分かったよ！　ガッツリ抱き潰してやるから覚悟しろ！」

恐ろしいことを宣言されてしまった……。

・ソウに消毒されました

「んっ！　……ソウ……おねが……もぅ……いいでしょっ……んんっ」

「まだ駄目だ。コーラルに触られたんだろ？　俺《おれ》のナターシャなのに、きっちり消毒しねぇとな」

城に馬車が到着するとソウは私を横抱きにし、真っ直《す》ぐに自室へと向かうと寝台に座らされた。

身体《からだ》を密着させて座ったソウは、私の手を取ると、信じられないことに指一本一本に舌を這《は》わせてくる。

温かくて柔らかな舌が指を這う感触に、指先だけじゃなく身体も震える。

コーラル様は汚い方では当然ないし、指を舐《な》められるなんてしていない。

なのに、指の付け根、間接部分まで念入りに舐められてしまい、もどかしい感覚に襲われる。

もじもじと膝《ひざ》を擦《こす》り合わせてしまうと、やっとソウが指から舌を離してくれた。

「なんだ？　他《ほか》のとこを舐めて欲しくなったか？」

「ちがっ」

「違うのか？　それなら、ゆっくり触らせてもらおうか……」

「あっ！　……んっ」

制服のスカートを太腿《ふともも》が露《あら》わになるまで捲《めく》り上げられ、ソウの手が太腿を撫《な》で回すように執拗《しつよう》に触り始める。

太腿の内側の柔らかさを確認するように幾度か揉《も》まれ、指が這っていく。

ソウの手が足の付け根へと移動し、秘部へと指先が触れると、くちゅりと厭《いや》らしい音が聞こえてしまった。

「もう下着が濡《ぬ》れてんじゃねぇか」

「だって！　……ぁっ……あぁっ」

「指舐められただけで感じてたのか？　厭らしくなってきたな？　ナターシャ……」

「やぁんっ！」

下着の上からグリッと強めに陰核を刺激され堪《たま》らず声を上げてしまう。

「可愛《かわい》い。もっと声聞かせろよ」

「あぅっ……あっ！　ダメぇっ！　グリグリしないでぇっ!!　やぁぁんっ！」

陰核を刺激され続けながら、膣《ちつ》の入口を指先で突かれる。

ソウの指の腹が幾度も往復を繰り返し、さらに下着を濡らしてしまう。

寝台を濡らしてしまうことを恐れて腰を上げてしまうと、私が気にすることを読んでいたのか、ソウに下着をずり下ろされてしまった。

「きゃあっ!?　あんっ！　……やぁっ！」

「グチョグチョじゃねぇか。もう俺の指、簡単に咥《くわ》え込めるな」

膣内にソウの指が侵入してきて、中で動かされる。

入口付近の特に感じてしまう部分を指の関節で刺激され、どんどん愛液が溢《あふ》れ出してくる。

「あんっ、あっ！　そこダメっ……あああっ！」

「好きの間違いだろ？　ん？　ソウに触られるの好きって言ってみろ」

「そんなっ……んっ……言えないっ……やっ……」

「……ふーん。言えねぇのかぁ」

「えっ？　……あ……」

ソウの指が膣から引き抜かれてしまう。

「どうして、抜いちゃうの？」

「もっともっとナターシャからも俺を欲しがって欲しいんだよ。ほら、言ってみろ。本当は触って欲しいだろ？」

ちゅっちゅっと頬《ほお》に優しくキスをされながら問われ、恥ずかしくて堪らないが幾度も頷《うなず》いてソウの腕を掴《つか》む。

「本当はっ、もっと、触って欲しいっ。ソウに、触られるの好きぃっ……きゃあんっ！」

先ほどは一本だった指が二本に増やされ、膣へと挿入された。

ぐちゅぐちゅと音を立ててソウの指が愛液をかき混ぜるように動かされていく。

「あんっ！　……気持ち良いよぉっ！　……ソウっ……あん……きもちぃっ」

素直に気持ち良いことを伝えなければ、また触ってくれなくなってしまうかと思えて必死で伝える。

すると、後頭部に手を添えられてソウの方を向かされると、深く口付けられ、舌が絡み合う。

上からも下からも厭らしい水音が立ち、耳でも興奮してしまう。

膣の入口で蠢《うごめ》いていた指は、三本に増やされると奥の方を突き始め、快感が押し寄せてくる。

「はぁっ！　ぁんっ！　もっ……あんっ！　イッちゃうよぉっ！　……んぅっ……あんっ！」

「いいぞ、イけ」

「やぁっ……あっ……んんっ!!」

指全体で膣壁を擦られ、グチュグチュ音を立てられながら、達してしまった。

力が抜けた私を引き寄せたソウは、髪を優しく撫でてくれて、髪の一房を手に取り口付ける。

「消毒はこんなもんかな……」

「ぁ……こんな、こと……コーラル様に、んっ……されてないっ……」

「当然だ。俺以外誰《だれ》であろうとお前のそんなエロ可愛い顔見せて堪るか。さて……じゃあ、こっからはただただ、ナターシャの可愛いとこをじっくり見せてもらおうか」

「ひぁっ！」

制服を脱がされてしまうと、ブラすらも外されて裸にされてしまう。

胸をソウにまじまじと見られ、既に何度も見られてしまっているのは分かっていても、恥ずかしくて手で隠す。

「恥じらう姿も可愛いが、しっかり見せてもらいてぇんだけどなぁ？」

「だって、私ばっかり恥ずかしいんだもの」

「なら俺も脱ぐ」

私にキスをしたソウは自ら制服を脱ぐと、ソウの身体が露わになり、目のやり場に困る。

慌てて視線を逸《そ》らすと、グイッと腰を持たれ、寝台に横たわったソウの上を跨《また》ぐように座らされてしまった。

「な、何この格好!?」

「上下逆転もありだろってこと」

お互いの手を指先が絡み合うように握らされ、恥ずかしい部分を隠すことが出来ない。

ソウを押し倒しているような状態にも思えて、とんでもなく恥ずかしい！

「ちょっ、手放してっ！」

「俺とはずっと手を繋《つな》いでいたいと思ってくれてんだろ？　嬉《うれ》しいぜナターシャ。俺もお前とずっと触れ合っていたい」

「私が言ってる意味と絶対違うでしょ!?　……ぁっ！」

ソウが下から腰を動かし、濡れる秘部にそそり立つ陰茎の先を宛《あて》がう。

「……さすがに手を使わないで挿れんのは難しいか。これはこれで気持ちぃけどな」

ヌルヌルの愛液を垂らしてしまっている陰核とソウの陰茎が擦れ合い、確かに気持ちいい。

「ぁんっ……んぅっ……じゃぁ、手、放せばいいじゃないっ」

エッチをやめてとは言えなくなってしまっている。

ソウに触ってもらうのは、先ほど言わされてしまった通り、好きなんだもの……。

「いいぜ？　片手だけな？　けど、俺はナターシャの胸も触りたい。だからさ？　お前が挿れてくれ」

「……は？　む、無理、そんなっ……」

「ならずーっとこのままナターシャの裸を視姦《しかん》させてもらっちまおうかなぁ？　俺が腰揺すると、お前の胸が揺れてめちゃめちゃエロくて最高なんだけどぉ？」

「っ!!」

美形のクセにソウはニヤニヤ厭らしい笑みを向けてくる。

そんな風に言われてしまったら、このままの状態でなんていられない。

解放された片手で、ソウの陰茎に触れると、その熱さと大きさに、こんなものが自分の中に挿れられていたのかと知って少し腰が引けた。

「こ、擦るだけじゃ、ダメ？」

「それじゃダメだなぁ」

自らこの熱く滾《たぎ》る陰茎を挿入することが怖く思えて、ソウを縋《すが》るように見遣《みや》るが首を横に振られてしまう。

煮え切らない私にエッチをする気がなくなっても不思議じゃないのに、恐る恐る触れているソウの陰茎は手の中でビクビク脈打ってしまっている。

「……つーか、何回か抱き合ってんのに、まだ怯《おび》えた顔を見せてきてるお前に俺今超興奮してるから。途中でやめるなんて不可能だから腹括《くく》れ。あまりに焦らされると、声が出なくなるまで犯しちまうぞ？」

「わ、分かった！　頑張るからっ……」

意を決し、自分の膣口にソウの陰茎の先端を宛がう。

当てただけで、きゅぅっと膣が締まったのが自分で分かる。

期待して愛液を溢れさせ、トロトロの蜜《みつ》を垂らして待ちわびていた膣はソウの陰茎の先端が入り込んだだけで疼《うず》く。

「んっ……はぁ……んんっ」

「あー、マジ、絶景……きもちぃっ……」

こっちは羞恥心《しゅうち》に耐えながら必死で腰を沈めていっているのにっ！

涙目になりながらソウを睨《にら》むと、嬉しそうに笑みを返されてしまう。

握り合っている手にギュウッと力を込めて、何とか奥まで挿入を終えられた。

指とは比べ物にならない熱と大きさに、息が詰まる。

「良く頑張ったな……後はひたすら気持ち良くさせてやるからな？」

「え？　……んっ、あっ、待ってっ、あんっ！　まだ動いちゃダメっ……ソウッ……んぅっ！　やぁああんっ!!」

下から激しく律動が開始され、膣の奥の子宮の入り口を何度も突いてこられる。

自重で一層深く陰茎を呑《の》み込んでしまっていて、少しでも浅くしようと腰を浮かそうとしても、そのせいで陰茎が内壁を擦り上げ、より快感が込み上げる。

宣言通り、ソウの片手は私の胸を揉み、時折先端を指先で転がされた。

「あんっ！　んぁぁっ！　……はぁっ……あんっ！　ソウっ！　もうっ……あんっ……またイッちゃうよぉっ！」

「イクか？　そんなに俺に奥を突かれるのが好きかナターシャ？」

「ぅんっ！　好きぃっ！　ソウにっ、あぅっ奥突かれるの好きぃっ！　そこ……あぁんっイッちゃ……！」

「好きなだけイっていい……俺も一度イク。脚広げて俺の上に跨《また》って、腰振ってるお前を見られるなんて……マジ堪んねぇな……クッ……」

律動が加速し、乳首を摘《つま》まれる。

下から突き上げてくるソウの動きに合わせて、自分自身でも気持ちの良いところに陰茎が当たるように腰を揺らしてしまう。

「あんっ！　ソウっ、おっぱいも……弄《いじ》っちゃいやぁあっ！」

「きもちぃクセに……あぁ……ナターシャ……一緒にイこうな？」

「ふぁあんっ！　あんっ……あっ……ソウっ……だめっ……あぁあんっ!!」

熱い飛沫《しぶき》が膣内に放出されるのを感じ、同時にまた達してしまった。

「また……ナカに……ぁあっ……」

「はぁっ……前に言ったろ？　お前が孕《はら》んでくれても、俺は困らないし、嬉しい。……まだまだ終わらせねぇぞ？」

「きゃあっ⁉　あぁっ！」

陰茎が引き抜かれたかと思うと、寝台にうつ伏せに寝かされ、後ろから再び陰茎を突き立てられてしまった。

背後から腰を持ち上げられて腰を打ちつけられた後……二度目の射精はお尻《しり》に掛けられた。

ソウの枕《まくら》を抱き締めて息を整えていると、真横に横たわったソウにじっと見つめられる。

「はぁっ、はぁ……な、に？」

「可愛いなぁと思ってさ」

汗で湿った髪を一房手に持ちながら言われてしまい、枕に顔を埋める。

「可愛いっつってんのに、何で隠すんだよ」

「恥ずかしいから隠すって言ったじゃない」

「俺は見たいんですけどぉ？　見せてくれねぇの？」

「っ、狡《ずる》いっ」

残念そうに言われたら、隠れていられない。

枕から顔を上げると頬にキスをされ、額や耳にも優しいキスを幾度も繰り返される。

「ナターシャ、好きだ」

「うぅっ」

甘く囁《ささや》いてくるソウに身体全体が熱くなってくる。

「お前は？　俺への特別な好きな気持ちは、強くなったか？」

「とんでもなく強くなってる！　大好き！　ソウは気付いてないでしょうけど、私、今日ずっとドキドキしっ放しだったんだから！　どうしてそんなに素敵なの!?　困っちゃうじゃない！」

身を起こし、ソウに抱きつきながら文句を言わせてもらう。

食べさせ合いっこも、お花を沢山プレゼントしてもらえたことも、何もかもとても嬉しくて大変だった！

またソウに食べさせたい。お花も欲しい。お祭りをもっとソウと回りたい。

欲求がどんどん溢れてきてしまう。

「ソウは顔も良くて背格好も素敵で性格も良くて、どこか欠点作ってくれない!?」

「……俺はどうしてお前とすぐに結婚出来ねぇのかを今猛烈に悩んでる」

「人の話聞いてる!?　ソウの顔も性格も大好きなの！」

「そうかそうか。なら俺もさっきからお前が文句と言いつつただ俺を褒め称《たた》えてるだけの言葉を返そう。俺もお前に困ってるよ。もっと俺に強請《ねだ》ってこい。もう少しでいいから欲深くなれ。俺もお前の顔も身体も性格も愛《いと》しくて堪んねぇよ。俺の欠点だっけか？　そんなの決まってる。ナターシャにだけは俺は敵《かな》わない。お前にお願いされたら何でも聞いてやりたくなることが俺の欠点だな。そんでお前の欠点は自分に自信を持たねぇとこと、俺に愛されまくってる自覚がないとこだ」

「自信と自覚……」

「例として出すのもムカつくが、帝国の皇子に見初められるくらい容姿は整ってるってことは自覚しとけ。あ～、あと何より自覚しといてもらわねぇといけねぇことがあるな」

額と額をくっつけて、ソウの瞳《ひとみ》に私が映り込むくらい顔を近付けてソウが微笑《ほほえ》む……とんでもなくカッコいいです。

「……知ってるか？　俺達、激しく両想いみてぇだぞ？」

「っ！！？　そ、そっか……り、両想い……っ」

私はソウが好きで、ソウも、私を好きなら、そ、そういうことになるのね。

「大変だわ！」

「大変だな」

「他人事《ひとごと》みたいに言ってる場合!?　ソウを私、独占出来ちゃうわ！　したいと思っちゃってもいいってこと!?」

「俺もお前と恋人関係になってからお前を独占出来る時間が増えて大変だよ。じゃあ、もっと自覚を持ってもらうためにゲームでもすっか。相手の好きなとこ十個言おうぜー。まず俺から～。ナターシャの髪、目、顔、唇、胸、足……」

「身体の部位ばっかりじゃない!?」

私の身体目当てってこと!?　……それでも嬉しいけどね。

「性格も好きだよ。そういうお前は？　俺の身体の部位好きじゃねぇの？　俺の顔好きなんだろ？」

「うっ、好き……ソウの顔も、目も、髪も……あっ！　でもでも私はソウの声も好きだわ！　もちろんソウの性格だって大好きよ！」

私は身体ばっかりが好きじゃないわよアピールをさせてもらう！

「俺だってお前の声は大好きだ。ただ最近は好きな声も増えた。普段のお前の声も可愛くて好きだが、エロいことしてる時に出す甘くてちっと高くなる声も好きだぜ？」

「っ！　恥ずかしいじゃない！　そっちが恥ずかしいこと言うなら私だって言わせてもらうわよ！ソウのじ、上半身が思った以上に鍛えられてて驚いて……その、かなり、好き」

服を着てると分かり辛《づら》いが、腹筋まで割れていて、少し、メアリアンが鍛えた男性を好む気持ちが分かった気がしている。

コレにはソウも恥ずかしがってくれるだろうと思ったのに。

「へぇー？」

とんでもなくニヤニヤ嬉しそうな顔をされてしまう。

し、しまった‼　今のは内緒にしておく好きな部分だったの⁉

「そうかそうかナターシャは俺の上半身が好きなのかぁ」

「まっ、待って！　今のなし！　いや、好きだけど、十個の好きのうちからは外して！　私の心の中だけで好きでいるから、ソウは忘れて！　あとソウの手が好きっ、指が好き、えっとえっと……きゃあっ⁉　あんっ！」

ソウより先に十個好きな部分を言ってしまおうと思ったら、仰向けにされ足を持たれ、愛液で溢れかえっている膣にソウの陰茎が一気に奥まで入り込んできてしまう。

「ソウっ……あん、なんでっ……ゃぅっ……」

「まだ抱き潰《つぶ》せてねぇし？　それにそんな可愛いこと言われ続けて我慢出来るわけねぇだろ。俺の上半身が好きなんだろ？　そんなに好きなら俺の首に腕回せ。ぴったり身体くっつけてエロいことしようぜ？　俺の下半身もお前に好きになってもらいたい」

「エッチっ！　……はぅ……っ、ああっ！」

「エロいことしてる時にエッチって言うなよ。可愛過ぎるだろっ」

ソウに激しく突き上げられ、結合部がぐちゅぐちゅ音を立てる。

背中にソウの手が添えられ、身体を密着させて抱き合っているので、好きだと白状してしまったソウの身体と触れ合っていることを今まで以上に意識してしまい、いつも以上に興奮し、理性が飛んでいってしまいそうになる。

「んっ……あぁっ！　ソウっ……ダメっ……あんっ……そんなに突いちゃダメっ……」

『気持ちいいんだろ？　大好きって言えよ。俺のこと好きなんだろ？　愛してる、好きだ、ナターシャ」

「ぅ……んんんっ……ソウっ、好きっ……ソウ……あぁっ……大好きぃいっ！」

あぁ、本当に大変だ。好きと言い合いながらエッチをするとこんなに気持ちが良いなんて。

熱い口付けを交わしながら、ソウの奥が膣の最奥を幾度も突く。

堪らず背を仰け反らせて達してしまう。ドクドクと、最奥に再び精液が吐き出されたことが分かる。

「はぁっはぁ……お前こそ覚えておけよナターシャ。お前が傍《そば》にいてくれないと、俺は生きていけない。生きてくつもりもねぇからな」

大好きな王子様は余裕のない表情でとても嬉しいことを言うと、陰茎が抜かれることなく、再び律動を開始する。

これは本気で抱き潰すつもりなのね。

半ば諦《あきら》めながら思い、ソウにならば何をされても構わないと思えて、快楽に身を委《ゆだ》ねることに決めた。

・よっちゃんと出掛けることになりました

モグモグとサンドイッチを食べながら、ソウが残していってくれたメモを見つめる。

『ナターシャ悪ぃ。夜会は出席出来なくなった。俺《おれ》以外と踊らせたくねぇから、学園祭三日目は休んでくれ』

宣言通り抱き潰《つぶ》され、目を覚ますとソウの姿はなく、メモが残されていたのだ。

メモの内容に幾度も頷《うなず》き、納得する。

それはそうだろう。本来ならば学園祭二日目に会えない多忙な王子様なんだから。

それに……。

「うっ」

腰と膣《ちつ》の疼《うず》きが、未《いま》だ残っている。

夜まで時間があるが、ダンスを踊るのは出来ればご遠慮させてもらいたい。

ソウにもお願いされているので、学園祭三日目は欠席させてもらおう。

無遅刻無欠席を目標としているのだが、通常授業のみのカウントなので、皆勤賞は目指せる。

目覚めた時には今度は昼過ぎどころか夕方近くで青褪《あおざ》めた。

笑顔のリリィさんに着替えを手伝って頂き、軽食を持ってきて頂いたところだ。

「ご馳走《ちそう》様でした」

サンドイッチを食べ切り、紅茶を飲み干し、手を合わせて感謝する。

自分で作るサンドイッチも美味《おい》しいが、王城で働く料理人さんの作るサンドイッチはまた格別だ。

ほんの少し体力が回復したと思えて一息吐《つ》いていると、コンコンっとソウの部屋の扉がノックされる。

勝手に出ていいのか迷っていると、リリィさんが訪問者を連れて部屋に入ってきてくれた。

「よっちゃん！」

「やぁ、ナーさん。食事は終わった？」

「うんっ！　とっても美味しかったわ！」

訪問者がよっちゃんでホッとした。

ソウにご用のある方は、殆《ほとん》どの場合直接ソウがいる場所へ向かうだろうけど、ソウの自室を訪ねてくることもある。

「ナーさん。付いてきて欲しい場所があるんだ。私と一緒に来てくれるかい？」

「もちろん！」

よっちゃんと出掛けられるのは嬉《うれ》しい！

とはいえ遊びに行くわけじゃないわよね。

私が見ておいた方がいい物、読んでおいた方がいい本をよっちゃんが薦《すす》めてくれることは多い。

リリィさんにドレスを着せて頂いて、髪型まで整えておいてもらえて良かった。

よっちゃんが連れていってくれる場所には身分の高い方がいる時もあるからね。

ソウの部屋を出る時リリィさんにお礼を言って、よっちゃんと並んで歩く。

「そうだ、よっちゃん。昨日はありがとう」

「昨日？」

「ソウのお仕事、よっちゃんが代行してくれたんでしょう？　お陰で凄《すご》く楽しめたわっ！　けど、よっちゃんは学園祭楽しめてないでしょう？　ごめんね？」

「いいんだよ。私はナーさんとソウンディクが幸せなら嬉しいからね」

よっちゃんったら！　自分だってメアリアンと楽しみたいはずだろうに。

せめてものお礼にソウに買ってもらったエディブルフラワーで、よっちゃんにも美味しく食べてもらえるお菓子を作ろう！

「あれ、外に出るの？」

「うん。そうだよ」

てっきり王城内のどこかへ向かうのかと思ったら、よっちゃんは外へと続く道へ向かっていく。

よっちゃんが足を止めた先にはクライブ家の馬車が待っていた。

クライブ家の馬車は見慣れているのだけれど、私は思わず一歩引いて足を止めてしまう。

クライブ家の馬車の前には二人の甲冑《かっちゅう》を着込んだ人がいたから。両者とも顔が見えない。

よっちゃんの送迎をしている御者の方は何度も見たことがあるのだが、その人ではないのだろう。

「帰りは遅くなりそうなんだ。念のための護衛二人だよ」

「あ、そうなんだ…」

いつもと少し違う感じに驚きつつも、よっちゃんが一緒なら大丈夫よね？

よっちゃんに手を引かれ、馬車に乗り込む。

けど、またも驚きなことに、甲冑を着た一人は御者台に座ったものの、もう一人は私とよっちゃんと共に馬車に乗り込み……何故《なぜ》か私の隣に座った。

いや、いいんだけどね？　よっちゃんは私の正面に座ってニコニコしているから、よっちゃんが認めた人物だということだろうし。

ゆっくりと、馬車は動き出す。

そう言えばどこに向かうのか聞いていない。よっちゃんに聞いてみようと口を開く前に、

「ねぇ、ナーさん？」

よっちゃんに問い掛けられて自分の問いは呑《の》み込む。

「何？　よっちゃん？」

「ナーさんと私が二人きりになる時間は意外に短いよね」

「いつもソウが一緒だもんね」

「うん。だから目的地までは少し時間が掛かるから、良ければソウンディクに話せない悩みがあったら聞くよ？」

「えっ⁉　……あっ……あぁ……えっと」

ソウに話せない悩みを、よっちゃんに聞いてもらえる⁉

まさに聞いて欲しいことがあって早速言おうと思ったのだけど。隣に座る甲冑を着込んだ人物に目を向ける。

相談したい内容は王子様とのことだから、第三者に聞かれたら大変よね。

「大丈夫だよ。そこの護衛は銅像だとでも思って」

「ど、銅像？」

「口はとんでもなく硬い護衛だから安心してってことさ。その様子だと何かあるんだね？　言ってごらん？」

……よっちゃんがそこまで言うならいいのかな。

「よっちゃん聞いて！　私、ソウと両想いだったの！」

　昨日判明した重大なことをよっちゃんに報告する。

「……うん」

　何その間!?　よっちゃんらしくない！　「今更？」と聞こえた気がするのは気のせい!?

「大変だと思わない!?」

「良かったねぇ、としか思わないけど？」

「だって、私がソウを独占したら大変なことじゃない？」

「どこが？」

「……どこだろう？」

　聞き返されると具体的には分からない。

　よっちゃんは溜息《ためいき》を吐いて、背を壁に預けて天井を仰ぐ。うう、呆《あき》れさせて申し訳ない。

「このままだと、ソウと私は結婚出来るの。凄く嬉しいと思うわ」

「うん。全く問題ないね」

「ソウが私を好きでいてくれて、私もソウが大好きだから、ずっと一緒にいたいと思うの。でもね、急に私が悪い女になっちゃわないかが不安なの」

　ブハッ！

　目の前のよっちゃんが吹き出したんじゃない。

　何故か隣と、そして御者の方から聞こえた気がする。

　よっちゃんはと言えば、肘掛《ひじ》けに肘を置き、私を見据えている。

「……ナーさんのイメージする悪い女ってどんな女？」

「どんな……そうね、例えばお金遣いが荒い女とか。あのね？　昨日ソウにお花をプレゼントしてもらえたのっ！　私、また欲しいって思っちゃったのよ。ソウがくれたハーバリウムの花は当分見て楽しめるし、ブーケもハーヴィ家に城から送ってもらったから、シアが生けてくれてると思うわ。少し枯れてきたら押し花にしようとも思ってるから当分楽しめるのに！　欲深いと思わない？」

「思わない。寧《むし》ろナーさん。学園祭で買ったのは箸《はし》とジュースと軽食と花だけだって？　少な過ぎる。ソウンディクも言ってたと思うけど、君とソウンディクが買うことで、国民の購買意欲を高めることが出来るんだよ？　ナーさんが少ししか買わないから、箸屋とジュース屋と軽食屋は物凄い儲《もう》かって、ソウンディクが大量購入した花屋なんてもう品切れで他《ほか》の花屋まで儲かってるって私のところまで報告が上がっている。悪徳商人には引っ掛かるなとは言ったけど、もう少し来年は幅広い商品を複数買ってもらいたいね」

「ごめんなさい」

あれ？　何で私が謝っているのだろう？

節約って大事なんじゃないの⁇

「国のお金を私に使われちゃっていいの？」

「もう一度言うけど、君達が買うことで経済は回るんだよ？　国民の懐も潤うようになっているから安心しなさい。あとジャックがよく嘆いているけど、ドレスも装身具ももう少し普段から買うか、ソウンディクに買ってもらってくれない？」

「何で⁉　どれもまだまだ綺麗《きれい》なのよ？」

「王子の婚約者がずっと同じ装いなのは問題だからだよ」

「王族主催のお茶会や夜会の時には新調しているもの」

「ナーさんが買うお弁当箱と同じ頻度で買って欲しいね」

お弁当箱と同じ頻度で⁉

シーズンごとには買い換えは絶対していて、良さそうなお弁当箱は月一で買っているのに⁉

「よっちゃん⁉　少なくとも年に十二着もドレスを買うことになっちゃうわよ⁉」

「うん。まだ少ない方だね」

「必要ないわよそんなに！」

「年にドレスを百着以上買うだけじゃなく作る令嬢もいるんだよ？　ソウンディクと両想い大変結構。それじゃあこれからは王子妃になるために必要な金銭感覚を持ってもらおうか。ナーさんは節約し過ぎている。今後はソウンディクと共に他国へ赴く時もあるんだよ？　その時お土産《みやげ》に私とジャック、それからメアリアン嬢とハーヴィ将軍、ハーヴィ家で働く使用人にだけお菓子を買って帰ってきたら怒るからね？」

「陛下とシャーリーさんにも、もちろん買うわ」

あとアークとユリアちゃんにも買うもの。

「話にならないね。必ず他国へ行ったらその国で流行しているドレスを三着は買うこと。装身具も三点以上。ソウンディクはソウンディクでナーさんに買うだろうから、自分のノルマだと思って覚えておくようにね？」

「……はい」

おかしいな。私の悩み相談じゃなかったの？

馬車の中という個室でのお説教タイムになってしまっていた。

「で？　後は？　他にもあるんじゃないの？」

「うんっ！　あとは、ソウに他に好きな女性が出来ちゃったら、今は分からないけど意地悪しちゃうかもしれないわ」

王族であるのだから、王妃を複数持つことは可能だ。

でも、私はソウが大好きになってしまっているから、ソウを取らないで！　と、相手の女性をソウから引き離そうとしてしまうかもしれない。

まさに悪役令嬢って感じじゃない？

「そんなことになる前に、そんな女は私が排除するから有り得ない」

「……え？」

「それにソウンディクはナーさんしか好きにならないし結婚しないよ。ナーさんはまだ分かってないのかもしれないけど、ソウンディクはなかなか用心深いし、疑り深い。特に女性に対してはね。ナーさん以外の女性には一線引いてる。今度注意して見てごらん？　ナーさんの友人であるメアリアン嬢には多少心を許してるけど、他の女性の前で素は出してないし、近付けさせないようにしてる。正妃だったソウンディクの母君を殺したのは第二王妃だ。だからこそ、ソウンディクが王になる時、セフォルズ王国では王妃は一人のみと制定される。ナーさん以外、ソウンディクの妃《きさき》にはならないよ。安心しなさい」

「……そう、なんだ」

ソウのお嫁さんに、私以外の女性が選ばれることは、ないのね？

「……大変だわ、よっちゃん」

「まだ大変なの？　今度は何？」

「違うの。今度は嬉しくて大変なの。ソウのお嫁さんになるのが、私だけで、私凄く嬉しい」

胸の前で手を組み、涙を堪《こら》える。

完全に不安が払拭《ふっしょく》されてはいない。

けれど、ソウが今選んでくれてるのが私なら、私は精一杯いろんなことを頑張ってみよう。

すると、何故か隣に座っている甲冑を着ている人がググッと両手とも拳《こぶし》を作り、握り締めている。

どうしたんだろう？　気分でも悪くなっちゃったのかしら？

「気にしないでいいよ。気合いを入れてるだけだと思うから」

「ふ、ふーん？」

気合いを入れないといけないくらい危ない道を通るのだろうか？

「でも良かったよ。ナーさんは見えない何かに不安になってるだけで」

「見えない何か？」

「具体的にナーさんに危害を加えている何かや誰《だれ》かがいるのかと懸念してたんでね。今後は不安なことがあったら、その不安が目に見えるようになってから心配するといいよ。悪い女っていうのも、ナーさんが想像するレベルは子供の我儘《わがまま》程度にしか思えないから、時折心配してるようだけど、婚約破棄になることはないね。良かった良かった」

不安は目に見えるようになってから、か。

よっちゃんの言う通りだ。

もうこうなったら腹を括《くく》って、三年目の卒業式の時、断罪されてしまうことになってから心配し、いざとなったら全力で逃げようと思っておこう。

それにしても私の想像する悪い女のレベルは子供の我儘かぁ……結構本気で考えたんだけどな。

「よっちゃんが思う悪い女ってどんな感じか聞いていい？」

「私が思う悪い女？　……そうだなぁ。たとえ話だけど、私がナーさんの立場で悪巧みをするとするなら、戦争を引き起こさせるかな。そういうことをする女は悪い女だと思えるね。婚約破棄もさせたいレベルで」

「せ、戦争!? どういうこと?」

「ナーさんはセフォルズ王国の王子の婚約者。でもコーラル皇子からも求婚されてるよね? 帝国は強大だ。傍から見れば魅力的なお誘いだよ? けどセフォルズもなかなかなんだよ? 周辺諸国よりはかなり強いと言っていい。そのどちらのトップの妻にもなれる立場にいるんだ。だからさ、コーラル皇子にこう言うんだ『私は本当はソウンディク王子の妻になりたくない。無理やり抱かれているのが辛《つら》い』って。そしてソウンディクにはこう言う。『コーラル皇子に無理やり組み敷かれた。怖かった! 助けてソウ!』ってね。それぞれナーさんに本気だから、すぐに開戦ってことにはならないだろうけどきっと絶対戦争になる」

「何も良いことなくない!?」

「そんなことないよ。戦争は勝ち負けが必ずある。負けた方の国は良くないことばかりだけど、勝った方の国になれば利点ばかりさ。勝った方の国の王子か皇子に『助けてくれてありがとう! 大好き!』って言って抱きつけばいい。領土を広げ、力を付けた国の王妃か皇妃になれるってわけさ。どうだい? なかなか悪女だろう?」

……そんなこと思い付くことも出来ない。楽しそうに笑ってるよっちゃんが怖過ぎる。

隣に座っている甲冑を着込んだ人物もゴクリと生唾《なまつば》を飲み込む音が聞こえた。

「心配ごとはこれからも出てくるだろう。けど大丈夫だよナーさん。ナーさんにはソウンディクがいる。そして私やジャック、それにメアリアン嬢もいる。買い物をし過ぎちゃったら注意するし、ソウンディクに我儘を言い過ぎてるなら怒る。そして、有り得ないけどソウンディクに他の女の影が現れたらナーさんが対処する前に私が対処するからさ。頼りにしてくれてるんだろ？　もっと頼っていいんだよ？」

くぅ。よっちゃんてば男前！

「ありがとうよっちゃん！」

「ナーさんの悩みが解決に向かってるようで良かった。……少し私の話をしようか。メアリアン嬢と二人で話す機会があってね」

「本当⁉　どうだった⁉　よっちゃんの気持ち伝えられた？」

「いや、伝えるタイミングがなくてね。ただ、その時メアリアン嬢に言われたんだ。私がナーさんを好きなんじゃないかと思ったこともあるってね」

「ええっ⁉　ちゃんと否定した⁉」

「あ、そう言えば否定はしてないな」

なんてこったい！　何してんの、よっちゃん⁉

私にはソウがいるから有り得ないが、よっちゃんと私の仲を疑う人だっていそうだもの。

メアリアンなら私の気持ちは分かってくれてると思うけど、よっちゃんの気持ちまではさすがに分からないだろうにっ。

「まぁそこは問題ないと思うけど。ナーさん一人だけを好きになる前に、ソウンディクとナーさん二人同時に大切な存在になったんだ。私はナーさんと、そしてソウンディクのためだったら何でもするよ。覚えておいてね？」

「よっちゃん嬉しいわ。けどね？　私とソウを大切に思ってくれてる気持ちは私にもよーく分かった！　でも自分のことも大切にしてね⁉　私はよっちゃんにも幸せになってもらいたいの！　メアリアンに絶対言うのよ⁉　ナターシャとは何でもないって！　友達だって！」

「……言う必要あるかな？」

「絶対あるわよ！　……って、わわっ⁉」

ガタッと急に馬車が停《と》まった。

目的地に着いたってことかしら？

急停車した馬車に座っていたにもかかわらずバランスを崩してしまったが、隣に座っている甲冑を着た人物が支えてくれる。

「ありが、むぐっ⁉」

御礼を言おうとした刹那《せつな》。

甲冑を着ていた人物が私の腕を掴《つか》むと、口に布を押し付けてきて声を封じられてしまう！

な、何⁉　何が起こってるの⁉

驚きで抵抗することも出来ず、猿轡《さるぐつわ》を噛《か》まされ、手を後ろに回され、縄で縛られる。

甲冑を着て、油断させようとしていたのっ⁉

よっちゃんは無事⁉　顔を上げると、信じられない光景が目に入る。

よっちゃんは……微笑《ほほえ》んで私を見ていた。よっちゃんは何もされていなかった。猿轡もされていなければ、縛られてもいない。

どういう、こと？

「宜《よろ》しく頼むよ」

甲冑を着た人物によっちゃんが指示を出すと、甲冑を着た人物は私を肩に担いだ。

よっちゃん……。

助けを求めるように視線を送っても、よっちゃんはずっと微笑んだまま。

「ごめんね、ナーさん」

どうして謝るの？　身体《からだ》が恐怖で震えてしまう。

馬車の扉を御者台にいたもう一人の甲冑を着た人物が開く。

私は担がれたまま馬車を降ろされ、降ろされた先にあったのは……クライブ家の別荘だった。

第二王妃の企み

クライブ家は多くの別荘を所有している。

その中でも一際大きい別荘は湖沿いにあるもので、私は幾度か訪れたことがあった。

見たことがある建物で、内部もそれなりには知っている。

なのに、怖くて堪《たま》らない。

「ただいま戻りました」

別荘内に入ったよっちゃんが挨拶《あいさつ》をする相手を見て驚く。

「ヨアニス！　お前ほんとにナターシャを連れて、きて……」

「えっ⁉　ナターシャさんが来たんですかっ⁉　……あ」

別荘内にいたのはアークとユリアちゃん。

そしてソファに横たえられているライクレン君……彼は目を閉じ呼吸を繰り返しているので眠っているのかもしれない。

他《ほか》にも数名、剣を持った男達がいた。

アークとユリアちゃんは二人とも私を見て黙り込む。

縛り上げられている様を見たからというだけじゃないだろう。

情けないことに私は馬車を降りてからずっと涙をボロボロ流してしまっている。

鼻水も出てしまっていたらどうしよう。でも、とても怖いんだもの。

一番怖いことはソウがいないことで、二番は一切よっちゃんが私を見てくれないことだ。

唯一の救いは私を肩に担いでいる甲冑《かっちゅう》を着た人物が、ずっと私の背中を片手で宥《なだ》めるように撫《な》でてくれていることだけだ。

この人は真性の悪人ではないのかもしれない。

「おいっ！　ナターシャ大泣きしてんじゃねぇか。放してやれよ！」

「それは出来ません。ナターシャ嬢がお転婆なことはアークライト殿下も重々ご承知でしょう？　縄を解けば逃げ出すでしょうし、猿轡《さるぐつわ》を外せば助けを呼ぶ……最悪の場合、舌を噛《か》んで自害されかねませんよ？」

「ナターシャを怖がらせて、嫌がることをしてるからだろう!?」

「騒がしいと思ったら、やっと戻ったのですねヨアニス」

「母上」

カツカツと靴音を響かせて現れた女性を、アークは母上と呼んだ。

驚きで、流れていた涙が止まる。

アークが母上と呼ぶということは、セフォルズ王国の、第二王妃様。

お会いするのは初めてだ。でもこの人を王妃様なんて呼びたくはない。

ソウも言っていた。お父様も言っていた。そして、よっちゃんも言っていた。

この人が、ソウのお母様を殺した人だと。

第二王妃は私に近付くと、口元を隠していた扇子《せんす》で私の頬《ほお》を突いてくる。

「熊《くま》のような男の娘とは、どんな娘なのかと思っていたけれど、ちっとも似ていないのですね？　今は情けない顔をしているけれど、美しい容姿をしているわ。忌々しいこと」

瞳《め》を眇《すが》め、明確な悪意をもって睨《にら》みつけられる。

この人殺し！　お父様のことをバカにしないで！　どうしてソウのお母様を殺したのよ！　絶対許さないんだから！

声を出せたらそう言えたのにっ！

ギリッと口に巻かれた紐《ひも》を噛み締め、私も睨み返す。

「……反抗的な目ね。その目はハーヴィ将軍に似ているわ。なんて憎らしいのかしら。アークライト、貴方《あなた》本当にこんな娘が好きなの？」

「母上！　俺《おれ》は、もうとっくに諦《あきら》めていますから」

気まずそうに俯《うつむ》くアークライトを見つめてしまう。

私を好き？　アークが？　この状況で嘘《うそ》を吐《つ》く必要はないわよね。

全然気付かなかった……。ソウは、知ってたのかな？

よっちゃんは驚いている様子は見られないので、知っていたということだろう。

「諦める必要はありませんよアークライト。下賤《げせん》な女の血を引くソウンディクを殺し、貴方が王太子となるのですから。そうよね？　ヨアニス」

「ええ」

……嘘でしょ。ソウのお母様を殺した上に、ソウまで手に掛ける気なのっ!?

何より信じられないのは、よっちゃんが、笑って頷《うなず》いていることだ。

「けれどこの娘は側室となさい。正妃はユリアとするのですよ」

「待って下さい！　私はアークライト様のお嫁さんになるのは御遠慮したいです！　ナターシャさんだって絶対そうです！　ソウンディク様のことをお好きなのですから解放してあげて下さい！」

「お黙りなさい。あなたをクライブ宰相に引き合わせ、クライブの名を与えてあげたのは他でもない私ですよ？　貴女《あなた》に逆らう権利はない。私と同じく、隣国の王族の血を引くユリアを王太子妃とすれば我が国は繁栄し、私もまた、王妃として返り咲ける！　うふふっ！　なんって待ち遠しいのかしら！　あの女の息子の首を早く私の元に持ってきなさい！」

どうしてそこまでソウとソウのお母様を憎むの？

国王陛下のことを、愛されているからなの⁇

戸惑う私をずっと肩に担いでくれていた甲冑の人が、ユリアちゃんの傍《そば》に下ろしてくれる。

「ナターシャさん、ごめんなさいっ。以前お話しした裏ワザって、今第二王妃様が仰《おっしゃ》ったことなんです。私ゲームで知ったヒロインのプロフィールを覚えていたので、隣国の王族の娘ってことを第二王妃様にお話しして、私と繋《つな》がりをお持ちになれば、王妃として返り咲けるんじゃないですかっ？……って。本当にごめんなさい！　こんなことになるなんて思わなかったんです！」

小さな声で、それでも必死に私にどういうことかを説明してくれるユリアちゃんに何度も頷く。

ユリアちゃんを怒れない。

だって、大好きなゲームのヒロインになっていることが分かって、大好きなヒーローに会おうとしただけでしょう？

やり方はともかく、少なくともユリアちゃんは、私に危害を加えてきていない。

ポロポロ、また涙が流れだす。

未《いま》だに一度もこちらを見てくれないよっちゃんを見つめる。

こんな状況になっても信じてる。よっちゃんは友達だもの。

私はともかくソウのためなら何でもするって言ってた。だから、今もソウのためなのよね？　ソウを殺したりしないよね？

『ソウンディク様は、ヨアニス様に暗殺されるんです』

以前ユリアちゃんが話してくれた、ソウが死んでしまう理由の一つを思い出してしまう。

そんなわけない。有り得ないって分かっているもの。

なのに、弱い私は一層涙を溢《あふ》れさせてしまう。

よっちゃん、こっち向いて、こっそりでもいいから微笑《ほほえ》んで見せて。

「母上。俺は、ユリア嬢とも結婚出来ません。ナターシャとも出来ません。王太子にもならない！」

「何を言うのです？　アークライト。貴方が誰《だれ》より王太子に相応《ふさわ》しいのですよ？　王族である私と陛下の血を引く、高貴なる血統の王子。あぁ、なんて愛《いと》おしいのかしら、私の愛息子《まなむすこ》」

「王太子に相応しいのは兄上だ！　ナターシャに愛されているのも、兄上だ。兄上なら王太子じゃなくても、ナターシャに好かれたのだろうけど、俺は違う！　好きな女性に振り向いてもらうことも出来ない男が高貴な血統など笑わせる！」

「アークライト！　いい加減になさい！　何よりあの女の息子を兄などと、なんて汚らわしい」

「汚らわしくなんてない！　兄上とナターシャならば、セフォルズをもっと発展させていく！　何故《なぜ》ソウンディク兄上の母君を殺したのですか母上！」

「……私が直接手を下したわけではありません」

「指示をしたのは母上だろう⁉　貴女は第二王妃故に、罰せられずに生かされているんだ。どうか、大人《おとな》しく、静かに生きていってください……」

「自分の母に向かってなんですその物言いは！」

「母と呼んでいるが、俺は貴女を母と思ったことはない！　離れて生きてきたが、国王陛下の計らいで時折は会えていた。だが、会っても！　貴女は陛下とハーヴィ将軍への恨みごとと自分のことばかり！　俺を心配もしてくれない！　俺を心配し、時に叱《しか》り、見守ってくれたのは兄上と、ナターシャだ！　ナターシャの方がよほど母に近い！　兄上を殺すことなど、絶対に俺が許さない！」

……アーク。いい子に育って。恐怖ではない違う理由でまた泣きそう。

「やはり貴方を私と離して育てさせられたのは間違いだったようですね。何にせよ、ソウンディクが死ねば、貴方は王太子となる。ソウンディクの命は必ず落とさせます。私の愛しい王子。一晩じっくり考えなさい。ヨアニス。アークライトも捕らえさせなさい」

「はい」

「ヨアニス！　お前が俺より兄上やナターシャを大切にしてるだろうが！　クソっ！　離せ！」

よっちゃんが指示を出し、私を下ろしたことで手が空いた甲冑の人と、もう一人、甲冑を着込んだ人物がアークを二人掛かりで縛り上げ、どこかに連れていく。

これから、何が起こるの？

そうだ。そう言えば近くに横になってるライクレン君は？　まさか？　命を奪われたりは……。

「ライクレン君は眠らされているだけです。朝には目を覚ますと思います。だから大丈夫、きゃあ!?」

ユリアちゃん!!

アークライトをどこかへ運び終えたらしい甲冑の二人組が今度はユリアちゃんを縛り上げ、ライクレン君も担がれて運ばれていってしまう。

部屋からどんどん人がいなくなっていく。

私は？　どうなるの??

剣を持った男達と何やら話し込んでいるよっちゃんも遠くにいて心細いっ。

震える私に近付いてきたのは、恐ろしいことに第二王妃……まさか、短剣か何かで刺殺されたりしないわよね？　けど、ソウのお母様を殺した女なんかに負けないわ！

第二王妃だけには屈しないと気合いを入れて睨み上げる。

「ねぇ？　貴女は自分の母君とは会えなかったのでしょう？　けれど絵姿くらいはあるのよね？　私は見たこともないの。貴女は、貴女のお母様と似てる？　似てるからこそガイディンリューは、誰とも再婚しないのかしらね」

驚くことに、第二王妃は悲しげな笑みを浮かべていた。

・第二王妃の企み2

カツン、カツンと階段を上がる足音だけが響く。

ランプを持ったよっちゃんを先頭に、クライブ家別荘の敷地内にある塔を上らされている。

日が暮れて、灯《あか》りが少ない塔の内部は足下がやっと見える程度でお化け屋敷みたいで怖い。

「入りなさい」

第二王妃が命じ、私は塔の最上階にある牢屋《ろうや》へと入れられる。

牢の扉はまだ閉じられていないが、逃げるのは難しいわよね……。

「貴女《あなた》が幸せになれるかもしれない最後のチャンスです、ナターシャ・ハーヴィ。私の息子、アークライトの妻になると、自ら望みなさい。そうすれば、今すぐここから出してあげましょう。どう？」

第二王妃の問い掛けに、ブンブンッと勢い良く首を横に振ってお断りをさせてもらう！

何を言われようと、私はソウのお嫁さん以外ならないわ！

アークのことは嫌いじゃないが、好きなのはソウだけだもの！

「……愚かな娘ね。アークライトは貴女を愛しているのだから、貴女も気持ちを返せば済むことでしょうに」

アークに同じ想いを返すことは出来ないもの。

憐《あわ》れむような眼差《まなざ》しを向けてくる第二王妃に、今度はゆっくり首を横に振り、こちらの意志は変わらないことを示す。

「……そんなにあの女の息子が好き？」

深く頷《うなず》く。

ソウじゃない人のお嫁さんになるなんて、もう想像も出来ない。

私が城にいないことに気付いて、心配してくれているだろうか？

ジャックやお父様に、連絡は取ってくれたかな。

ソウにもう一度会うことは、出来るわよね？

第二王妃から視線を逸《そ》らし、一歩下がって様子を見ているよっちゃんに目を向けると、フイッと視線を逸らされてしまう。

うぅぅっ。なんならよっちゃんが一緒に牢に入ってくれれば怖くないのにっ。

「ガイディンリューも、その娘の貴女も、私でもアークライトでもなく！　あの女とその息子のソウンディクを大切に想うのね！　忌々しい！　ヨアニス！　傭兵《ようへい》の一人をこの娘と共に牢に入れなさい！」

「はい」

私を縛り上げ、運んできた甲冑《かっちゅう》を着込んだ一人が牢に入ってくると、ガシャンッ！　と勢い良く扉が閉められ、鍵《かぎ》が掛けられた。

「ハーヴィ将軍の娘。貴女は一晩、そこの誰《だれ》とも知れぬ男に犯されなさい。あぁ、安心なさいな。快楽に身を委《ゆだ》ねる薬を使ってあげる。ふふふ」

第二王妃が小さな袋を取り出すと、甲冑を着込んだ人物へ向けて放《ほう》り投げる。

ジャックが以前、話してくれた。

私と出会う直前まで、危険な薬を売り捌《さば》く仕事をし、罪を重ねていたことを。

その扱っていた薬の中に、中毒症状が出る強力な成分の媚薬《びやく》や興奮剤があり、貴族にも良く売れていたのだと言っていた。

　そんな薬を使われてしまったらと思うと、身体《からだ》が震える。

「ふふふ。あぁ、やっと怯《おび》えた顔を私にも見せてくれたわね。愛する男ではない者に抱かれる苦しみを味わうといいわ……犯され、心が壊れた貴女が助かる道は、私の息子の妻となるのみ。そうじゃなければ、一生、この牢屋で、そこのならず者に抱かれ続けることになるわ。一晩じっくり考えなさい。名も知らぬ男に犯されながらね。朝、目が覚めた貴女に、ソウンディクの生首をプレゼントしてあげるわ……うふふっ、あはははははっ！」

　歪《ゆが》んだ笑みを浮かべ、笑い声を上げる第二王妃に戦慄《せんりつ》が走る。

　震える私の肩に、甲冑を着た人の手が添えられた。

……やはり悪い人じゃないんだと思う。

「娘の猿轡《さるぐつわ》を外しておやり。……残念だわ。ガイディンリューの娘の悲鳴と嬌声《きょうせい》を聞けないなんて。私は城に赴かなければならないの。今頃《いまごろ》行方《ゆくえ》不明になっているであろうソウンディク王子の亡骸《なきがら》を確認しなければならないから」

「ソウに何をしたの!?　ソウに何かしたら許さないから！」

　猿轡を外され、口が解放された。

　聞き捨てならない第二王妃の言葉に、未《いま》だ手は縛られたままだが、第二王妃を怒鳴りつける。

「まだまだ元気ね」

「何をしたのかって聞いてるのよ！」

「あの下賤《げせん》な女と同様に、毒を盛ってやったのですよ。ヨアニスから聞きましたよ？　貴族の娘にもかかわらず、貴女、ソウンディクにお弁当を作ってやっているんですって？　それを利用させてもらったの。貴女からのお弁当だと言ってね。今頃愛《いと》しい貴女の作った食事だと思って食べた愚かなソウンディクは……貴女を怨《うら》んで死んでいるでしょうね？　うふふふふっ」

「嘘《うそ》！　絶対嘘！　ね？　そうよね？　よっちゃ……ヨアニス様！」

「嘘じゃないわよねぇ？　ヨアニス」

「ええ」

「よっちゃんがソウを殺すわけない！　貴女みたいな人、よっちゃんはだいっきら……きゃあっ！」

背後から伸びてきた手に口を塞《ふさ》がれてしまう。

「薬を使い、喧《やかま》しい娘をさっさと快楽に落としてやりなさいな。……ソウンディクの死体を確認しに、ガイディンリューも、来ているかしら。行きますよ。ヨアニス」

第二王妃と数人の傭兵と共に、よっちゃんも塔の階段を下りていってしまう！

必死で私の口を塞ぐ人の手を身を捩《よじ》って振り払いよっちゃんに懇願する。

「ぷはっ！　よっちゃん待って！　いや、私のことは置いていってもいいけど！　嘘よね!?　ソウを殺す手伝いなんてしてないでしょう!?　ソウとよっちゃんは友達よね!?　お願い、私はどうなってもいいから、ソウだけは助けてっ」

涙ながらに訴えた時。

やっと、よっちゃんは足を止めてくれて、私の方を向いてくれる。

その顔は困り顔で笑っていた。また再び階段を下りていってしまった。

今のよっちゃんの表情、どういう意味？

蔑《さげす》んだ眼差しを向けられてしまったら絶望しかないところだが、「しょうがないなぁ、ナーさんは」と言われたような気がした。

ペタンと牢屋の床にへたり込んでしまうが、グイッと肩と腰に手を添えられて、身体を持ち上げられる。

「あ、ありがとう……わっ⁉」

当然牢の中には私と甲冑を着た人だけ。

その人が支えてくれたのだと分かったが、牢の中に設置された人一人が何とか寝られる程度の寝台に横にされ圧《の》し掛かられる。

何をされそうになっているのか、こういったことに疎《うと》かった私でもすっかりソウのお陰で察せられてしまう。

「あの聞いて下さい！　馬車の中でも、別荘の中でも、塔の中でも支えて下さりありがとうございました！　ですが身体を差し出すわけには参りません。私には心に決めた方がいるのです！　その方以外とは出来ません！」

とは言ったものの……薬を使われてしまったら、理性なんて吹き飛んでしまうくらいの強さだとジャックが言っていた。

ソウに抱かれていると錯覚させられてしまう可能性もある。

そして、一番気になるのはソウの生死。

大丈夫よね？　だってよっちゃんがいるもの。よっちゃんのことは絶対信じると決めた。

それなら、ソウと会うために、私はどうしたらいい？

必死で考え、一つの結論が導き出される。

薬を使われてしまうくらいなら、素直に身体を差し出し、普通の状態で抱かれた方がまだマシかもしれない。圧し掛かってきている人は未だに無体を強いてはこない。

「……出来ませんと言いましたが、撤回します。手の縄をほどいてもらえませんか？　自分で脱ぎますから！」

女は度胸よね!?

見知らぬ人に抱かれたとしても、ソウにいっぱい、いーっぱい抱き直してもらおうっ。

ソウに軽蔑《けいべつ》されないことだけを祈っておこうと思いながら、手の縄をほどき易《やす》いよう、目の前の人物に差し出すが……何もされない。

「あ、あの？」

「お前が何を考えているのか手に取るように分かるがな。俺《おれ》じゃない男相手に裸になる決意を固めんなよ」

……へ？

一番安心出来る人の声が目の前から聞こえて自分の耳を疑う。

カチャカチャと「脱ぎ辛《づれ》ぇな」と文句を言いながら、甲冑を脱ぎ捨てた人物の顔を見て……ドバアッと涙が目から溢《あふ》れ出す。

甲冑を着込んでいたため、ソウの金髪は汗を含んでぺたっとなってしまっているが、その髪をかき上げる様がとてつもなくカッコいい！

「お、おいっ、泣き過ぎだろ」

「ソウ！　うぅっ、どういうことかは後にして！　良かったぁぁあっ!!」

私の手の縄もほどいてくれた大好きな王子様に、ひしっと抱きつかせてもらう！

ソウが無事で、本当に良かった！

あと、よっちゃんが敵になってなくて良かったぁっ!!

「あんなにやり辛そうなヨアニスを見たのは初めてだった」

「そうだった？　よっちゃんったら全然こっち見てくれないんだもの！」

「ナターシャと目が合っちまったら、謝っちまいそうだったんだろ。ボロボロ泣いてっから俺も焦ったぞ」

「ごめんなさい」

ソウは指を私の目元に寄せて、残っていた涙を優しく拭《ぬぐ》ってくれる。

ずっと背中を撫《な》でてくれてたもんね。甲冑の中身がソウなら納得だ。

平常でいられなかった自分が恥ずかしい。

ソウは城からずっと傍《そば》にいてくれてたのに。

あれ？　まさか、そうなると。

「もう一人の甲冑着ていたのってジャック⁉」

「ピンポーンッ！　正解ぃ～」

「全然気付けなかった……三人の計画？」

「いいや。親父とハーヴィ将軍、それに宰相も知ってる。第二王妃が用意した傭兵以外はセフォルズの騎士だ。ヨアニスが主に話してた連中がそうだな。後はさっきアークライトにはバレた」

「アークに？　仕草とかで？」

「ジャックがアークライトの奴《やつ》を落っことしやがってさぁ。お前が第二王妃に近付かれたの見て焦って落としちまったみてぇで。そん時ジャックが『すんませんっ！』って声を出しちまってさ。アークは痛みを堪《こら》えながら『なんだ、そういうことか』って言いながら腰擦《さす》ってたよ。ガッツリ腰打ってたからな。アークには悪ぃことしちまった」

「あとで湿布を貼《は》るように言いましょうね」

「そうだな……で？　第二王妃に何言われた⁇」

「お母様のことね。あと、とても悲しそうな顔をしていたわ。あっ！　誤解しないでね？　さすがに心配はしないわよ！　だってあの人は……」

「ああ、俺の母上を殺した女だ。直接手は下してないみてぇだがな。どうしても、言質《げんち》と証拠《しょうこ》と目撃者が欲しくてヨアニスの策に乗ったんだ。お前にもどうしても来てもらわねぇとならなくて、怖い思いをさせて、悪かった」

ソウに抱き締められ、謝罪される。

ソウの温《ぬく》もりを感じることが出来て嬉《うれ》しい。ぎゅうっと私も抱き締め返す。

「ソウが無事なら、私は何でも許せちゃうわよ」

「……困ったな。今すぐエロいことしたくて堪《たま》らねぇ」

「っ⁉　……ソウがしたいなら、いいわよ？　私もソウにいっぱい触って欲しいものっ……んっくっ」

再び寝台に横たえられると、キスを落とされる。

労《いたわ》るような優しいキスが擽《くすぐ》ったい。

もっとして欲しいと思い、ソウの首に腕を回すが、苦笑され、身を起こされてしまう。

「……もうしないの？」

「そんなに可愛《かわい》く名残《なごり》惜しげに言われると辛ぇ。もっと触れ合いたいが、クライブ家の別荘内には第二王妃が雇った連中もいる。ナターシャの甘い声を、俺以外の男に聞かせたくない。……城に帰ったら、抱かせてくれ」

頬《ほお》に手を添えられ、切なげな眼差しでお願いされたら頷くしか出来ない。

ソウは嬉しそうに微笑《ほほえ》むと、私の手を取り、縄で縛られていた部分に口付ける。

「加減して縛るとほどけちまうから、結構きつめに結んじまったけど、痛かったか？」

「ううん。怖さで痛みはそんなに感じてなかったの……ぁっ」

今気が付いたが、手首には赤い痕《あと》がついてしまっていた。

痛くなかったと言ったのに、ソウは口付けをやめてくれず、舌で痕を舐《な》めてきて、思わず声が漏れる。

エッチな声を他《ほか》の人に聞かせたくないって言ってたのに、こんなことをされたら声が出てしまう。

「ソウっ……ほんとに、痛くないからっ……んっ」

「あぁもうっ、マジで可愛いな。ジャックはお前を縛り上げるのは最後まで反対していたが、俺は、少し興奮した」

「はぁっ!?」

「無理やりはしたくねぇけど、手を縛ってエロいことすんのはかなりありだな。痛くなんねぇようにリボンとかで縛るから、今度やってもいいか？」

「それは嫌！」

厄介な性癖を目覚めさせそうなソウに、ここはしっかり拒否をさせてもらう！

「チッ。まぁいい、ゆっくり陥落させてもらう。……来たな」

「何が？」

「ハーヴィ将軍が率いる、騎士団さ」

馬の駆ける音が近付いてくる。

怒号と悲鳴が塔の外から聞こえ、少し怖くなってしまい、ソウの手を握る前に、肩に手を置かれ引き寄せられる。

「お前は俺にくっついてろ」

「うんっ」

ソウが一緒にいてくれれば、怖いことなんてない。

バンッ！　と勢い良く扉が開かれる音が聞こえ、荒々しい足音が近付いてくる。

「ナターシャ！」

「お父様！」

表情を変えることすら滅多にないのに、お父様は酷《ひど》く焦った様子で階段を上ってきてくれた。

私の顔を確認すると深く息を吐く。

「ソウンディク殿下から計画をお聞きになっていらしたのではないのですか？」

「第二王妃からナターシャを傭兵と共に牢に入れたと聞いてな。ソウンディク殿下からお話をお聞きしていたのだが、妙な薬も使われたと聞いて血相を変えてしまった。ソウンディク殿下、傭兵に変装しているとはお聞きしておりませんでしたが？」

「事を詳細に話せばどこかから情報が漏洩する可能性があったんでな。すまなかった。私のナターシャは無事だ」

「まだソウンディク殿下に差し上げてはおりません。私の娘です」

「ナターシャの身も心も既に私のものだ。安心して子離れしてくれハーヴィ将軍」

「結婚式は二年先です」

今こんなどうでもいい言い争いしてる場合!?

二人を止める前に、「離しなさい！」と叫ぶ女性の声が耳に届く。

この声は、第二王妃？

抵抗している様子の第二王妃の声が近付いてくる。

「もう捕らえたのか」

「王城にご到着される前に押さえました」

姿を見せた第二王妃は、先ほどまでの私と正反対の状態。

騎士二人に縄を持たれ、猿轡こそされてないものの、縛り上げられてしまっていた。

「おのれっ、ソウンディク！」

「お久しぶりですね。第二王妃。私の婚約者を牢に入れただけでも重罪だが、王子である私を牢に入れ、更には私の殺害を計画し実行にまで移した罪は重いですよ？」

「私を謀《はか》ったのね！　ヨアニスはっ……！」

「ヨアニスは俺の右腕であり、友です。貴女などの愚かな計画に手を貸すわけがありません」

「その通りです」

よっちゃん！　思わずそう呼び掛けたくなってしまうが、ここはグッと堪えておく。

一切目を合わせてくれなかったのに、今は私と目が合うと軽く片目を瞑《つむ》って笑ってくれた。

「ご子息であられるアークライト殿下も、貴女の所業について証言して下さるとお約束頂けました」

「初めから、私を騙《だま》していたのね⁉」

「いつかは私の母上を殺した罪を償って頂こうと思っておりました。貴女の口から私自身が聞かせて頂きましたよ。私の母上に毒を盛った、とな！　直接手を下してはいないようだが、命令をお前がしたのなら、お前も同罪だ！」

「ナターシャ嬢が使用する弁当箱が一つ盗まれていましてね。王城で働くメイドが持っておりました。先ほどそのメイドを縛り上げ、事情を聞いたところ、ソウンディク王子殿下に毒を盛ろうとしたことを認め、王妃様殺害も認めましたよ。自らの駒《こま》を王城に残しておいていらしたのですね。メイドの証言も取れました。貴女はもう、逃《のが》れられない」

怒るソウと、冷静に罪状を突き付けるよっちゃんに対し、第二王妃は身体を震わせ青褪《あおざ》める。

縋《すが》るように第二王妃が視線を向けたのは……お父様。

「ガイディンリュー……私はっ」

「非常に残念です。マキアヴェリー様」

第二王妃の名をお父様が口にすると、彼女の瞳《め》から涙が零《こぼ》れ落ちた。

「隣国の王女であらせられる貴女を裁くことは、セフォルズ王国では出来ません。祖国にお帰り頂くことになります」

淡々と告げるお父様をジッと涙を流しながら第二王妃は見つめる。

「……私が、祖国に居場所がないことを分かっていて言うのですね？」

「はい」

「分かっているのなら！　この場で私を殺しなさいガイディンリュー！　私はっ、私が真に愛おしいと思うのは、貴方《あなた》だけなのに……」

第二王妃の言葉に私は驚いてしまうが、ソウもよっちゃんも、そしてお父様も表情を変えることはない。

「私が愛するのは、そこにいるナターシャの母である妻のみ。もう随分前にお伝えしたはずです。貴女が愛を向けるべきは陛下でした」

「陛下も貴方と同じで私を愛して下さらなかった！　あんな下賤な女を正妃にし、その息子を王太子にしたのよ!?　そしてガイ、貴方も私よりもあの女を大切にした！　そうでしょう!?」

「いいえ」

「嘘よ！」

「そう見えたのなら、ソウンディク王子殿下の母君は、私の幼馴染《おさななじみ》だったからかもしれませんね。気心は知れておりましたが、私の幼馴染が愛したのは陛下です。彼女より、私はマキアヴェリー様を案じていたつもりです」

「……え？」

「他国から政略のためにいらした貴女を案じておりました。既に陛下には愛する人がおりましたから。それでも陛下なりに貴女に愛情を注がれた。だからこそ授かられたアークライト殿下だと思います」

痛ましいものを見るようにお父様に見つめられた第二王妃は、何も言わず、ただ俯《うつむ》いた。

その後は何の抵抗もなく、騎士達に連れられていく。

力なく肩を落とした第二王妃の背中を見つめ、その姿が、私の有り得たかもしれない未来の姿に重なった。

ユリアちゃんが話してくれた。

物語の中のナターシャ・ハーヴィは、ソウンディク王子のことを好きではなかった。

王太子の婚約者の立場に固執していただけだったと言っていた。

私はソウが大好きだから私とは違うことが分かる。

それでも、マキアヴェリー様は、悪役令嬢の末路ととても似ていて他人事《ひとごと》とは思えない。

好きな人には他に好きな人がいて、結婚までしていて……娘までいて。

自分が結婚した国王には正妃がいて、王は、その正妃を愛していたら、とてつもない悲しみだったろう。

ソウのお母様を殺害した罪は計り知れないが、彼女の悲しみもまた、深く苦しいものだったことが想像出来た。

牢の扉が開かれ、外に出ると、お父様に抱き締められる。

「ナターシャ、すまなかった。マキアヴェリー様の愚かな行為の一端は私にもあるのだろう」

「……お父様は、お母様を一途に愛されたのでしょう？　私は誇りに思います。あの、お聞きしたことはなかったのですけど、お母様ってどんな方でしたの？」

絵姿を見たことはあり、私の空色の髪は、お母様譲りだということは知っている。

けれど、娘の贔屓目《ひいき》かもしれないがお母様の方が美人だと思う。

「お前よりも、もっとお転婆だったよ」

「ええっ⁉　ナターシャより⁉」

「こら、そこ！　声を揃《そろ》えて驚かない‼」

ソウとよっちゃんが息ぴったりで驚くものだから指さして注意させてもらう！　失礼しちゃうわ！

「私の妻であるナターシャの母は帝国の女騎士だったんだ」

「お母様が騎士⁉」

「ああ。私とお前の母、サーシャは戦場で出会ったのだ。驚いたよ。恐ろしく強いにもかかわらず、とても美しくてな。一目惚《ぼ》れだった。なんとしてもこちらを振り向いてもらいたくて、私は彼女がいる戦場に幾度も単身で乗り込んだのだ」

「帝国にハーヴィ将軍が英雄として知られている所以《ゆえん》はそこですか」

「私に英雄と呼ばれる資格などありませんが、帝国の現皇帝から勲章は幾度か頂いております。帝国はセフォルズと争ったことはありません。妻を守るために戦ったつもりだったのですが、結果的には帝国の味方となり他国と戦っておりました」

それは英雄と呼ばれても不思議じゃないんじゃないのお父様。

塔を出ると、ジャックが駆け寄ってきてくれて涙ながらに「お嬢、ご無事で良かった！」と喜ばれた。

よっちゃんには苦笑されながら「ナーさん、泣かせてごめんね」と謝られ、馬車の中で事前に謝られたのはこういうことだったのかと納得することになった。

事後処理があるというお父様はクライブ家の別荘に残るということで、私は再びクライブ家の馬車に乗り、先に城へと帰ることになった。

今度は、甲冑を着ていないソウとジャックと、そしてよっちゃんも一緒に。

「すっごく怖かったわ！」

「悪かった」

「ごめんね」

「すみませんでした」

恋人と友人達だけになったら、もう謝ってもらったというのに、改めて怒ってしまうとまた三人に謝られた。

もちろん許すけどね。

そういえば気になったことを思い出し、よっちゃんに聞いてみる。

「よっちゃん、アークはともかく、どうしてユリアちゃんを呼んでいたの？」

第二王妃の罪を暴くためなら、アークにいてもらうだけで十分じゃないかな？

「初めはナーさんを危ない目に遭わせないためにも、ユリアを餌《えさ》にして第二王妃を罠《わな》に嵌《は》めようと思っていたんだ。ナーさんも聞いたかな？　ユリアは第二王妃の力を借りて父上と接触し、クライブ家の姓を手に入れた。父上に話がきた時、父上は断るつもりだったみたいなんだけどね、私が受け入れようと言ったんだ。第二王妃に今度こそ罪を償わせるためにね。ユリアの父は父上じゃなかったみたいだけど、ユリアの母はあの父上らしくなく初恋相手の隣国の王女。既に王女は亡くなってしまっていてね。居場所がないユリアを放っておくことも出来ないと最終的には判断したんだと思う。第二王妃もユリアもお互いを利用し合っている関係だから、ユリアは第二王妃の力になるためにナーさんに危害を加えてくるんじゃないかと読んで見張っていたんだ。なのに……もうすっかり友達なんだろ？」

「うん！　ユリアちゃん良い子よ？」

「……はぁ。だから当初の予定と変更。ソウンディクとジャックにも協力してもらって、ナーさん本人を連れてきた。怖い思いをさせて申し訳なかったと思うけど、第二王妃はハーヴィ将軍に淡い想いを抱いていたからね。罪を白状させ捕らえるには、ハーヴィ将軍とその娘であるナーさんに共にいてもらった方が抵抗も少なく捕らえることが出来ると考えたんだ。結果はまぁ、大成功かな？　これで、ソウンディクとナーさんに危害を加えそうな人間を一掃出来た。後は出てくる度に潰《つぶ》していけばいいだけさ」

不敵に笑うよっちゃんに勝てる人なんていなさそうだ。

クライブ家に到着した時と違い、ゆっくりと馬車は停車した。

ジャックが馬車の扉を開けてくれてソウと共に降りる。

でも、よっちゃんは降りてこず、ジャックも再び馬車に乗り込んだ。

「あれ？　二人は降りないの⁇」

「私はもう一度別荘に戻るよ」

「俺はハーヴィ家に一足先に戻っていますー。将軍は当分お戻りにならないでしょうから、ごゆっくりぃ」

ニヤリと笑うジャックの言葉の意図を察し、カッと頬が熱くなる。

カラカラと車輪が回る音を立てて遠ざかっていく馬車を見ていると、ギュッと隣に立つソウに手を握られる。

「……いいよな？」

何がいいのか言われなくても分かりますとも！

「し、縛るのは嫌だからね⁉」

ソウにされたら嫌じゃないと思うけど、今日は怖いことはもうお腹《なか》いっぱいだ。

「分かった。たっぷり可愛がるだけだから、安心しろ」

ちゅっと頬にキスをされ、ソウの部屋へと連れていかれた。

・ソウと未来の約束

「……ぁっ」

ソウの自室の扉が閉じられ、寝室に入る前に抱き締められ、深く口付けられる。

くちゅくちゅと舌が絡み合い、お互いが吐き出す熱い吐息が口の端から漏れた。

『ソウっ』

「ナターシャ……」

名前を呼び合い、抱き締め合う。

この温《ぬく》もりが失われなくて良かった。

「お弁当……」

「ん？」

「気を付けてね？　お弁当作ったら、私が直接渡すから。あとは、よっちゃんやジャックに預けても大丈夫よね？」

私が使用するお弁当箱が一つ、盗まれていたとよっちゃんは言った。

ハーヴィ家の屋敷にはもちろんお弁当箱は幾つもあるが、王城でも料理をすることがあり、幾つかお弁当箱を常備させてもらっていた。

城で働くメイドならば、簡単に盗むことが出来ただろう。

私が作ったと思い、食べたソウが毒によって苦しむ様を想像してしまい、ソウの背中に回した手に力を込めてしまう。

「安心しろよ。ヨアニスが言ってただろ？　俺《おれ》はナターシャ以外には用心深い。お前が心配するだろうから言わなかったが、お前が作った弁当だって言って渡されたことは過去に結構あるんだよ」

「そうなの!?　大丈夫だった？　変な薬が入ってたりとか??」

「食う前に偽物だと一〇〇％気付いたからな。妙な薬や毒が盛られてたかは毎回ヨアニスに調べさせているからアイツのが知ってるだろ」

「一〇〇％気付けたの？」

「偽物だと分かる一番の理由は、ナターシャが作ってくれる弁当には必ず小さなメモが付けられてるからな。それがなけりゃ偽物だろ？　毎回楽しみにしてるからな」

「あのメモ読んでたの!?」

「当たり前だろ。お前が弁当作ってくれだしてから数年分のメモは全部保存してある」

しれっと言われてしまうが、私からすれば驚きだ。

てっきり苦笑されてポイッとゴミ箱に捨てられてしまっているものだと思っていたのに。

お弁当を作ることになった初日から、ソウに一言メッセージのようなものを書いたメモをお弁当に付けるようにしていた。

初めは「美味《おい》しくなかったらごめんね？」や「今度は一緒に食べようね」など普通と言えば普通なことを書いていた。

しかし、ある時からせっかくソウのお弁当に入れるのだから、ソウの力になれるようなことを書こう！　と思い付き、この世界でも存在する占い、それも大衆向けの大まかな占いの内容をメモに書くことにしたのだ。

「今日のソウのラッキーなアクションは〇〇！」みたいな感じに……。

我ながら子供っぽい、いや、子供の時から書いているから子供時代は良かったのだが、十五歳を過ぎても変わらず続け、前世の記憶が戻った今でもやめる気はない。

とは言えソウの方は、お弁当を食べる方に重きを置いているだろうから私のメモは視界の隅くらいには見てくれてても認識はもうされていないと思っていたのに。

身体《からだ》を放されると、ソウは鍵《かぎ》が掛けられる棚の引き出しから数年分のメモをごっそり取り出して見せてくれた。

たどたどしい子供の時の自分の字も何枚も見つけてしまい、恥ずかしくなる。

「こ、子供の時のは捨ててよ！」

「捨てるわけねぇだろ。俺の大切な宝物だ」

一年はこの世界も三百六十五日。ほぼ毎日お弁当を作っているから、年数×《かける》三百六十五なわけで……二千枚は優に超えている。

「占いもいいが、俺達は恋人になった。俺を好きとか大好きとか愛してるとか、恋文みてぇな内容でも嬉《りれ》しいぞ？」

「もっと恥ずかしいじゃない！　私ばっかり狡《ずる》い！」

「なら俺から書く。返事を期待して書くからな？　返しは早めで頼む」

「絶対にエッチなお誘いも含んだ手紙を書く気ね!?」

「当然だ。ナターシャ、今すぐ抱きたい。風呂《ふろ》か寝台か選べ」

「率直過ぎない!?」

「塔の中で抱くのを我慢したんだ。俺、限界」

鼻と鼻がくっつくほどに顔を寄せられ、ソウが少ししょんぼりしたような顔になる。

「前に聞いたけど、絶対自分の顔が整ってるって分かっててそういう顔してるでしょ⁉」

目を合わせていることに耐え切れず、ぷいっと顔を背けると、笑われてしまう。

「そうだなぁ。俺は自分の面《つら》が整ってる自覚がある。けどな、ナターシャ。覚えておけよ」

「なっ、何⁉　きゃあっ⁉」

膝《ひざ》裏に手が添えられ、一気に抱き上げられる。

「お前が見惚《みほ》れてくれるから俺は自分の顔が気に入っている。俺の顔も好きなんだろ？」

「好き……んっ！」

私が選択する前に、入浴場へと向かうことに決めたらしいソウは、私を抱えたまま歩き、キスを繰り返す。

「お前の顔も俺は好きだ。だから、ナターシャに困った顔や悲しい顔を向けられると弱い」

「……今、困った顔をしたら、エッチなことしない？」

「エロいことする時にそういう顔されたら誘われてるだけだ」

脱衣場に到着すると、私を設置されている椅子《いす》に座らせ、急《せ》いたようにソウは服を脱いでいく。

私もドレスのリボンやボタンを外していると、裸になったソウが手を貸してくれる。

そこまできつくは縛られていなかった衣服を脱ぎ切ると、ふるりと胸が揺れ、身体が解放された感覚に息を吐いた。

「ナターシャ」

「何？」

「俺が愛《いと》しい妻に望むのは未来永劫《えいごう》ナターシャだけだ。信じてくれるか？」

「信じる。ソウに、ずっとずっと好きでいてもらえるように頑張るわ。私もソウだけが大好き。愛してる」

「ありがとな。幸せだ」

入浴場に移動し、私の前にしゃがんだソウは、私の足先を持つと、その甲に口付けを落とす。

ソウは王子様なのに、まるで傅《かしず》く騎士のような姿に見惚れてしまう。

ソウなら、騎士でも絶対に素敵よね。お互い裸の状態なので、余計恥ずかしい。

服を着ている時にもう一度して欲しいな。

その方がお姫様気分を味わえそうだと欲深いことを考えていたら、私以上に邪《よこしま》で不埒《ふらち》な手が足の先から太腿《ふともも》へと移動し、ソウの口付けも気付けば太腿の内側に移動していた。

「ち、ちょっとっ!?　ソウ！」

「何だ？」

「何だじゃない！　素敵だなって思ってたのに！　……やっ！　あぁっ！」

とうとうソウの唇は秘部へと辿《たど》り着き、キスだけで感じてしまっていたそこが愛液を溢《あふ》れさせていることが自分で分かる。

片足の膝を持ち上げられ、大きく足を開かされ、膣《ちつ》に舌が差し入れられる。

「んぁっ！　……ぁあっ！　やらっ……あんっ！　吸わないで!!　あぁあんっ！」

らゅっ、じゅく、ちゅぷと、音を立てて吸い上げられ、堪《たま》らず声を上げる。

陰核にも舌が纏《まと》わりつき、尖《とが》らせてしまったそこをしゃぶられてしまう。

ビクンッ！　と身体を大きく震わせ、呆気《あっけ》なく達してしまった。

「ソウっ……ぁん……もぉ……」

身体から力が抜けてくったりしていると、ソウも椅子に座ると、私を引き寄せ膝の上に乗せられた。

密着し合いながら口付けられる。

先ほどまでソウの唇が、自分の秘部を舐《な》めていたのかと思うと興奮し、またとろりと愛液が溢れ出すのが分かる。

「たっぷり可愛《かわい》がるって言っただろ？　危ない薬を使う気はねぇが、愛しい女を可愛がるのにこういう物を使う気持ちは多少分かる」

「え？」

床に脱ぎ捨てた服から、第二王妃が投げて寄越した小さな袋をソウは取り出す。

ま、まさか!?　強力な効果がある媚薬《びやく》を使うつもり!?

青褪《あおざ》めると、安心しろと言わんばかりに頭を撫《な》でられる。

「これを用意したのはヨアニスだ。最悪お前に使われた場合を想定してな。そこまで効果が強くない薬だから安心しろ」

袋から出てきたのは緑色の丸い飴《あめ》。

ソウは飴を口に含むと、キスをし、私の舌の上に飴を載せ、お互いの舌で飴が溶けていく。

「んーっ、んっ……ぁっ……ソウ、なんのっ、あんっ効果があるのぉ？」

「欲望に素直になれるんだよ。俺にも効いてくるだろうからな。お互いめいっぱい気持ち良くなろうぜ？」

飴の甘い液体とお互いの唾液《だえき》が混ざり合い、飴はどんどん溶けていく。

ソウとのキスも大好きで、もっともっとキスをして欲しくて私からも舌を絡める。

気付けば飴は溶け切って、身体が火照《ほて》り出す。

「ソウっ……熱っ……んんっ」

「……俺もヤベェ」

「あああっ！」

ソウの手が胸へと伸ばされ、鷲掴《わしづか》まれる。

ソウの長い指がくにゅくにゅと胸の柔らかさを確かめるように食い込み、胸全体を揉《も》まれる。

胸の愛撫《あいぶ》だけでまた達してしまいそうで、太腿をもどかしげに動かすと、ソウの陰茎が太腿に触れてしまう。

「積極的だな……」

ソウの陰茎は熱く硬くなっていた。

「あんっ！　ソウ……もぅ……ほしいっ……ソウの欲しいよぉ……挿れてぇっ……」

違うのと言おうとしたのに、口から出たのは正反対の……正直な言葉。

下腹部がキュンキュンと疼《うず》いて仕方ない。

ソウの首に腕を回し、懇願すると、ソウの喉《のど》がゴクリと鳴る。

「良い効果だ……ハマッちまいそうだな。お望み通り、挿れてやるよ」

「んぁぁああっ!!」

望んだ熱い陰茎が膣を埋め尽くし、また達してしまった。

「んくぅっ！　……あぅ……あんっ！」

「くっ……」

多少乱暴に突き上げ揺さぶられても、その全《すべ》てが快感にしかならない。

お互いの肌が触れ合う度に結合部がぐちょぐちょと厭《いや》らしい音を立て続ける。

何度か吐き出されたソウの精液と、刺激される度に溢れ出す愛液が太腿を伝い落ち、入浴場の床に小さな水たまりを作る。

「ナターシャっ……ナターシャ……」

「ふぁあっ……あん！　あぅっ……ソウ、……んぁっあああっ！」

ソウに名前を呼ばれるだけで感じてしまう。

耳に届く甘く切ない声と吐息に身体を震わせる。

膣の最奥をひたすら突かれ、子宮の入り口を陰茎の先にぐりぐり刺激され、その度に達してしまう。

膣内を蹂躙《じゅうりん》し続ける陰茎を達するごとに甘く締め付け、ソウもまた快楽に身を委《ゆだ》ねているのか、誘われるままに精を吐き出している。

けれど陰茎が萎《な》える様子は全くなく、より深く繋《つな》がり合えるよう床に寝かされると、片足を担がれ奥を攻められる。

薬の影響か、強い快楽のためか、頭がぼーっとしてくる。

それでも、見上げる形になったソウを見つめて思う。

私、ソウ以外の人とは、絶対に無理。

身体を重ねる行為は、相手に身を委ねることにもなる。

こんなに恥ずかしくて、そして相手を愛おしく想える行為を他《ほか》の男性となんて、出来ない。

「ぁんっ……良かった……」

「はぁっ……は、……何がだ？」

まだ僅《わず》かに理性が残っているのか、小さく呟《つぶや》いた私の声を、ソウはしっかり聞いていてくれたらしい。

ソウの頬《ほお》に手を添えて、緩く微笑《ほほえ》む。

「私はソウが好きで……ソウに、好きになってもらえて、良かった……ありがとう、大好きよ」

好きな人に同じ想いを返してもらうことが、どれほど幸せなことなのか、ソウのお陰で知る事が出来た。

優しくて、素敵な王子様と幸せになりたいと、素直に願うことが出来る。

ソウへ好きな気持ちと、感謝を伝えると、ピタリとソウの動きが止まった。

「どうしたの？」

「お前が可愛過ぎて辛《つら》い。感謝したいのは俺の方だ」

ソウの頬に添えていた手を取られ、指や手全体にソウにキスをされて擽《くすぐ》ったい。

「母上を亡くして、誰《だれ》のことも信じられなくなった俺を救ってくれたのはお前だ。ナターシャがいなかったら、誰のことも愛せなかった。俺も、ナターシャに好きになってもらえて良かった。幸せだ」

ソウの気持ちが嬉しくて、涙が零《こぼ》れる。

「泣くな。お前は笑顔が誰より可愛い。ずっと一緒にいような？　約束だ」

「うん約束ね！　私だって、ソウが素敵過ぎて辛いのよ？　すっごく大好き！」

「好きな気持ち勝負かぁ？　それなら俺の圧勝だ。子供の頃《ころ》からずっと好きなんだからな」

「きゃあっ⁉」

止まっていた律動が再開されてしまう。

「まっ、待って！　その、落ち着いたんじゃないの？　……あぁっ！」

ガツガツ奥の方を突かれ、静まっていた快感を身体が求め出してしまう。

「ソウ！　私っ、お風呂《ふろ》……んっ……入りたい……んぁあっ」

飴を舐め切ってから少しは時が経《た》ったからか、薬の効果は薄れてきたと思う。

汗やお互いの体液でベタベタになった身体を洗い流したいのに、大好きな王子様は、私の身体を放してくれない。

「あんっ！　気絶しちゃうっ……んんっ」

顎《あご》を持ち上げられ、口付けられる。

ちゅうっと舌を吸い上げられ、息が出来ないほど深いキスを繰り返される。

「んやぁっ……ソウ……あんっ」

「くっ……安心しろ、気絶したらお前の身体は俺が洗っておいてやるよ……丁寧にな」

「ふぁああああんっ!!」

恥ずかしいから自分で洗いたい！

そんな私の願いも虚《むな》しく、気を失うまで抱かれ続けてしまった。

「……ぁ」

瞳《め》を薄く開くと、ソウの自室の寝台で、カーテンから細く差し込む太陽の光が見えた。

もう朝なのね。

身を起こそうとしたら、起きることが出来ず驚いてしまうが、その理由はすぐに分かる。

ソウが私を抱き締めて寝息を立てていた。

ぎゅうっとしっかり抱き締められているから動けないのは当然ね。

宣言通りに気を失った私をソウは洗ってくれたらしく、髪も肌もサラサラで心地よい。下腹部は違和感が半端なくあるけど。

穏やかな寝顔で眠っているソウを見つめて微笑んでしまう。

寝顔は昔と変わらない。関係性は幼馴染《おさななじみ》から恋人に変わって、それをとても嬉しく思う。

私の知らない物語では、可愛いヒロインと結ばれるかもしれなかった王子様。

悪役令嬢を恋人にしてしまったことを、ソウが知ることはないだろう。

だからこそ、物語の中の悪役令嬢のような振舞いは絶対にしないようにしようと、これからも注意していこう。

そのためにも、まずは何年も続けている習慣を継続していくのは大事なことよね？

ソウを起こさないように静かに気を付けてソウの腕の中から抜け出す。

かなり疲れていたらしいソウはまだ眠っている。

少しは休んでね。簡単に着ることが出来るドレスを着て、こっそりソウの部屋から抜け出す。

ソウの部屋の警備をして下さっている騎士の方々がメイドのリリィさんを呼んでくれて、別室できちんと着替えさせてくれた。

お礼を言って厨房《ちゅうぼう》に向かう。たまには朝ご飯から作るのもいいだろう。

料理人の皆さんに朝の挨拶《あいさつ》をし、自分で満足のいく出来のお弁当を作り上げ、厨房を後にする。

すると、友人の姿を見つけ嬉しくて駆け寄る。

「よっちゃん！」

「やぁ、ナーさん。おはよう。今日は朝からお弁当作りかい？」

よっちゃんの服装は昨日から変わっていない。

恐らく徹夜だろうに、そんなことを相手に感じさせない爽《さわ》やかさで、よっちゃんは微笑んでいる。

「うん！　朝からお城にいるから、朝ごはんをソウと食べたくて」

「いいことだね。けど、ナーさん？　その様子だとソウンディクより早く起きて行動してるね？　早めに戻りな。目が覚めて、腕の中にナーさんがいなかったら、ソウンディクが慌てふためくよ」

「ふふ。そうね」

ソウの部屋の近くまで送ってくれると言って、よっちゃんと連れだって歩いていると、ソウの近衛《このえ》騎士の方が慌てて駆け寄ってくる。

よっちゃんの読み通り、目を覚ましたソウは私がいないことにとても驚き、騎士に捜索を命じたと言う。

過保護過ぎるでしょ、と少し呆《あき》れてしまうが、心配してくれる気持ちがとても嬉しい。

騎士の方々に私を預けたよっちゃんは、立ち去ろうとしたのだが、「ナーさんに聞きたいことがあったんだった」と言って足を止める。

「なーに？」

私も足を止めて問うと、よっちゃんは騎士達の耳には届かないように、私の耳元に顔を近付ける。

重要な内緒話かしら？

気を引き締めて耳に集中すると。

「悪役令嬢ってなんのことか、その内教えてね？　ナーさん」

「!?」

驚いてよっちゃんから一歩後ずさってしまうと、よっちゃんは懐から、学園祭の時に私が託したユリアちゃんへの手紙を取り出して、ひらひら振って見せてくれ、ニッコリと楽しそうに笑う。

私の手紙！　ユリアちゃんに届けてくれたんじゃなかったの、よっちゃん!?

酷《ひど》いわ！　と怒る前によっちゃんはひらひらと手を振って去っていってしまう。

……どうやって説明しよう。いや、出来れば説明を免《まぬが》れたい。

いつか、全てをあの天才で優秀な未来の宰相様には知られてしまうんじゃないかと思えて、よっ

ちゃんには敵《かな》わないと痛感した。

・物語は続くようです

「ご無事で良かったです！　ナターシャさん！」

「ユリアちゃんも」

シャルロッティ学園の裏庭にて、きゅっと手を握り合い、お互いの無事を喜ぶ。

ユリアちゃんを連れていったのはソウとジャックだったわけだから、大丈夫だろうとは思っていたけどね。

「ライクレン君は？　大丈夫だったの？」

「はい！　ライクレン君はあの後、すぐに目を覚ましたんです。ただ……」

「ただ？　何かあったの!?」

「いえ。正式に告白を受けてしまったんですぅ！　お付き合いすることになりましたぁあっ!?」

恋人になったってこと!?

「お、おめで、とう？」

思わず疑問形になってしまう。だって、ユリアちゃんが好きなのはコーラル様よね？

お付き合いすることになったと言いつつ、ユリアちゃんの表情はあまり冴《さ》えない。

「好きな人がいるんですとは伝えたんです。けどっ、その人と付き合ってないなら付き合って欲しいって！　熱烈過ぎて断れませんでした」

「可愛《かわい》い顔して、押しが強い感じだもんね、ライクレン君」

溜息《ためいき》を吐《つ》くユリアちゃんの背中を撫《な》でながら苦笑する。

ユリアちゃんは困ってはいそうだけど、嫌がってはいないように見える。

でも、これでヒロインであるユリアちゃんに一応恋人が出来たってことで、いいのかな？

「私は、悪役令嬢じゃないって思っていいのかな」

少なくとも、ソウやよっちゃん、ジャックからは悪い奴《やつ》だと思われてないと自信が持てるようになった。

「ナターシャさんは、悪役令嬢ではありません！　ヒロインである私が保証しましょう！　もう、お友達ですよね？」

「うん！　ありがとう！」

そして、ユリアちゃんとも友達になれた。安心して、そして楽しんでシャルロッティ学園での生活を楽しもう！　……そう思っていたのに。

「あ、でも……」

「え？　何？」

ユリアちゃんが何かを思い出した様子で腕を組む。

「2のヒロインさんにとっては、悪役令嬢になる可能性があるかもです」

「……はい？　つ、ツー？　あるんだっけ2が!?　このお話!?」

「はい！　ありまっす！」

そんな元気いっぱいに肯定されても困るんだけど!?

「け、けど2があったとしても、普通は1のヒロインとかヒーロー達が卒業してからのお話じゃないの!?」

「ふふふ。そこがこの物語の凄《すご》いところです！　2のヒロインは私達と同い年！　小国のお姫様なんです！　来年転入していらっしゃるんですよぉ！　1のヒーローの皆さんも継続して攻略対象になるんです！　あ、2から新規のヒーローさん達ももちろんいらっしゃいますよ！」

「……ってことは、ソウンディク王子殿下も？」

「はい！　攻略可能です！」

嘘《うそ》でしょおお!?

「私また、2でも悪役令嬢!?」

「えっとぉ、ソウンディク様を攻略しようとするならそうなります、ね」

そ、そんな。しかも2のヒロインは小国のお姫様!?　つまりは王女様！！？

ヒロインと呼ばれるくらいだから、顔も良くて、性格も良いのだろう。

そんな子がソウを好きだと言い出したら、私、どうしたら……。

「だ、大丈夫ですよナターシャさん！　来年は心強い味方も学園にいらして下さるじゃないですか！」

「心強い味方？」

「コーラル様ですよぉ！　先生として絶対いらして下さいますよ！　サイダーハウド様もご一緒ですがね！」

来年はコーラル様が学園にずっといることにもなるのか！

全然味方じゃないのよユリアちゃん!?　私と、そして恐らくソウやよっちゃんにとっても敵になるお方だと思う！

波乱しか予想出来ない来年に青褪《あおざ》める。ソウには、来年も当然お弁当を作ることになるだろう。

その様を2のヒロインである王女様が見たら、どう思う!?

絶対、邪魔だと思うわよね⁉
二年目も、ヒロインにとっては……邪魔者のようですが、王子の昼食は私が作るようですぅうう‼

書籍版書き下ろし

MELISSA

・お父様の疑念

「ナターシャ。ソウンディク殿下とは仲良く出来ているか？」

遠征に出ることが多いお父様が、お屋敷に帰ってきてくれた。

それもこれも間近に迫った収穫祭をお祝いするため。

顔は怖いがセフォルズ国の民達から慕われる英雄の収穫祭への参加を楽しみにしている人も多い。

そしてお父様自身も、毎年収穫祭を楽しみにされているのよね。

「ええ。お父様。今まではお友達として過ごしてきたけれど、最近は恋人になれたからもっと仲良くなれた気がするわ」

お父様が好む茶葉で紅茶を淹《い》れ、お父様に差し出すと感謝を告げられながらも、ジッと見据えられる。

「何？」

「殿下に、無理強いなどされていないだろうな？」

「無理強い？　そんなことされるわけないでしょう？　ソウが優しいことはお父様だって良く分かっているじゃない」

「殿下がお前を特別に想っていることは周知の事実だ。お前に優しいのも分かっている。だが……婚姻前の娘に一度は手を出されたことは忘れん」

学園主催の夜会後に、ソウと身体《からだ》を重ねてしまったことは、お父様にバレちゃってるのよね。

それを未《いま》だに根に持ってらっしゃるお父様は、事あるごとに結婚するまで一線を越えないようにと苦言を呈してくる。

そりゃそうよね。王子の婚約者が結婚前に妊娠してしまったら外聞が悪いにもほどがある。

「学園に在籍中は王子であろうと公爵令嬢であろうと学生の身。慎ましく健《すこ》やかに過ごし、交際も清いものにするのだぞ。ジャック、お前もしっかりと二人を見張っておけ」

「いっ⁉　は、はい。もちろんです将軍。お二人とも大変仲睦《むつ》まじく、真面目《まじめ》に学園に通われておりますよ」

冷や汗をかきながらお父様に私達の様子を報告するジャックを見て隣に立っていたシアが溜息《ためいき》を吐《つ》く。

後ろめたいことがあるのがバレバレだものね。ジャックにまで嘘《うそ》を吐かせて申し訳ない。

「お父様。ジャックは生徒会にも所属することになったのよ。凄《すご》いわよね。学園でも私とソウを支えてくれているの」

「そうか。ジャックよ、お前を拾ってから随分経《た》った。良くやってくれていると思う。今後もナターシャのために、そして自分自身のために研鑽《けんさん》に励めよ」

「勿体《もったい》ないお言葉です将軍」

頭《こうべ》を垂れるジャックに満足そうにお父様が首肯する。

「それにしてもナターシャ。器用な物だな」

「殿下がお喜びになられますね。マフラーとセーター。さすがはお嬢。大変良く出来ていると思います」

気候が寒くなってくる前にソウへ渡すマフラーとセーターを仕上げることが出来た。

青色の毛糸を多く使用して作り、肌触りも良くてとても自信作だ。

……でも、これを王子様に渡すのかと思うと、恐縮してしまう。

自室のドレッサーの引き出しには、ソウが贈ってくれた装身具が収められている。

今髪を結んでいるリボンもソウからの贈り物。

繊細な刺繍《ししゅう》が施されていて、値段を考えると少し頭痛がする。

「お父様とジャックから褒めてもらえると自信がつくけれど……やっぱりね、王子様に渡す物としてはどう思う？」

「殿下は物の値段を気にするお方ではない。それに何よりお前から贈られる物ならば喜んで下さるだろう。……もしも喜ばないようなら私に言いなさい。殿下と話し合いの場を設けてもらう」

「だ、大丈夫ですよ、お嬢！　殿下のことです、毛糸に宝石でも鏤《ちりば》めようものなら、逆に不審がられますよ！　普通でいいんです。収穫祭の時にお渡しになられてはいかがですか？」

「そ、そうね！　夜は冷える季節だし。そうするわ」

お父様の強面《こわもて》の顔が更に怖くなってきたように思え、ジャックと慌ててしまった。

リボンのお返しに作った物でもあるが、本来の目的はソウが風邪《かぜ》を引かないための防寒具。

収穫祭の最終日の夜にソウに渡すことに決めた。

秋に開催される収穫祭は現代日本ではハロウィンの時期。

もともとはハロウィンも西洋では収穫祭ってことだったんだけど、日本では仮装イベントになっていたのを思い出し、あれはあれで面白いお祭りだったなと微笑《ほほえ》む。

けれど今は、セフォルズに生き、暮らしている。こちらの収穫祭は盛大な食の祭典と言えば分かり易《やす》いだろう。

同じ種類の野菜でも、品種や調理方法によって様々な味が表現されていて、食べ歩きが熱いのよね！

私は主にお菓子を作って毎年出品させてもらっている。

今年作る物も、既に去年の収穫祭を終えた日から計画を練ってきた。

「今年は林檎《りんご》を丸ごと使ったアップルパイを作るの！」

「去年は林檎タルトでしたね。お嬢が作るのは見た目も可愛《かわい》かったり綺麗《きれい》だったりして好評ですよねぇ」

とっても嬉《うれ》しいことだわ。林檎を作って下さっている農家の方とも打ち合わせ済み！

秋が旬のリンゴはこの時期に食べるのが特に美味《おい》しいのよね。

「我が領内の収穫祭には殿下も毎年いらっしゃる。騎士達に警備はさせるが、一人にはならぬように注意するのだぞナターシャ」

「はい。お父様」

「お嬢、返事は良いですよねぇ」とぼそりと呟《つぶや》かれたジャックの声がお父様の耳に届いていないことを願う。

だって、収穫祭の時はいろいろな店を見て回りたいんだもの。

「あぁそうだ。お嬢。いつもはお食事の準備に集中なされていますが、今年は収穫祭の夜会にも殿下とご参加なされてはいかがですか？　恋人になられたのですし」

「収穫祭の夜会？　あ、そっか。いつもお食事の準備ばかりで参加していなかったわね」

貴族だけでなく多くの人が参加出来る夜会が収穫祭では開かれる。

収穫祭の夜会に参加すると身分差を超えた恋が実るなんて噂《うわさ》話が存在している。

まぁ噂話の真偽がどうであれ、皆が楽しんでくれるのなら何よりだ。

「言われてみればソウもお料理を口にしてはいたけれど、夜会に参加はしていなかったわねぇ」

毎年見習い騎士のような服装を身につけて収穫祭に一応名目上、こっそり参加しているソウではあるけれど、王子であることは会ったことがない貴族より、民の方が良く知っている。

果実のジュースを片手に樽《たる》の上に座って談笑するソウへ、王子殿下として接することの方がマナー違反のようにみんな思っていると聞いたことがある。

夜会に参加せず夜風に金髪を靡《なび》かせながら、「今年も美味《うま》かった」と言い、満足して王城に帰っていくソウを笑顔で見送るのが毎年の慣例なのだけど……。

「誘っても参加しないいんじゃないかしら？　食べ歩きの方がソウだって楽しみにしてるんじゃない？」

「まさか。お嬢から誘われて断ったらそいつは殿下の偽物です」

「たまには殿下と共に王子と公爵令嬢であることを民に見せてやりなさい。お前達ときたら、つい最近まで馬に乗ってそこら中を走り回っていたのだ。踊れることすら疑う民もいるかもしれん。一曲や二曲は踊るように。ドレスも新調しなさい。ヨアニスから報告を受けている。殿下のために弁当箱ばかり購入して、ドレスはジャックやシアに言われないと購入していないらしいな？　それに宝飾品も。良いかナターシャ。我々貴族は着飾るばかりが仕事ではないが、我々が豊かであることを証明することで、領内の民も安心して日々を過ごすことが……」

「わわわ！　分かった！　そ、そうだ。早速王城にご連絡を入れるわ！　ソウに踊ってもらえるようお願いしてみる！　ドレスも買うからお説教はやめてお父様！」

長くなりそうなお父様のお小言を遮らせてもらい、シアに頼んで王城に連絡をお願いした。

・王子様とダンスの約束です

「収穫祭の夜会で、ダンス？」

「一緒に踊ってもらえたら嬉《うれ》しいんだけど、嫌？」

王城を訪れ、ソウに会う時間を設けてもらった。

収穫祭には王子としては出席したくない。ダンスなんて面倒臭い。

そんなことを言われても仕方ないかなと思っていたのだけれど、ソウは私の手を取ると絶対参加すると言ってくれた。

「いいの？　自由な時間が減っちゃうのに」

「リターシャと一緒にいることが何より俺《おれ》の幸せなんだよ。基本的にダンスは男が女を誘うもんだが、お前から一緒に踊って欲しいって言われてすげぇ嬉しい」

ソウに手を取られ、指先に優しいキスを落とされ胸が高鳴る。

恋人になってから増えたスキンシップと、王子様らしいことをされるのが照れ臭いながらも嬉しい。

そのまま引き寄せられ、ソウの整った唇が私の唇に重ね合わされた。

優しく啄《ついば》むようなキスを何度もされ、息が乱れ始める。はふ、と恥ずかしくなる甘い吐息を漏らしてしまう。

ソウの背中に手を回し、ぎゅっとしがみついたのも束の間……。

「じゃあ、そろそろ帰れ。今から出れば暗くなる前にハーヴィ家の屋敷に戻れるだろ」

「え……」

両肩に手を置かれ、身体《からだ》が離されてしまう。

「そんなに寂しそうな顔されちまうと俺も辛《つら》いな」

「ごめん。もしかして凄《すご》く忙しい？」

「収穫祭を楽しむためにな。まぁ仕事の忙しさより、お前を帰す理由はハーヴィ将軍が屋敷に帰ってきてるからだよ。苦渋の判断だ。結婚式まで清い付き合いをしろって言われてっからなぁ」

「うふふ」

再度私を抱き締めてくれて、肩越しに溜息《ためいき》を吐《つ》くソウを見て笑みが零《こぼ》れる。

「……何だよ。さっきは寂しい顔見せてくれたのに」

「ソウも寂しがってくれているのが嬉しかったのよ。無理し過ぎないようにね？　けど、収穫祭、楽しみにしているわ」

「俺もすげぇ楽しみだ。ジャックはまだ城にいるだろ？　騎士に呼ばせる」

部屋を出ていくソウの背中を見送り、恥ずかしい期待を自分がしてしまっていたことに気付く。

お父様から結婚前は性行為を控えるようにって、何度も忠告を受けていて、もっと楚々《そそ》とした女性を目指すべきなのに！

「恥ずかし過ぎるわ……ハッ!?　はい!?」

両手で顔を覆って、真っ赤になって顔を隠していると、部屋の扉がノックされ、慌てて返事をする。

扉がゆっくりと開かれると、書類を数枚持った良く知る人物が顔を見せてくれた。

「やぁ、ナーさん」

「よっちゃん！　お疲れ様。お仕事中でしょう？」

「仕事の区切りが良いから一緒にお茶でもと思ったんだ」

「よっちゃんからのお茶のお誘いを断るわけにはいかないわ。騎士の方がジャックを呼びに行って下さっているの」

「それなら私と部屋を出たことを伝えてもらおう。ジャックはハーヴィ将軍からの用事を片付けているようだし、少し時間が掛かりそうだからね。夕日が綺麗《きれい》だよ？　折角だから中庭に行こう」

手を差し伸べてくれて、スマートなエスコートをしてくれるよっちゃんは大変麗しい笑顔を見せてくれる。

これが他《ほか》のご令嬢達にも発揮されれば、卒倒するご令嬢が後を絶たないだろう。

今年は、よっちゃんの想い人を知ることが出来た。

その相手が親友の一人であるメアリアンであったことを知り、とても驚いて、凄く応援したいと思ったのよね。

学園入学前から私やソウより大人《おとな》びていたよっちゃんから一切好きな人がいる話を聞いたことはなかった。

でも、ソウやジャックは気付いていたってよっちゃん本人から聞いたから、知らなかったのは私と当事者であるメアリアンだけだったのかもしれない。

メアリアンの理想とする相手とよっちゃんが掛け離れているのは分かってはいるのだけれど、それでもメアリアン好みの筋肉に負けないくらい、よっちゃんは素敵だ。

来年は二人のために、余計なお世話を焼きたい。……迷惑じゃない程度にね。

セフォルズの王城内には中庭が数カ所存在し、よっちゃんと向かったのはその一つ。

小さな噴水が設置されていて、可愛《かわい》らしい白と赤い花が咲き誇り、可愛らしいけれど落ち着いた雰囲気の中庭だ。

テーブルとベンチが並んでいる場所によっちゃんと向かい合わせになって腰掛けると、メイドさん達が紅茶と季節の果物《くだもの》が豊富に使用されたミルフィーユを運んできてくれた。

一口サイズにして口に運ぶと、サクッとしたパイ生地の食感と瑞々《みずみず》しい果物の果汁に口の中が幸福に包まれる。

よっちゃんの言う通り、夕日のオレンジ色の光を受けて噴水の水が煌《きらめ》きがとても美しい。

「お茶に誘ってくれて嬉しいわ、よっちゃん」

「どういたしまして。私はハーヴィ領の収穫祭には顔を出せそうもないからね。時間がある時にナーさんと、今年の秋を味わいたかったんだ」

「一緒に秋を感じることが出来て私も嬉しいわ。お仕事で来られないの？」

「毎年どこかの王子様が堂々と城を空けるんでね。仕事もそうだけど、王子様がいないことの言い訳を各方面にしないといけないから忙しいんだよ」

「ソウに代わって感謝するわ。毎年ありがとう」

「いいんだよ。ナーさんとソウンディクが顔を出すから、収穫祭も盛り上がるからね」

「よっちゃんにもお土産《みやげ》をいっぱい買ってくるわ。今年はね？　ソウに一緒に踊って欲しいってお願いしたの」

「それはソウンディクが浮かれるね」

少し照れくさくなりながらも、よっちゃんには一応報告しておこうと思えた。

「ナーさん」

「何？　よっちゃん」

「私の作戦のせいで、学園祭三日目の夜会にナーさんとソウンディクは出席出来なかった。収穫祭の夜会を、二人でめいっぱい楽しんでね？」

よっちゃんが作戦を立てて決行してくれなかったら、第二王妃によってソウが危険な目に遭ってい

たかもしれない。

私とソウのことを沢山考えてくれているよっちゃんの幸せを、私もそして絶対ソウも願ってる。

「来年の収穫祭は、よっちゃんも好きな人と一緒に参加してくれたら嬉しいわ」

「そうなるように努《つと》めるよ。気を付けて帰ってね、ナーさん」

「うん。あ！　ジャック！　こっちよ！」

騎士に伴われて中庭にやってきてくれたジャックに下品じゃない程度に手を振る。

来年は、よっちゃんとメアリアンが一緒に収穫祭に来て欲しいなと願い、城を後にした。

・王子様との収穫祭

天気は快晴！　絶好の収穫祭日和《びより》ね！　頭上に広がる秋空の青さが眩《まぶ》しい。

収穫祭の広場は花や小さな旗で飾り付けられ、賑《にぎ》やかでとても華やか！

私は薄い桃色のワンピースを着て、花の刺繍《ししゅう》付きの白いエプロンを身につけている。

早朝からアップルパイを作り露店に並べ終えることが出来た。

「お嬢。今年は夜会にも参加することを忘れないで下さいね？　夜会が始まる前に帰ってきて下さいよ？　ドレスに着替えるんですからね？」

「もう心配症ね。大丈夫よ！　そろそろソウと待ち合わせしている場所に向かうわ」

「お嬢と一緒にいると殿下もはしゃいじまうから心配です。いいですか？　門限守って下さいよ⁉でないと将軍にいろいろ報告しちまいますからね！」

「分かったわ！　ソウと食べる分を、一つ持っていくわね！」

アップルパイを一つ包み、ソウと待ち合わせを約束した場所に向かうと、もうソウは待っていてくれて笑顔で手を振ってくれる。

「おはようソウ！」

「おはよう。ナターシャ、可愛《かわい》いな」

「町の女の子が刺繍してくれたの。今度一緒に刺繍をする約束をしたのよ」

白いエプロンを可愛らしくしてくれているお花の刺繍。

野菜を届けてくれる農家の娘さんが、頬《ほお》を真っ赤に染め、照れながらも私にプレゼントしてくれた。

「口々の感謝を少しでもお返ししたくてって言われたんだけど、私よりも農家の人々あってこそ、私達のお腹《なか》も満たされるのよね」

あちらこちらから良い匂《にお》いが鼻に届き、食欲がそそられる。

お肉もお魚も野菜も沢山の人が日々愛情を注ぎ、努力して授かった恵みだ。

「出会った頃《ころ》から変わらねぇな」

「そうかな？」

「ああ。確かにエプロンも可愛いが、俺《おれ》が言ったのはナターシャに対してだよ。昔も今も、すげぇ可愛い」

「昔も⁉　私、初めて会った時ソウを叱《しか》りつけてしまったのに」

「俺にとっては貴重で有難い思い出の一つだよ。さぁ、楽しもうぜ？」

ソウが抱き締めてくれたうえに、頬に優しくキスをしてくれる。

多くの人が行き交う広場だから見られていないわけがない。

そそくさと足早に立ち去ってくれる人々に感謝しつつ、ソウと手を繋《つな》ぐ。

ソウはシャルロッティ学園の制服を着ていない時は、着飾っていることが多い。

王子なのだから当たり前なのだけど、今のようにかなりラフな騎士見習いスタイルもとても品が良く見える。

中身はまだやんちゃ坊主《ぼうず》な部分があることも知っているけど。

「ソウも、すごくカッコいいわ」

繋いでいる手をきゅっと握り締め、頬が熱くなるのを感じながらも正直な気持ちを伝える。

「……帰るか」

「なんで!?　まだ何も買ってないし、食べてもいないわよ!?」

「あぁ、夜まで耐えろ。俺の理性」

「夜になったら何するつもりなの!?」

「今聞くな。襲っちまうぞ。それ、美味《うま》そうだな」

「今年の収穫祭で私が作ったものなの。一緒に食べてくれる？」

なんだかデジャブ。初めてソウと会った時も、林檎《りんご》のお菓子を差し出した。

林檎飴《あめ》に似たお菓子をソウに地面に落とされてしまったのよね。

でも後からソウ本人が教えてくれたのだけど、持ち帰った後、きちんと食べてくれたそうだ。

そんな出会いからもうすぐ十年。

なんの躊躇《ためら》いもなく、私からお菓子を受け取って食べてくれるソウを見ていると、泣きそうになる。

でも泣くなんて勿体《もったい》ない。とっても良い天気で、楽しい収穫祭なんだもの。

「お前が作った菓子は毎年楽しみにしてる。二度と食べ物を粗末にすることはしねぇから、安心してくれ」

「うふふ。信じているわ」

「んじゃ、あーん」

学園祭でしてしまった食べさせ合いっこ再び!?

口を開けて待ってしまっている王子様をこれ以上待たせるわけにはいかない。

広場に幾つも設置されている丸い木のテーブルの上に林檎を載せ、一口サイズにしてソウの口元に運ぶ。

「うん。美味いな」

「それは良かっ……!?」

ソウの碧眼《へきがん》が間近に迫り、キスをされ、唇を舐《な》められる。

唇の端に付着していた林檎の蜜《みつ》の味を感じ取れてしまう。

「今は口へのキスはダメ！」

「頬ならいいのか？」

「頬も、んっ……ダメ……」

髪を撫《な》でられながら頬に唇を寄せられ、幾度もキスをしてくるソウの胸を押すが、我ながら弱々しい拒否。

「夜まで我慢するんじゃなかったの？」

「……そうだな。どこでハーヴィ将軍が見ているか分からねぇし、この辺にしとくか」

解放されるけど、胸のドキドキが収まってくれない。

イカの丸焼き、串《くし》焼き、焼き団子などなど。ソウはボリューム抜群の品々を慣れた様子で買い込んで食べ歩きをしていく。

すっかり食欲旺盛《おうせい》になってくれたソウを見られて嬉《うれ》しい。

でも、さすがに先ほどのキスは見過ごしてくれなくて……。

「見せつけてくれちまってぇ！　持ってきな！　早めのご祝儀だ！」

「ナターシャちゃん！　殿下と一緒に食べな！」

「いいねぇ。美男美女の口付けは！　くあぁ！　酒が進む！　酒が美味ぇ！」

まだまだ日が高いというのにすっかりお酒が回った人もいる。

楽器を持った人もお酒を飲んでいて、陽気な音楽が時折音を外すのもご愛敬《あいきょう》かな。

「ナターシャ様！」

「エミリー！」

エプロンに花の刺繍をしてくれた私達より三つほど年が下だけど、お洒落《しゃれ》に気を遣う可愛い女の子。

じゃがバターを出店していて、とっても美味《おい》しそう！

「一つ頂こう」

「ソウンディク様！　は、はい。どうぞ」

いつも元気いっぱいのエミリーが真っ赤になって小さくなってしまう。

外面《そとづら》モードに入っちゃったけど、素敵過ぎる王子様だもんね。

ほかほかの湯気が出ているじゃがバターを受け取りながらも、ソウは爽《さわ》やかスマイルを崩さない。

「ナターシャ様っ、ソウンディク様とっても素敵ですね！」

はしゃぐエミリーに私も同意する。

「うん！　素敵よね！　大好きな王子様なの！」

幼馴染《おさななじみ》の王子様は誰《だれ》に問われても自信満々に素敵で大好きだと言える相手だ。

恋人になる前からそれは変わらない。

「ご馳走《ちそう》様ですぅ」

「え？　どういう意味？」

「ナターシャの無意識の惚気には私も参っているよ。私の可愛い恋人にエプロンをありがとう。今度刺繍を教えてやってくれ」

「は、はいぃ！　ソウンディク様」

焦った様子で何度もエミリーに頭を下げさせてしまった。

気付けばジャックに一度戻るように言われている時間となり、ソウと共にハーヴィ家の屋敷に戻ることとなった。

・ソウとナターシャと収穫祭の夜会（ソウ視点）

ナターシャと出会えた場所である収穫祭は特別だ。

「親父に無理やり馬車に乗せられて連れてこられた時は、すげー荒《すさ》んだ気持ちだったのになぁ」

母上が戻ってくることはない。しかしその寂しさを埋め、幸福で満たしてくれる存在と出会えた。

夜会服へと着替え終え、ナターシャの支度をハーヴィ家の屋敷の一室で待っていると、部屋の扉がノックされる。

ジャックかと思いきや姿を見せた相手に反射的に立ち上がってしまう。

「息災でいらっしゃいますか？　ソウンディク殿下」

「見ての通りだ。元気にしているよハーヴィ将軍」

遠征から帰り、王城で顔を合わせる度に問われることだ。

修業を付けてもらっていたこと。ナターシャの父であること。

そして……俺《おれ》が幼い頃《ころ》から、真っ直《す》ぐ誠実に接してくれていることもあり、将軍の前では身が引き締まる。

「すっかり逞《たくま》しくなられた。娘を宜《よろ》しくお願い致します」

「まだ俺に渡さないのではなかったのか？」

「完全にお渡しするのはまだ先です。しかし殿下が娘と共に笑っていて下さるので、私は殿下やヨアニス、ジャック達に娘を任せ国を守ることに全力を注げるのです。泣いて部屋に引きこもるようなことはなさらないで下さい」

「……母上がいなくなってしまった日のことを忘れることはないと思う。だがな、思い出す日が減った。最近は、親父と並んで優しく微笑《ほほえ》んでくれている姿を思い出せるようになったんだ」

「それは陛下もフィアナもお喜びになられますね。娘が待っています。夜会を心置きなくお楽しみ下さい」

「将軍もな？　たまには飲み過ぎだと注意されるくらい酒を飲むのもいいんじゃないのか？」

「殿下と酒を飲み交わせる日まで楽しみにお待ちしております」

頭を下げるハーヴィ将軍に苦笑して、ナターシャの待つ部屋へと向かうと、満面の笑みのジャックに出迎えられ部屋の扉が開かれる。

部屋の中央に立つナターシャの美しさに息を呑《の》む。

髪を結い上げたナターシャは、空色の髪よりも深い青と紫が混じり合った瑠璃《るり》色のドレスを身につけていた。

出るところは出て、引っ込む部分は引っ込んでいる愛《いと》しい幼馴染《おさななじみ》の曲線美をドレスが際立たせてくれている。

夜会において、女は露出の高いドレスを着ることがマナーとされる。

白く美しいナターシャの肩と背中が見えていて、目を奪われてしまう。

「ソウ……収穫祭の夜会のドレスにしては、気合い入れ過ぎじゃないかな？　装身具もお父様が買って下さったの」

なかなか宝飾品を欲しがらないナターシャに、将軍も気合いが入ったのだろう。

ネックレスに輝く大きなダイヤをサファイアが縁取り、美しくも華やか。

華奢《きゃしゃ》なナターシャの手首には、パールとサファイアのブレスレット。ティアラとイヤリングも俺がナターシャに贈ったものに勝るとも劣らない物。

王族に負けぬ宝飾品を娘にプレゼント出来る英雄に、負けてられねぇなと気合いが入る。

ナターシャに歩み寄り、腰を引き寄せた。

「昼は可愛《かわい》くて、夜は綺麗《きれい》とかお前は一体俺をどうしたいんだ」

露《あら》わになっているナターシャの首筋に唇を寄せながらぼやく。

「ソウこそ、夜はさらに見目麗しくなっていて困るわ。エミリー以外の女の子にも目を輝かせられちゃうわね」

「俺はお前以外興味ねぇよ」

「私もソウ以外には興味はないわ」

ナターシャと強く抱き締め合う。

美しく可愛いナターシャは俺のものなのだと、学園で、王城で、街中で。

しかし油断すると最悪な存在に狙われてしまうことが分かってしまった。

「お二人が揃《そろ》っていると輝きを放っているように見えてこっちの目がチカチカするんで、さっさとダンス会場に移動なさって下さいねぇ」

呆《あき》れ顔のジャックに促され、ナターシャと共にダンス会場へと移動した。

婚約者がいる相手をダンスに誘うことがマナー違反とされるのは、主に貴族の決まりだ。

「ソウ。他《ほか》の人に誘われないように、私から離れないでね？」

「心配はいらねぇよ。セフォルズの民達にも貴族のマナーは浸透しているらしい。男も女も遠巻きに見つめてきているだけだろ？」

奏でられる曲に乗せて、ダンスのステップを踏みながら周囲から注がれる視線に目を向ける。

子供《ガキ》の頃から俺とナターシャを知る連中も多く、ぽかんとした顔をしている者もいれば、酒が相当入っているのか涙を流している者もいる。

「ソウが素敵過ぎてみんな驚いているのね。ここにいる人は、ソウが少しやんちゃなことを知ってい
る人ばかりだから」

「お前こそ俺のことぜってぇ言えねぇからな。一人で馬に乗って国中駆け回って、収穫を手伝う公爵令嬢なんて普通はいねぇ。俺よりも、お前を見て驚いている奴《やつ》の方が多い」

曲と曲の合間。

全員の足が止まったのを確認し、ナターシャの頬《ほお》に手を添え、俺の方を向かせる。

収穫祭のダンス会場は屋外。夜空に輝く星がナターシャの藍《あい》色の瞳《ひとみ》に映り込んでいるように見える。

「ナターシャ嬢。貴女《あなた》の瞳に星空が落ちて来たようだ。煌《きらめ》きに引き寄せられる愚かな私をお許し下さい」

「んっ！」

上を向かせたナターシャの唇に己の唇を重ねる。

口紅が塗られた唇はしっとりと濡《ぬ》れていて柔らかい。

唇を重ね合わせると、ナターシャの甘い香りに誘われ濃厚なキスをしたくなり、いつもなら舌をナターシャの口内に侵入させるのだが……。

ミシッ……パリーンッ！

「あぁあッ！　将軍！　酒瓶握り潰《つぶ》さないで！」

「拭《ふ》くもの持ってこーい！」

耳にガラス瓶が割れる音と慌てふためく人の声が届く。

素手で酒瓶割るとはさすがハーヴィ将軍。

義理の父親となる英雄の目がある場所ではこれが限界だな。

貴族よりはナターシャに手を出す奴が少ないが、日々見せつけることが大事だ。

「今年の収穫祭も素晴らしいものだった。この場にいる者、一人一人の日々の努力の賜物《たまもの》であり、自然の恵みだ。セフォルズの王子として、民と大いなる空と大地に感謝しよう！　今宵《こよい》は存分に楽しもう！」

俺の言葉を聞き終えた民から拍手と歓声が沸き立つ。

ナターシャの腰に手を回し周囲に笑顔を振りまきながら、会場を後にしていく。

人の密集地を上手《うま》く利用し、将軍の目を掻《か》い潜《くぐ》る。目指すはハーヴィ家の本宅ではない別宅！

収穫祭を終えたら渡したいものがあるので、城に戻る前に時間を作って欲しいと頼まれていた。

まぁ、俺は今日、城に戻るつもりはない。

ヨアニスに各方面への根回しを頼み、護衛の騎士も帰らせた。

将軍には秘密だが、ジャックにはナターシャと別宅に泊まることは伝えてある。

万全を期した。邪魔する者は誰《だれ》もいない。

愛馬のキュアンにナターシャと共に乗り、あっという間に別宅に到着することが出来た。

「ナターシャ……」

「ちょっと待ってソウ！」

ナターシャの首に唇を寄せ、軽く吸うと腕の中でナターシャが不満気な顔を向けてくる。

「渡したいものがあるって言ったわよね？」

「ああ、聞いたな」

「じゃあこういうことをする前に渡させて」

渡し終えたら続きをやってもいいのか？　と聞きたい衝動を堪《こら》えジャックが運んでおいてくれたナターシャから俺への贈り物を手渡される。

「マフラーとセーターか。見事だな。ありがとよ」

「気に入ってくれた？」

「もちろんだ。だがまぁ、もっと気に入る方法があるんだよ。協力してくれるかナターシャ？」

「……嫌な予感がするわ」

「以心伝心《いしんでんしん》だな。嬉《うれ》しいぜ」

「私は嬉しくないわ！　困る！　きゃあ!?」

ひょいっとナターシャを抱え上げ、寝室に向かい寝台に下ろす。

シュルシュルとナターシャの着るドレスのリボンをほどいていき、服を全《すべ》て脱がせ終えた。

「はーれ、ナターシャ。ばんざーい」

「え？　えぇえ!?」

戸惑いながらも俺の指示通りに手を上げてくれたナターシャにセーターを着せ、両手首をマフラーで緩く結ぶ。

マフラーは緩く結んでいるので、ほどこうと思えばほどけるのだろうが俺への贈り物でもあるから、ナターシャは抵抗しないでくれている。

俺のサイズで作ってくれたセーターなのでナターシャには大きい。

襟《えり》ぐりから鎖骨が見え、ナターシャの腰くらいまで隠されていて、見ようによってはとんでもなく丈が短いワンピースを着ているように見える。

下半身には何も身につけていないのが、最高だ。

「ナターシャ。俺が疲れた時、俺の寝室でこの服装で開脚して待っていてくれ」

「無理！　マフラーもセーターもソウに作った物なのよっ!?　私が着てどうするのよ！」

「ナターシャが一度着てくれた物を愛用したいじゃやねぇか。想像以上に厭《いや》らしいな」

「想像していたのっ!?　あ！」

セーターを胸が見えるまで捲《めく》り上げ、柔らかな白い胸の上部に舌を這《は》わせる。

いつもなら恥ずかしさから少しの抵抗を見せるナターシャだが、涙目ではあるが大人《おとな》しくされるがままになってくれている。

「私ソウの、んんっ、いろんなとこが大好きなのよ……やぁ……あぁん！」

甘い声を聞かせてくれながら、俺を好きだと伝えてくれるナターシャのピンク色の乳首を口に咥《くわ》える。

舌先で突起を弄《もてあそ》び、唇で乳房の柔らかさを堪能《たんのう》する。

「ソウの良く通る声は……ん！　みんなの心に届くんだなって……すごいなって思ったの！　あ！　ちょっと!?　私結構良いことと大事なこと話していると思うわよ!?」

乳首を吸い上げると、ナターシャの腰が跳ね涙目で睨《にら》まれる。

「睨んでる顔も可愛いな。褒めてくれてんのは分かっているよ。当たり前のように野菜も果物《くだもの》も肉も魚も腹いっぱい食えるのはセフォルズの民達のお陰だ。毎年参加して感謝を伝えてはいるが、王子らしく言葉を伝える機会は少ないからな。みんなに聞いてもらえて俺も良かったと思っている」

「……ソウ」

「なんだ？」

「なんだじゃない！　ふぁっ……真面目《まじめ》に話しながら、舐《な》めないでぇ……やんっ、ソウ、やめてぇ！」

ナターシャの太腿《ふともも》を掴《つか》み足を左右に大きく開く。

既に濡れそぼる秘部と陰核に熱い息を吹き掛ける。

「やぁん！」

「グチュグチュに濡れてんな」

わざと音を立てて秘部に吸いつき、内部に舌を差し入れる。

夜会を終えて馬に乗り、汗を流さないまま身体《からだ》を重ね合わせているために、濃厚な厭らしい香りが鼻に届き興奮を掻《か》き立ててくる。

「あっ……はぁっ……あぁん！　はぁ……ソウ！　も……だめぇ！」

白由が利かない両手に代わって、ナターシャは必死に腰や足を動かすが、逆に誘われるように腰が蠢《うごめ》いているように見えて硬く尖《とが》る陰核にしゃぶりついた。

白く柔らかなナターシャの太腿を撫《な》で、尻《しり》へと手を回し揉《も》むと、ビクビクと腰を振るわせてナターシャが達したことが分かった。

「んー？　もうイッちまったのか？　感じ易《やす》いな、ナターシャ」

「はぁはぁ、だって！　……ほんとに、ソウってば、顔も、身体もカッコいいんだもの」

「お前だって美人で可愛いうえに、こーんなエロい身体してて……俺のだってしっかり刻み込まねぇとな」

「ふぁああんっ！」

ナターシャの腰を掴み、膣《ちつ》に膨張した陰茎を宛《あて》がい、最奥まで侵入させ、すぐに引き抜く。

間髪入れずに再び突き立てた。

「ソウっ……ん！　手、ほどいてぇ！」

「くっ……分かった」

ナターシャの手首を結んでいたマフラーをほどくと、背中に手が回されしがみつかれる。

腰を揺する度に、小さく短い悲鳴を上げながらも俺に付き合ってくれるナターシャに愛しさが込み上げた。

幼い頃と比べ、体格に差が生まれた。

寝台に組み敷き、覆い被《かぶ》さるとナターシャを独占しているように思えた。

ずっと腕の中に閉じ込めておきたい気持ちと、いつまでも自由に伸び伸びとしたナターシャを見ていたい気持ちがせめぎ合う。

ただ、ずっと欲しかった存在を今手に入れることが出来ているのは確かだ。

「愛してる、ナターシャ」

「私もよ、ソウ。愛してるわ。んぁああ！」

抱き締めたナターシャの身体が震え、弛緩《しかん》する。

もう一度小さな声で愛してると言ってくれた後、眠ってしまった。

セーターを脱がしてやり、ナターシャの身体を綺麗に拭いてやり、ナターシャを抱き込んで寝台に横になる。

マフラーとセーターを身につける度に、今日のことを思い出せるだろう。

夜が明けたらナターシャを連れてハーヴィ家の本宅に戻らねばならない。

王子の立場など気にしてくれない英雄の怒りを甘んじて受け入れる覚悟を固めた。

・文庫版書き下ろし番外編　恋人になった王子様との学園生活

シャルロッティ学園は通常の授業時の席順は自由。なので……。

「ん？」

チラッと隣の席に目をやれば、当たり前のようにソウがいてくれる。

メアリアンと話したい時や、ソウの方がよっちゃんと話したいことがある時などは前後に座ることもあるんだけどね。

シャルロッティ学園の机にはオーク材が使われていて温かみのある白さが好ましい。

大きくて余裕をもって教科書、ノート、筆箱を置くことが出来るのも良いのよね。

椅子は王族と貴族が通う学園なだけあって、座り心地が良くて……気を抜き過ぎると眠くなってしまうのが良くない点かもしれない。

前世の記憶を思い出し、通っていた学校を思い起こしてみてもやはりシャルロッティ学園の豪奢さに敵う学校はない。

天井は高く、教室はシンプルながらも洗練されていて廊下や食堂はとんでもなく煌びやか。

そんなかなり普通ではない学校にいるとはいえど、学生であることには変わらない。

授業中。ふと隣に目を向けると好きな人がいて、その好きな人が自分のことを好いてくれていて目が合うと微笑んでくれる。

うぅ。いけないわ。授業中なのに頬が緩みそう。

ソウに「何でもないの」と小さな声で告げて頭を下げ、正面を向く。

幸いなことに先生は黒板の方を向いていてよそ見をしているところを注意されることはなかった。

学生たるもの学業に邁進せねばと気合いを入れ直したというのに、こちらに手を伸ばしてきたソウに肩を指で突かれ集中は瞬く間に消えていってしまう。

「なに？」

小声で問い掛けると。

『あいしてる』

口の動きだけで気持ちを伝えられ、バッ！　と急いで顔を逸らす。

きゅぅううん！　と心臓から変な音が出そうで心配になる。とんでもない彼氏だわ。顔が良すぎて攻撃力が半端ない。

ソウのカッコ良さについて考えていたら、あっという間に授業が終わってしまった。

先生に申し訳ない。

せめてノートだけでも綺麗にしておこう。休み時間の間にノートまとめをすることに決めた。

「ナターシャ」

「……なんでしょうか。ソウンディク殿下」

ノートに置いた手の上に優しく手を重ねられ、内心「今忙しいの！」と言いたい気持ちを隠す。

まだ昼食をとる時間じゃない。

怪訝に思いながら顔をあげると王子様スマイルを浮かべられ、耳元に唇を寄せられた。

「私も愛していると、返事をしてほしかったな」

「っ」

腰が砕けそうな甘く低い声で囁かれて集中力が粉砕される。

「お慕いしておりますわ」

俯きながらではあるが気持ちを伝える。

真っすぐに愛してくれて、気持ちを伝えてくれるソウに相応《ふさわ》しくありたいと思う。

顔が熱くて堪らない。手の甲で冷やそうと思ったのにグイッとソウに手を引っ張られ廊下へと連れ出されてしまう。

生徒の姿がない回廊の端っこで足を止めたソウに両肩を掴まれ、真顔で見つめられる。

「どうしたの？」

周囲に人がいないので素で問うと、「はぁ」とため息を吐かれ、素早く頬にキスをされた。

「くっそ可愛い。ちょっと頭冷やしてくる」

教室では顔色は変わっていなかったのに、今は私と同じように頬を赤く染めてくれていたソウは足早にどこかに行ってしまった。

ソウも照れてくれていたのが知れて嬉しい。

「リア充してますねぇ」

「ユリアちゃん？　いつからいたの？」

「先にここにいたのは私の方なんですよぉ。ただナターシャさんとソウンディク様がいらっしゃったので気配を消してみたんです。素敵なほっぺキスのスチルありがとうございまーす！　ごちそうさまでーす！」

両手を合わせてぺろっと舌を出すユリアちゃんは今日も可愛い。

「でもちょうど良かった。ユリアちゃんと話したかったの」

「おや。何のご用ですか？」

「ここ最近、今まで以上にソウにくっつきたくなっちゃうんだけど、どうしたらいいかな」

「おう。砂吐きそうなお悩み相談～」

「ごめん！　そんなつもりないのよ!?」

「両想いなんですから、遠慮せずにソウンディク様に引っ付いて良いと思いますよぉ？」

「けどさ、私が読んだり見たりしてきた悪役令嬢って、王子様にむやみやたらとしな垂れかかってているイメージがあるのよね。もちろんソウは私がくっついても振り払ったり嫌がったりはしないでくれると信じてるけど、きっとはたから見たらあんまり見ていて気持ちがいいものじゃないと思ったの。ユリアちゃんなら第三者視点で私のこと見てくれることもあるから確認したかったの」

「申し訳ありませんが、その件についてはナターシャさんのストッパーにはなってあげられません。何せ、私もなかなかにくっつき虫の彼氏がいてくれてしまっていますので」

「……あ」

遠い目をするユリアちゃんの心情を察する。

ユリアちゃんはライクレン君に「ユリアせんぱーい！」と呼ばれて抱き着かれ、「大好きでーす！」と可愛らしい笑顔とともに手を握られ、「先輩は？　僕のこと好きですか？」とユリアちゃんが好きと答えるまで抱きしめ続けるという凄技をライクレン君は日々繰り出している。

もしかして、一時の間ライクレン君から隠れる為にこんな誰もいない場所にユリアちゃんはいたのかしら。

無敵なヒロインがヒーローからの熱烈なスキンシップに照れて困っている様子は可愛くて頭を撫でてあげたくなってしまった。

「好きな人との触れ合いは嬉しいけれど恥ずかしさもあるわよね」

「仰る通りです。さて、ナターシャさんのお悩みですが、せっかくだから試して確認してみませんか？」

「試す？　なにを？」

「ソウンディク様にナターシャさんがくっついてみて、ソウンディク様や周りの人がどう思うのか検証してみましょう。せっかくなので、私が一度は見て見たかったシチュエーションをご用意しますから、後ほど周囲の皆さんがどう思ったか聞いてみるというのはいかがですか？」

「なるほど。やってみたい！」

「そうと決まれば早速今日のお昼休みに決行しましょう！」

ユリアちゃんの見たかったシチュエーションってどんなのだろう？　説明を聞く前に頷いてしまった。

検証方法を教えてもらったあと、恥ずかしくてほんの少しの躊躇いはあったが、私も恋人が出来たらやってみたかったことなので勇気を出してみることにした。

・文庫版書き下ろし番外編　ソウとナターシャの学園生活（ソウ視点）

「ソウンディク様！　お弁当を持って中庭のベンチに座っていてくださーい！」

何故？　とかナターシャをどこに連れて行くつもりなのかを質問する前に、ナターシャを引っ張ってユリア嬢は駆けていってしまった。

追い駆けようと思ったのだが、ぽんっと肩に手を置かれ、振り返るとヨアニスは笑顔で、事情を知っていることを察した。

「ヨアニス。ユリア嬢の味方をしたのか」

「まさか。私はナーさんの味方だよ。だからまぁソウンディク。これからナーさんが君に近付いてくるからさ、微動だにしないでおいてあげたらいいんじゃないかな」

即否定して即答のヨアニスは涼しい顔でわけのわからないアドバイスをしてくる。

俺は言われた通りにベンチに座っているのだが、ヨアニスは座ることなくベンチから少し離れて立っているので、ここで大人しく待っていれば何かが起こるということなのだろう。

俺の横には今日もナターシャが作ってくれた昼食の弁当がある。

空を見上げれば良い天気で、早くナターシャと飯が食いてぇなぁと考えていたら……視界が真っ暗闇に包まれた。

それと同時に後頭部に柔らかいものが押し当てられる。

愛と脳みそと本能が頭に押し付けられているソレを愛しい恋人のおっぱいだと俺に認識させるまで
○・五秒。

日々頑張っている俺にご褒美というわけかと自己完結しそうになっていたのだが、更なるご褒美が待っていた。

「だ、だーれだ？」

恥ずかしそうにしながらも耳に届いた声は紛れもなくナターシャ。

そもそもナターシャ以外に背後を取らせるつもりはない。

さて。何と答えるべきか。素直に「ナターシャだね」と答えてもいいのだがそれではつまらない。

俺の視界を塞いでいる触り心地の良いナターシャの手にそっと触れて微笑んだ。

「困ったな。すぐに誰なのか分かったけれど答えたくなくなってしまった」

「え？」

「答えなかったら君はずっと私に触れていてくれるだろう？　恥ずかしがり屋な君から触れてきてくれるとは、とても嬉しい」

視界を塞いでいるナターシャの手を片方だけ俺の口元へと移動し、ちゅっと手のひらに口付ける。

すると猫が飛び退くような速さでナターシャが手を引っ込めてしまった。

苦笑しながら振り返ると、真っ赤な顔で俺がキスをした手を握り締めているナターシャの姿。

「なんだ。もう悪戯は終わりかい？　残念だな」

「ソウンディク殿下！」

「なんだい？　私の可愛いナターシャ」

「うぅっ」

小さく呻きながらも、どこか決意を固めたような表情でナターシャは俺の隣にストンと座った。

「殿下。失礼いたしますわ！」

「……」

俺の腕にしがみついてきたナターシャを無言で見下ろす。

俺の視線に気付いたのか、ナターシャはどこか気まずそうな表情になってしまっている。

何だこれは。やはり日頃の俺への褒美なのか？

先ほどは頭で、今は肘のあたりに押し付けられている世界一のおっぱいのやわらかさが頭上で輝いている太陽の存在を忘れさせこのまま空き教室にナターシャを連れ込みたい衝動をぶち上げてくる。

「いかがでしょうか？　ソウンディク殿下」

控えめに言って最高だと答えたい。

しかしナターシャの意図が不明すぎる。

気付けば傍らに立っていたヨアニスの姿がない。あの野郎。間違いなく事情を全て知ったうえで説明もせずに姿を消しやがったな！

ならば己の勘に従うのみ。今は疑問など投げかけずナターシャの好きにさせた方が俺にとっての幸せな時間が続くと読めた！

「嬉しいよ。次は何をしてくれるのか楽しみだ」

「つ、次はお食事です！　私が殿下に食べさせて差し上げますわ！」

読み通り。幸せな時間が続いていく。

脇においておいた弁当箱をナターシャに手渡すと俺に食べさせてくれた。

今日も今日とて美味い飯を食べさせてもらい、ナターシャの可愛らしさに見惚れながら考え続ける。

いかにすればこの時間が永久不滅に続いていくのかを。

普段ナターシャは素っ気ないことはないのだが恋人的なスキンシップはまだまだ少ない。

俺に用事がある時に制服の袖を引っ張ってくれたり、風に乗って髪についた葉や花びらを取ってくれるし、手も繋いでくれる。

これらもやめられたくはないのだが、欲を言えば今のように積極的におっぱいを押し付けてくれたり、身体全体のやわらかさを俺に認識させるがごとく腰にしがみついてくれても嬉しい。

食事を終えた今。食後の散歩がてら学園内を歩いているのだが、ぎゅうっと身体全体で俺の片腕に抱き着いてくれている。俺の腕の一部分がナターシャのおっぱいに埋もれている。その一点に全神経を集中させたい。

ナターシャ笑顔だが、すれ違う生徒がいると、ちらっと目で追いかけ何も言われないことが不思議そうだ。ちなみにすれ違う生徒はほぼ笑顔で会釈をして通り過ぎていっている。

「あのソウンディク殿下。何か私に仰りたいことはありませんか？」

「何もないよ？」

「むむぅ」

不満気な顔も可愛い。唇を尖らせ不思議で堪らないといった様子のナターシャを観察し続け少しずつ事情が読めてきた。

俺の読み通りであれば、ナターシャのやっていることはただ単に俺へのご褒美に過ぎない。

自分の考えがあっているか少し確かめたいと思っていると、ちょうど良い人物が前から歩いてきてくれる。

「ナターシャ。ほら。メアリアン嬢だよ」

「え！　あ、メアリアン……」

「あら」

ぱっと俺の腕から一瞬手を離したナターシャだったが、慌ててもう一度くっついてくる。

扇子で口元を隠したメアリアン嬢は目を細め、口元が隠れていても楽しそうに「くすくす」と笑ったのが分かる。

「殿下もお人が悪い」

「ヨアニスから何か聞いているのかな？」

「さぁ？　どうでしょうか。ナターシャ」

「な、なに？」

「頑張って」

美しく微笑み、ナターシャの肩をぽんっと叩いたメアリアン嬢は颯爽と去っていく。

そんなメアリアン嬢の背中を置いて行かれた子供のようにしょんぼり顔で見送るナターシャときたら可愛くて堪らない。

時計を確認すると、昼休みも半分以上過ぎてしまった。

この状態のまま午後の授業に突入してしまえば、授業の内容はナターシャの耳を通り抜けていくことだろう。……仕方ねぇよな。俺はナターシャには弱い。

「きゃ！」

グイッとナターシャの手を引っ張り、使われていない教室の中に入り内側から鍵をかける。

「ソウ。怒ってる？」

「怒ってるわけねぇだろう。嬉しくて堪らねぇんですけどぉ？」

地べたに胡坐をかいて座り、足の上にナターシャを乗っけて額をくっつけナターシャの顔を覗き込む。

驚いた様子でぱちぱちと目を瞬かせるナターシャにちゅっと一つキスをして正面から抱きしめた。

「俺にベタベタくっついて、どの程度で嫌な顔されるのか確認してたんだろう？」

「なんで分かるの!?　ユリアちゃんから聞いた？」

「聞いてねぇよ。お前は顔に出やすい。忘れてねぇかナターシャ。俺とお前は恋人同士。くっつきまくって何が悪いんだよ。お前の脳内の中の嫌がられる女は相手の男と恋人関係じゃないのにかかわらずベタベタ引っ付いてきてんじゃねぇの？」

「でも。ソウは王子様だし、私は公爵令嬢だし、はしたなく見えるんじゃないかと思ったの。最近ソウにくっつきたい気持ちは大きくなっちゃってて。本当に嫌じゃなかった？」

「嫌なわけあるか。エロい接触してなきゃ別にいいだろ」

「エロいって……んっ……んぅ」

キスをしてナターシャの舌を絡み取り、舌を擦り合わせて溢れ出た唾液を飲み込む。

暫く味わっていたかったが、トントンと胸をナターシャに叩かれ苦しさを訴えられてしまったので、しぶしぶ離れる。

「こういうのがエロいキス。触れるだけのキスなら人前でもいっぱいしようぜ？」

「ばぁはぁ。触れるだけのキスも、あんまりしちゃいけないと思うわ」

「んじゃあ休み時間の度に二人で消えるしかねぇな」

「なんで消えるの？　……あ……んっ……んっん」

ナターシャの頭の後ろに手を回し、再びキスをする。

キスをし始めたばかりの頃は恥ずかしさからか目を閉じてしまってばかりのナターシャだが、最近は目を閉じず、俺を見つめながらキスに応じてくれる。

ナターシャの美しい藍色の瞳に、己の顔が移りこんでいるのが確認できた。

さぞ余裕のない表情をしていることだろう。俺はいつだってナターシャに夢中だ。

ナターシャの口の中に舌を差し入れ、上顎、歯列をなぞっていくと唾液が溢れてくる。

俺が飲み込む前にナターシャがこくりと飲み込んでくれたのが嬉しく、今度は舌を絡め取ると、ぴちゃぴちゃと水音が立った。

ナターシャも積極的に舌を絡めてくれて……このまま午後の授業サボっちまおうぜと悪魔の囁きを頭の中の俺がしてくるが、後々のことを考えている今は我慢だ。

ちゅぅっと名残惜しくてナターシャの舌を吸い、唇を離すと俺に凭れ掛かってナターシャは呼吸を頑張って整えている。

背中を撫でてやりながら、キスをする前のナターシャの疑問に答えてやろう。

「俺はいつだってナターシャとエロいキスをし続けたいからさ。ナターシャも俺とキスするの好きだもんな？」

「う、ん。好き」

「素直で可愛いな。俺に触りたいなら存分に触ってくれて構わねぇし。身体を密着させてくれるのも大歓迎だ。下着付けずに制服をはだけさせて密着してくれたらもっと嬉しい」

「それは恥ずかしいわよ」

ちっ。そこは応じてくれないか。

ナターシャの本気の色仕掛けをいつか見せてもらいたい。

食べ物をエロいことに使うのは本来であればいけないことなのだろうが、はちみつ漬けにした林檎一切れとか、もうなんなら生クリームだけでいい。

胸の谷間や乳首に付けて、「今日は、私がケーキなの」と言ってくれようものなら心も身体も元気いっぱいになれる自信がある。

「……ナターシャ。今度甘い食べ物をリクエストするかもしれない」

「甘いもので食べたいものがあるの？　珍しいわね。嬉しいわ。遠慮しないでいつでも言ってね」

こちらが淫らな期待をしているとも知らずに可愛く笑って頷いてくれるナターシャには悪いが言質《げんち》はとれた。

絶対にリクエストさせてもらおう。

後日。ユリア嬢と学園内ですれ違った際に「ナターシャさんの検証はソウンディク様にとって鴨さんがネギを背負ってきたようなものでしたかぁ？」と聞かれたので頷き、今後もナターシャと仲良くしてやってほしいと伝えると「喜んでぇ。さすがでーす」と笑われてしまった。あの様子ではユリア嬢は検証せずとも結果は分かっていたに違いない。

ヨアニス、メアリアン嬢の反応から分かる通り、俺とナターシャがいちゃついていて問題視してくる生徒の方が問題なのだ。

俺にもっと触りたいとナターシャが考えていてくれることを知れたのは万々歳だ。

今後は遠慮なく、スキンシップの回数を増やさせてもらうとしよう。

・文庫版書き下ろし番外編　検証してみた結果です

「ナターシャ……」

現在、馬車の中。

壁とソウに挟まれ身動きを取るのが許されない。

ユリアちゃんが見ていたら「壁ドンのスチルいただきましたぁ！」と喜んでくれることだろう。

「ぁ……ソウっ……いっぱいキスしちゃダメ、感じちゃう！　はぁっ、んん！」

唇を食べられるような獰猛な口付けを続けられていて息が上がる。

授業を終えて帰り道ならまだしも、まだ朝なのだ。キスだけで気持ち良くなってしまう身体はそれ以上を求めてしまうので、我慢するのが辛い。

手加減して欲しいと訴えても、抱き込まれソウの舌が口内を蹂躙していく。

歯列、頬、舌と順番に何度も舐められ続け、身体が震える。

ちゅっ、ぴちゃっと水音が鳴るが、馬車の走る音でかき消されるのがせめてもの救いかもしれない。

キスの先の行為を幾度も経験しているためか、下腹部が疼く。

「あん……ソウ……んっんっ」

「んー？　どうした？」

私の唇を舐めながら、どこか嬉しそうに聞いてくるソウは絶対にこちらの心の中が読めているのだろう。

少し意地悪な笑顔も素敵で、きゅんきゅんお腹の奥が熱くなるのが悔しい。

「これから、んっ、授業でしょ……はふ」

熱い吐息を漏らしてしまうと、唇が離される。

濃厚なキスを繰り返していたために、唾液が糸のようにのび、途切れて落ちた。

「まだ全然足りねぇな」

いやらしく潤った自らの唇を舐めるソウの色気は凄絶で思わず顔を両手で塞いでしまう。

「俺と同じことを考えてくれてるんだろう？　ナターシャ」

「……うん。本当はもっと、触ってほしい……」

「……ヤベェな。超サボりてぇ」

「んっ！」

スカートの中に手が差し込まれ、濡らしてしまっている下着に触れられると陰核を撫でられる。

ソウにどれくらい触っていいのか確認してみたあの日から、二人きりになると今まで以上にソウは私に触れてくれる。

十分なはずなのに、馬車が学園に到着してしまうと残念に思ってしまう。

「ソウ……私、いやらしくて、ごめんなさい」

馬車の扉に手を掛けたソウの動きが止まる。

呆れられてしまっただろうか。俯いていると顎に手をかけられて上を向かされソウに口付けられる。

唇だけじゃなく、頬や額にもキスを落とされていると、ガチャリと音がした。

外から誰かが馬車の扉を開けたのかと思いきや、内側からソウが扉の鍵を閉めた音だった。

「エロくて可愛い恋人大歓迎だって言っただろう？　朗報だナターシャ。まだ少し時間に余裕がある。

……抱いて欲しいか？」

ソウに耳元で囁かれ、頬を染めてしまいながら素直に頷く。

「可愛いな。声は我慢しておけよ？」

「んっ」

自分の手で自分の口を覆うと、下着の紐が外され、座っているソウの上に跨される。スカートの中に差し込まれた手は奥へと入り込み、指先で直接濡らしてしまっている秘所に指が挿ってくる。

声が出そうになるのを必死で我慢しながらも、つぷぷと音を立てながら容易く指を受け入れ、中で折り曲げられると気持ち良くてソウの指に膣壁が甘く絡みつく。

「準備万端だな」

「あ、これ以上は、声……我慢できない……んぅ！」

手で塞いでおくには限界だと告げながらソウの制服の上着を掴むと、キスで声を封じてくれる。

馬車の外から聞こえる生徒たちの声をどこか遠くで聞きながら、うっとりとソウを見つめ、これから先の行為を想像し、胸を高鳴らせてしまった。

あとがき

はじめまして。天《あま》の葉《は》と申します。

「邪魔者《じゃまもの》のようですが、王子《おうじ》の昼食《ちゅうしょく》は私《わたし》が作《つく》るようです」を手に取ってくださりありがとうございます。

夏真っ盛りの時期に発売していただけて、とても嬉しいです。

主人公であるナターシャと、そしてもう一人の主人公と思っているソウンディクが二人揃って夏のイメージなので、花綵《かさい》いおり先生が描いてくださったヒマワリも相まって非常に有難く大満足な表紙にしていただけました。

ムーンライトノベルズ様でこのお話をスタートさせたのは昨年の八月六日。そして本の発売日は今年の八月三日。ほぼちょうど一年経って、書籍化をしていただけるとは……大変有難いことで、実はまだこのあとがきを作成させていただいている時点では実感が湧いておりません。

花綵先生のイラストをいただいた時や、担当になって下さった方からご連絡をいただいた時は「おお、本当に本になるんだなぁ」と思えるのですが、やはり発売日まではドキドキしたまま、キツネかタヌキに化かされていないよなと考えていると思います。

お話の内容に触れますので、あとがきから読まれている方がいらっしゃったらネタバレにご注意ください。

「悪役令嬢」をテーマとしたお話は多くあり、私自身、読むのも書くのもとても楽しいです。

ナターシャは突然前世の記憶が蘇ります。悪役令嬢なのだと自分で気付くのではなく「ヒロイン」から告げられたナターシャの混乱はかなりのものだったと思います。しかし。そこはソウンディクがおります。王子様とその王子様の婚約者という関係以上に、幼馴染の二人には絆があり、そして何よりソウンディクがナターシャに一途。

ナターシャも友人はソウンディク以外にも多く存在しますが、恋をしたいと思い、大好きだと素直に伝えられるのは今も、そしてこれからもソウンディクに対してだけだと作者として断言出来ます。

ナターシャとソウンディクを取り巻く人々の中で特に活躍を見せてくれているのはヨアニスことよっちゃんでしょう。彼は今後もナターシャとソウンディクを誰よりも助けてくれます。

ソウンディクに負けないイケメンであるよっちゃんですが、とある性癖もありますので続きが気になって下さった方がいらっしゃいましたら、ムーンライトノベルズ様の方でこのお話の続きを連載させていただいておりますので、よろしければそちらもぜひ読みにいらしてくださったら幸いです。

私にとってのデビュー作。あとがきでは冷静に見えていることを願っておりますが、作成しながら心臓はバクバクです。

この本を手に取り、そして読んでくださり、さらにはあとがきまで目を通してくださり、心より感謝いたします。

少しでも楽しんでいただけたら幸いです。またどこかでお会いできることを願っております。

天の葉。

邪《じゃ》魔《ま》者《もの》のようですが、王《おう》子《じ》の昼《ちゅう》食《しょく》は私《わたし》が作《つく》るようです

天の葉

2021年8月5日 初版発行
2021年10月25日 第二刷発行

著者 天の葉

発行者 野内雅宏

発行所 株式会社一迅社
〒160-0022 東京都新宿区新宿3-1-13 京王新宿追分ビル5F
電話 03-5312-7432(編集)
電話 03-5312-6150(販売)
発売元：株式会社講談社（講談社・一迅社）

印刷・製本 大日本印刷株式会社

DTP 株式会社三協美術

装丁 AFTERGLOW

ISBN978-4-7580-9384-2

●本書は「ムーンライトノベルズ」(http://mnlt.syosetu.com/)に
掲載されていたものを改稿の上書籍化したものです。
●この作品はフィクションです。実際の人物・団体・事件などには関係ありません。

MELISSA
メリッサ文庫